互いに絆が深まったことを実感し、
リーゼロッテは嬉しそうに微笑む。
それはリオも同じだった。
「先輩と
なんだ
「天川先輩」

精霊幻想記
【せいれいげんそうき】

「ばいばい、春人」

優しく、笑った。

普段の感情が希薄な彼女ではなくて……。

感情を持つ、年齢相応の女の子みたいに……。

可愛らしく、笑った。

精霊幻想記

20. 彼女の聖戦

北 山 結 莉

HJ文庫
950

CONTENTS

口絵・本文イラスト Riv

【プロローグ】 ❈ 願い

私は、この世界が大嫌いだ。
反吐が出るほどに大嫌いだ。
だから、私は聖戦を始める。
愚かな人間が蔓延るこの世界に反抗する。
間もなく、聖戦が始まる。
だから、振り返ってみようと思う。
この世界に迷い込んでから何が起きたのか。
いったい何が悪かったのか。
誰が悪いのか。
私が悪いのか。
私は狂っているのか。
それを確かめるために……。

都内のとある大学で講師を務めていた私は、ある日、最愛の婚約者と共にこの世界に迷い込んだ。

婚約者の彼は三十代前半で准教授になったとても優秀な人物だった。だが、私が彼に惚れたのは彼が優秀だったからじゃない。彼の優しさ、誠実さ、そしてひたむきさに惹かれたからだ。私は彼のことを心の底から愛していた。

そんな私と彼がこの世界で迷い込んだ先は、大自然まっただ中の山奥だった。二人で大学の研究室にいたはずなのに、気がつけば秘境にいた。近くには滝が見える。

最初は日本のどこか田舎だと思った。テレポート、ワープ、あるいは転移というのだろうか。そんな非現実的な出来事に遭遇しているのに、少なくともここが地球上のどこかだと思い込んでいた。

けど、違った。

ここは地球ではない、異世界だったのだ。そのことに気づいたのは何時間もかけて下山してからだった。

山の麓にあった人里にたどり着く。

およそ文明らしい文明を感じさせない村だった。暮らしている人達はぼろぼろの服を身につけていて、私達は面食らう。

だが、転移して初めて出会った人間だ。話しかけないわけにもいかない。彼らの顔立ちは明らかに日本人ではなかった。

婚約者の彼曰く、ロシアや東ヨーロッパ系の顔立ちに近いらしい。そこで彼が試しにロシア語や英語、ドイツ語等で村の住民に語りかけてみたが、言葉は通じなかった。

だが、どういうわけか私には彼らの言葉が理解できた。というより、彼らが日本語を喋っているようにしか聞こえなかった。婚約者の彼が口にする言葉には首を傾げる村の住人達だったが、試しに私が日本語で話しかけてみると言葉が通じた。

それから、私と婚約者の彼は村の空き家に泊まらせてもらうことになった。下山して疲れ果てていたこともあり、その日は死んだように眠りに就いた。

異世界に迷い込んだ日の晩。

夢を見た。

どうやら私は勇者らしい。

夢の中で現れた誰かが、私にそう教えたのだ。

半信半疑だったが、目覚めた私は夢で見た通りの力を身につけていた。おかしな杖を出せるのと、超常の力で大地をいじれるようになった。

夢の出来事を婚約者の彼に報告する。彼がこの世界に迷い込んでしまったのは、十中八九、勇者である私に巻き込まれたからだ。

もしかしたら二度と地球に帰れないかもしれない。大切な彼を巻き込んでしまった。私はそのことに気づき、真っ青になった。

けど、彼は笑顔で「キミに巻き込まれて良かった」と言ってくれた。「キミだけが異世界に迷い込まなくて本当に良かった」と。

それで、私は救われた。

彼は、私を救ってくれた。

私は彼のことを救えなかったのに……。

帰れることなら地球に帰りたいし、そのための手段を模索したい。

だが、私は自分が勇者であるらしいということと、特殊な力を手に入れたこと以外は何も知らない。帰るための手がかりは何もわからない。何か隠されているとすれば、私達が最初にこの世界に迷い込んだ山だろうか。

私と婚約者の彼はこのまま村で暮らさせてもらうことになった。その対価として、彼が身につけていた春物のコートを村長に譲り渡す。

少なくともこの世界での暮らしに慣れるまで、今日という日を生きるためには村で暮らすのが最善だった。

最善だと、思っていた。

◇◇◇

異世界に迷い込んでから、瞬く間に月日が流れていく。

意外というべきなんだろうか、それとも、当然というべきなんだろうか。私達が村ですることはたくさんあった。

村の人達はあまりにも無知だったからだ。知識がないがゆえに、様々な面で非効率的な日常生活を送っている。

私達は現代知識を活用して、村の生活水準を向上させることにした。同時に、私は勇者の力を隠す。魔法のような力を使える者は村人の中にはいなかったからだ。魔法は貴族や特別な人間だけが使えるものらしい。そこで、私は神装の力を密かに行使して田畑を耕し土壌を豊かにすることにした。

婚約者の彼は並行してこの世界の言葉を少しずつ学び、村の者達と簡単な意思の疎通ならできるようになっていく。

仕事が楽になり、生活が豊かになっていくのを日々実感する。それが楽しい。もちろん日本での暮らしと比較すると不便なことだらけだったけれど……。

「住めば都とは良く言ったものだね」

と、彼は口癖のように言うようになった。その度に私は「そうね」と気恥ずかしさを覚えながらも相槌を打つ。

けど、本当に大事なのは誰と一緒に住むのかだ。彼が一緒にいてくれるから、どこだって住めば都になる。

なんて、恥ずかしくて彼には言えなかったけれど……。

私は幸せだった。

◇　◇　◇

さらに月日は流れる。

どうやら私が持つ杖には人を治癒（ちゆ）する力もあるらしい。そのことに気づいたのは婚約者の彼が農作業で深い切り傷を負った時のことだった。

原理はよくわからないが魔法の力が込められた杖なら、人を治癒できるのではないかと考えたのだ。負傷した部位を治癒するように念じて杖の先端（せんたん）を近づけると、光が灯（とも）って彼の傷が癒（い）え始めた。

村人達には手持ちの薬を使ったと説明したけど、彼の傷が昨日の今日で良くなったことを知られると驚（おどろ）かれた。

それから、私が医者だという噂（うわさ）がどこからともなく流れだす。怪我人（けがにん）や具合の悪い人が私のもとを訪（おとず）れるようになった。それで私は治癒の力を隠しながら、やむをえず医者の真似事（まねごと）をするようになる。医術を学んだことはなかったけれど、村には他に医者と呼べるような人がいなかったのだ。

一方で、婚約者の彼は農具を改良したり、肥料を作ったり、水車を作ったり、水路を引いたり、衛生環境の改善などを図ることに専念していた。

そうして、私と婚約者の彼は気がつけば村の中心人物になっていた。日常生活で何か問題が起きる度に、村の誰かが私達のところへ相談にやってきた。

新たな生命誕生の瞬間に立ち会ったこともあった。助産の経験はないと説明したのだけれど、それでもどうしても立ち会ってほしいと夫婦から頼まれたのだ。

初めての出産立ち会いに無我夢中だった。私にできることは少なかったが、助産師に衛生の大切さを訴え、熱湯消毒と清潔な布の使用は徹底した。

ひどい難産だった。このままでは母子ともに危ういかもしれないと、助産師の女性が複雑な面持ちで漏らす。苦しむ女性の姿を見て、私はそれまで隠し続けていた治癒の力を使うことを決断した。

この世界には魔法の力が込められた魔道具という物も存在すると村人達から聞いたことがある。そこで、私の杖もそういった魔道具だと説明して治癒の光を発動させた。すると奇跡が起きた。

赤ん坊は無事に生まれ、夫婦からもとても感謝される。

「このご恩は一生かけて返します」

と、過剰なほどに感謝されてしまい困ってしまった。けど、決して大げさなことではなかったのだと思う。

誕生した子を抱きかかえ、私は生命の尊さを知る。婚約者の彼との間にもいつかこんな可愛い子を産みたい。

心の底から、そう思った。

この世界での暮らしにすっかり馴染んだ頃。

私と婚約者の彼は初めてこの世界に迷い込んだ山へと向かうことを決めた。目的は地球へ帰る手がかりがないか、調査すること。

時間はかかってしまったが、もともとそれを調べたかったからこの村で暮らすことを選んだのだ。村には愛着も湧いていたが、この時はまだ日本に帰りたいと願う気持ちがそれ以上に強かった。

私と彼が結婚をしなかったのも、日本に帰る望みを捨て切れていなかったからだ。この世界にいる間に結婚をするのなら、この世界で骨を埋める覚悟を決めたときだと話し合って決めていた。

問題は二つ。一つは私達が出現した場所を厳密に特定できないということ。村からほど近い山の奥であるのはわかっているし、歩いて数時間圏内には位置しているはずだが、記憶を頼りに探すしかない。近くに滝があったことは確かだ。

もう一つは誰が調査へ向かうかということだ。最初にこの村へたどり着いた時は運良く遭遇しなかったが、山の中には危険な獣が多く存在するらしい。

武器も持たずに山に入るのは自殺行為だそうだ。だから、私は一人で向かうことを主張したのだが、彼が心配して渋った。

「今は私の方が貴方よりずっと強いのよ」

と、冗談めかして言うと、彼は困ったように押し黙ってしまう。実際に勇者の力を宿す私の方が彼よりもずっと強いのは事実だからだ。

勇者である私がそう願うと、自分でも恐ろしいほどに身体能力が上がり、肉体も頑丈になる。

比べて、婚約者の彼にはそんな能力はない。生身の人間だ。日頃の農作業で体力はついたが、武器を持ったとしても獰猛な獣一匹を相手にするので命がけだろう。

それに、いくら私が強いとはいえ、実戦で何かと戦ったことはない。戦うのは怖い。それでもしもの事態に陥ったとして、冷静に立ち回って彼を守れる自信はなかった。だから一人で行った方が危険は少ない。そう思ったのだ。

「獣と遭遇しても逃げるのに専念して、戦いは避けるから」

私が説得し続けることで、彼もようやく折れてくれた。それで私は一人で山の中へと向かうことになった。

早朝、調査へと出発した。

お昼を過ぎた頃だろうか。

まずはこの世界に迷い込んだ時、近くにあったと思われる滝を発見した。続けて、すぐに最初に立っていた場所らしき土地も発見する。

滝が見える。他にもなんとなく記憶に残っている光景だった。言葉では説明しづらいのだけれど、山奥にしては拓けている場所だ。

間違いない。この世界に迷い込んだ時、私と彼は確かにこの場所に立っていた。とはいえ、薄々予想はしていたが、元の世界に戻れそうな手がかりらしい手がかりは何も見当たらない。あれば迷い込んだ時に気づいていただろう。だが、あの時は混乱していてちゃんと調査をしなかった。

私は一帯を念入りに調べてみることにした。目に見える土地の表層はもちろん、地面の下もだ。幸い私は杖の力で土を操ることができる。掘り起こすのも簡単だ。

どこを掘り返しても手がかりらしい手がかりは得られなかったけれど、たった一度調べただけで地球に帰るのを諦めるつもりはない。また来ればいいのだ。そう決めて、その日は村へと帰ることにした。

山奥の調査を開始してから一週間が経った。結局、どれだけ調べてみても、地球に帰る手がかりを得ることはできなかった。

これ以上は調べても意味がないのかもしれない。そう考えた私と彼は村を出て外の世界に情報収集しに行くことを検討し始めた。この世界には勇者に関する文献が残っているのではないか？　そう考えたのだ。

そんなある日のことだった。

　どうやらこのままでは次の税を支払えそうにないらしい。そこで、何か良い案はないだろうかと村の者達から相談を持ちかけられた。

　税は村単位で国へ納めなければならず、現金か村で収穫された作物で支払うそうだ。しかし、村では通貨を使う機会など滅多にない。ゆえに、どの村でも現金の蓄えなどなく、作物で支払えるのなら作物で支払うのが原則らしい。

　次の税は後先を何も考えなければ作物で払えないこともないようだが、払ってしまうと確実に大勢の餓死者が出てしまうことが見込まれた。

　私達が現代の知識を持ち込んだことで、村の農環境は確実に改善された。だが、収穫量が増えるのは次の収穫期からだ。それでは次の税の支払いには間に合わない。

　税の支払いを待ってもらうことはできないのかと訊いてみたが、過去に認められた例は一度もないらしい。

　では、税の支払いができないとどうなるのかと尋ねてみると、そうならないようにお金になりそうなものを売り払って現金を捻出するらしい。それさえもできなければ国から罰が与えられ、強制徴収される未来が待っている。

　とはいえ、金目の物品などどの家庭も持ち合わせているはずがない。あれば税の支払いには苦労しない。そこで、村の誰かを奴隷として売ってお金を作るのが一般的だそうだ。

それを聞いた時、婚約者の彼は村から奴隷を出すことを真っ先に断固反対した。私も奴隷を生み出すことには反対だった。そこで、奴隷の代わりにお金になりそうな物を都市で売ってみてはどうかという案を彼が提案した。

今回限りだが、幸いにもお金になりそうな物はある。私達が現代から持ち込んできた品々だ。特に衣類や装飾品は高く売れるはずだった。彼が手持ちの品を売っても構わないと告げると、集まった者達の空気が明らかに弛緩した。

どうせこの世界に来てからは使っていない品ばかりだ。大切に持っているだけでは意味もない。私も手持ちの品を処分することに異論はなかった。

それから、以前に私が出産に立ち会った赤ん坊の父方の親戚が王都で商いを営んでいるという話が出てきて、そこで買い取ってもらおうということが決まる。

早速、王都へと出発することになった。山奥から歩いていける距離に王都があるのだろうかと思ったが、私達がいる国は小国だ。村人達の話を聞く限り、おそらく日本でいう市がいくつか集まったくらいの面積しかない。村は辺境の山奥にあるが、朝の内に出発すれば二日目の午前中には王都にたどり着くそうだ。

王都へは農具で武装した男性が数人と、所持品を売却する彼と私も同行することになった。私が出産に立ち会った赤ん坊の父親は王都で生まれ育ったらしく、親戚の店への案内役も兼ねて彼も加わる。

道中はこれといった問題が発生することもなく、王都へたどり着いた。王都といっても所詮は小国だ。規模でいえば日本の小都市にも及ばないだろう。街並みを観察した限り文明レベルは地球でいうとせいぜい中世程度だった。

無駄に王都に滞在するお金もないので、すぐに用件を片付けることにする。件の商店へと足を運び、商談を持ちかけた。

とはいえ、一度に全部を見せることはしないで、小出しにして様子を見てみることにする。というのも、この世界には存在しない物を売ろうとしている以上、値付けは相手次第だ。相手にどれだけの資金力があるのかもわからないし、一斉放出することで珍しさが薄れてしまい、安く買い叩かれるかもしれないことを危惧したのだ。

交渉は婚約者の彼と私で行った。結果、衣類一式を売るだけでも納税に必要なお金を工面できそうな流れになる。物珍しさもあったのだろうが、地球で作られた衣類の質はそれだけ高かったようだ。

最初は安く買い叩かれそうになったが、思い入れのある品だからこの値段なら諦めると告げると買取り額をつり上げてきた。他にも売れそうな物はあるかと聞かれたが、適当にはぐらかして残りの商品を見せることはしなかった。今後に備えてとっておいた方がいいと判断したのだ。そうして取引は終了する。

ただ、どうにも即金では買取り額を支払えないらしい。そこで、先に半額を受け取って村へと帰り、残りは後日、衣類をさらに転売した代金から受領することになった。親戚同士ということで、赤ん坊の父親が受領役として残ることが決まる。

翌朝、私達は一人を残して出発し、ひとまず代金の半額を村へと届けに向かう。帰り道でも何かが起きることはなく、二日目の午前中には村へとたどり着いた。

村に戻ってから、一週間が経った。

私は再び山奥へと足を運ぶことにした。

王都から村へ戻ってきてからは初めてである。もっとも、周辺を含め既に散々調べ尽くしたし、再調査するためではない。では、どうして不意にやってきたのかといえば、実は昨日、婚約者の彼からプロポーズを受けたからだ。

「結婚を考えてみないか」

婚約自体はこの世界へ迷い込む前に済ませてはいたのだが、地球へ帰る望みを捨てきれない現状では結婚は先延ばしにし続けてきた。

村には避妊の手段が存在しない。結婚すれば必然的に子が生まれることだろう。子が生まれれば当然、当面は自由に移住することもできなくなることが予想される。

つまり、この結婚の申し出は、もう地球へ帰る方法を無理に探さなくてもいいのではないか？　ということと、同義であった。

正直、答えはほぼ出ていた。だが――、

「……一日だけ考える時間をもらってもいいかしら？」

私という女は昔からこうだ。気持ちはほとんど固まっているのに、衝動的に答えを出すことを恐れてしまう。子供の頃から、そういう性分なのだ。

だから、地球からこの世界へ迷い込んだ最初の土地を訪れた。ここに来れば地球へ帰りたい思いがまだ残っているのか、この世界で骨を埋めることになっても構わないのか、答えが出ると思ったからだ。

そして、答えは出た。この場所へ来て地球のことを振り返ったが、不思議なほど未練は感じなかった。

婚約者の彼がいるからだ。彼さえいれば、どこだって住めば都になるだろう。私の気持ちは完全に固まった。

村に戻ったら、すぐにでも彼に返事をしよう。そうと決まれば、善は急げだ。私はすぐに村へと駆けだした。

勇者の肉体というか、身体能力は凄まじい。この世界に迷い込んだ当初は村へたどり着くまで数時間もさまよったが、今では山奥から村へとほんの十数分程度でたどり着けてしまう。そして……、

「あ、あ、あ、あ……」

私は言葉を失った。

目を疑った。

村の広場に彼の死体が晒されていた。見覚えのあるボロ服を着た身体の横に、彼の生首が置かれている。赤い血が地面を濡らしている。親しくなったはずの村人達はなぜか激しく怒り狂い、罵声を口にしながら彼の死体に石を投げていた。

「最初から怪しかったんだ！」

「貴族様の物を盗むなんて！」

意味がわからない。

　貴族の物を盗んだ？

　いったい誰が？

　そうやって、私が遠目から彼の死体を目の当たりにし、呆然と立ち尽くしていると、以前に私が赤ん坊の出産に立ち会った父親と視線が重なった。母子ともに命の危険から救ったことで「このご恩は一生をかけて返します」と言ってくれた人物だ。

「い、いました！　あの女です！」

　父親はひどく真っ青な顔で私を指さす。

　その周りには彼の親戚である王都の商人と、身なりの良い男と、剣やメイスを手にした騎士のような男達が立っている。どういうわけか、私達が地球から持ち込んだ品がすべて持ち出されてもいた。

「連れてこい」

　と、最も身なりの良い男が言う。

　それに従い、周囲にいた騎士五人の内三人が動き出す。

「あああ、あああああ……」

　私は杖を実体化させ、自分から男達に近づいた。

　正しくは、彼の亡骸へと近づいた。

おもむろに一歩、一歩、進んでいく。

「おい！」

「止まれ！　うっ⁉」

「な、なんだ、この女の馬鹿力は⁉」

騎士達が私を取り押さえようとするが、力尽くで押し進んでいく。次第に私の足取りは速くなっていき、しがみつく騎士達を振り払った。それから先に誰が何を言っていたのかはよく覚えていない。

身なりの良い男が怯えたように顔を引きつらせて何か叫んでいた。彼を守るように立ち塞がっていた騎士達のことは無視した。

私はただ彼のもとにたどり着きたかっただけなのだ。周りにいた者達は脇目も振らずに死体に駆け寄る私のことを怯えながら眺めていたのだと思う。

「駄目、駄目、死なないで……」

私は彼の生首を拾い、彼の死体へ必死に治癒の力を発動させた。首と身体を大切そうにくっつけて、杖の先端で傷口を塞ぐ治癒の光を当て続ける。

「駄目、駄目……」

と、壊れた人形のように呟き続ける私の頭を、誰かが背後から思い切り殴った。メイスを手にした騎士だった。

私は彼の首を抱えたまま吹き飛ぶ。転がった私の全身に騎士達が群がり、剣と先端が尖ったメイスでめった刺しにしてきた。

「あ、あ……」

次第に意識が薄れていく。

その日、その瞬間。

私は殺されたのだろう。

確かに殺された。

はずだった。

◇

夢を見た。

どうやら私は覚醒したらしい。

夢の中で現れた誰かが、私にさらなる力を授けてくれると言った。

力の使い方を教えてくれた。

だが、そんなことはどうでもよかった。

私が、私が欲しいのは、力なんかじゃない。

力なんかじゃ、なかったのだ。

◇◇◇

私は目を覚ました。

真っ暗だった。

全身を圧迫されていた。

窮屈だったから、思い切り力を入れて暴れようとした。

すると、遥か遠くに薄い光が見えた。

それは夜空に浮かぶ月だった。

どうやら私は村の外れに埋められたようだ。全身血まみれの服を着たまま、死体として埋葬されたらしい。

すぐ隣には彼の死体が埋められているのも見つけた。それで私は再び彼の死体に治癒を施した。治癒しなければという思いで頭がいっぱいで、黙々と治癒の光を当て続けた。

どれくらい時間が経ったのだろう。私はようやく、彼がもう生き返らないのだということを理解した。

それから、私は村へと向かった。

どうして私は生きているのだろう？

どうして私だけ生きているのだろう？

どうして彼は殺されてしまったのだろう？

それらの答えを探しにいくのだ。

状況的に最も事情を知っていそうなのは、赤ん坊の父親である。その男の家があるのは村の外れだ。

村はもう夜の闇に包まれていて、真っ暗である。出歩いている人間はいない。私は誰ともすれ違わないまま、目的の家の傍へたどり着いた。明かりが漏れる玄関の隙間からそっと中を覗いてみる。

三人家族で、ワンルームしかない小さな家だ。食卓に腰を下ろす父親と母親と、ベッド代わりの台座の上で眠っている赤ん坊の姿が見える。

「お手柄だ。これで俺も自分の店が持てるぞ。お前とこの子にもっと良い暮らしをさせてやれる」

という父親の言葉を聞き、母親も明らかに心が躍っているのが見えた。村での貧しい暮らしから抜け出せると、夢でも見ているのかもしれない。

私は気がつけば足を動かしていた。ギイ、と音を立てながら、ボロい玄関の扉が開いていく。その音に気づき、夫婦の視線が玄関へと吸い寄せられる。血まみれのボロ服を着た私を見て――、

「ひっ！」

母親はひどく怯えたように全身を震わせた。

「な、なんで生きて……」

父親も絶句している。

「……返して」

「…………え？」

「このご恩は一生かけて返します、って言ったわよね？」

「…………」

私が要求を口にすると、父親がひどく醜悪な顔になった。何か後ろめたいことでもあるのだろうか。私から視線を逸らしてしまう。

「一生かけて恩を返すというのなら、返して。彼を返して。生き返らせて」

「ひっ……………」

母親は私を怖がり、椅子から立ち上がって目に見えて後ずさりをした。

「く、来るな！」

父親が叫ぶ。

すると、眠っていた赤ん坊が驚いて泣き出した。

「可愛い子ね」

私は抱き上げる。

「な、何をする⁉　赤ん坊に手を出すのか⁉」

この外道が、とでも言わんばかりに父親が私を睨んできた。

「手を出す？　どうして私がそんなことをすると思ったの？　泣いているから抱き上げたのよ？」

「それはっ……！」

「ねえ、どうして？」

しまったとでも言わんばかりの顔になった父親へと私は迫る。と――、

「お、おかしいぞ！　あんた普通じゃない！　明らかに危ない奴だ！」

父親は抽象的な言葉で私を罵倒してきた。

「危なそうに見える私が赤ん坊を抱えているのが許せないの？　なら、放してあげましょうか？」

　私は思わず笑ってしまいそうになった。だが、それをせず赤ん坊の首根っこを掴み、夫妻に見せつけるように持ち上げる。私が手を放せば赤ん坊はそのまま床へ落下することだろう。

「止めろ！」

「止めてください！」

　父親と母親の叫びが重なる。

　それで赤ん坊はびくりと震え、泣き止んだ。

「なら、すべてを話してくれないかしら？　どうして彼が殺されなければいけなかったのか。私と彼がいったい何をしてこんな目に遭っているのか」

「し、知らない！」

「貴方があいつらを王都から連れてきたんでしょう？　お手柄だって、さっき言っていたわよね？」

　と、私が指摘すると、父親の顔が真っ青になる。自分にとって都合の悪い会話を盗み聞きされたとでも思ったのだろう。私が聞いたのはそれこそ触りだけだったのだが、この父親が何かをして私達がこんな目に遭ったのは明らかだ。

「お、俺のせいじゃないんだ」

と、言いながらも、父親はやがて観念したように語り始めた。

実にくだらない。

本当にくだらない話だった。

きっかけは私達が売った衣類が想定以上に高く転売できたことらしい。買い主は村の広場にいたひときわ身なりの良い男と、村には来ていないがその娘であり、売却した服をどこで誰が作ったのかと尋ねてきたそうだ。

そこから話は進んでいき、目の前にいるこの父親は衣類の他にも物珍しい物を私達が持っていると口を滑らせたらしい。見慣れぬ小綺麗な道具や、貴金属や、治癒の力を秘めた杖などを私と彼が持っている、と。

貴族とその娘は私達が持つ品に強い興味を持ったそうだ。父親は特に私が持つ治癒の力を持つ杖にひときわ強い反応を見せたらしい。

その日はそれで親戚の商人と一緒に帰宅したそうだが、翌朝、貴族が使いを寄越してきたそうだ。再び屋敷へ足を運ぶと――、

「お手柄だったな。貴様のおかげで盗まれた友人の品が戻ってきそうだよ。ついでと言っ

てはなんだが、話を円滑に進めるためにどうか協力してはくれないか？　無論、褒美は弾もう」

と、話を持ち掛けられたそうだ。

「それで欲に目がくらんだのね。私と彼にありもしない罪を被せようとした」

「ち、違う！」

私が冷ややかな眼差しを向けると、父親は泡を食って反駁してきた。

「何が違うのかわからないわ」

「俺だって脅されたんだ！　貴族様に逆らえなくて、協力しなかったら殺されていた。それに、村の連中だって悪い！　今後の税をしばらく免除してくれるって言われたから」

「村人全員で私達を売ったのね」

この時の私は不思議と冷静だった。目の前の男が焦って言い訳しているのが滑稽だったからかもしれない。

「み、みんなで説得したんだ！　貴族様だって穏便に済ませようとしていたから！　素直に財産を渡していれば殺されずに済むはずだったんだ！　なのに、あんたの旦那が貴族様に逆らったから！」

彼が悪い、とでも言いたいのだろうか？

「……彼はどうして貴族に逆らったの？」

「指輪だよ！　これはあんたに渡す物だから絶対に渡せないって！」

私に渡す指輪。

それは、すなわち——、

「婚約、指輪？」

そう、婚約指輪だったのだろう。

私が彼からプロポーズされて婚約したのはこの世界に迷い込む少し前のことだが、その時に婚約指輪は受け取っていなかった。好きな物を一緒に買った方が良いだろうと彼が考えてくれていたからだ。

だが、私は婚約指輪は彼が選んでくれた物をつけてみたいと言って——、

（もう買ってくれていたんだ……）

この世界で指輪を買うほどのお金なんてなかった。

だから、つまりはそういうことなのかもしれない。それを貴族に奪われそうになって、彼は守ろうとした。それで殺されてしまった。

「あは、あはは」

私は涙を流しながら、笑った。

笑わなければ、正気を保てなかった。

だが、正気を保つ必要はあるのだろうか？

「………」

目の前の夫婦はいきなり笑い出した私を不気味そうに見つめている。すると、ここで赤ん坊が再び泣き始める。なんとも耳障り（みみざわ）りだった。

「も、もういいだろう！　その子を返してくれ！　俺はすべて真実を話した！」

「……彼を殺しておいて、私達から子供が産まれる機会を奪っておいて、自分の子供は返せというのね」

果たしてこんなに自分勝手なことがあるのだろうか？　そんな要求が、まかり通ってもいいのだろうか？

「だから、俺は殺してなんかいない！　殺させたのはあの貴族様だ！　殺したのは騎士様だ！　それにあんたの旦那が逆らわなければ殺されることもなかった！」

それがこの男の中での真実なのだろう。

「貴方の考える真実なんてどうでもいいのよ。貴方は私達の貴重品についてべらべらと喋（しゃべ）って、邪（よこしま）な貴族を連れてきた。その貴族が騎士に命令を下して、彼を殺させた。これが事実でしょう？」

「それはっ……、だから貴族様に逆らえなくて……。それに、貴族様が言う通りあんたが本当に盗人(ぬすっと)なのかもしれなかったし」

「あはっ。一緒(いっしょ)に村で暮らしてきて赤ん坊と妻の命を救ってくれた恩人である私達と、初めて会ったよく知りもしない貴族。このご恩は一生かけて返しますなんて言っておいて、私達のことなんか微塵(みじん)も信じていなかったのね」

　この期に及んで見苦しく言い訳をしようとする。

「私にとっての真実はこうよ。最初から、何もなかったの。私と彼が骨を埋めようと思ったこの土地も、私達が得たと思っていたこの村での居場所も、私達が私財をなげうってまで尽くそうとしたこの村の住人達からの信頼(しんらい)も……。みんな嘘(うそ)だった！　私達は貴方達(あなたたち)から裏切られた！　貴方達が、彼を殺したの！」

　みんなまやかしだった。

　信じた私達が愚(おろ)かだった。

　私達の居場所はこの村には存在しなかったのだ。

　もう、この世界のどこにも存在しえないのだ。

　住めば都なんて、嘘だ。

　私達が住んでいたのは、地獄(じごく)だったのだ。

次第に感情的になり、狂気に染まっていく私に怯えているのか、赤ん坊の泣き声がどんどんうるさくなっていく。

と、そこで——、

「お、お願いします。返して、その子を返してください……。お願いします、お願いします。謝りますから、お願いします」

最悪の事態を恐れたのだろう。

母親が子供を返してくれと、私に懇願してきた。

一方で——、

「うわあああ！」

父親が獣のように叫びながら、私に突進してきた。

自分に非があることを認められないのか、あるいは非があるとわかっていても子供を守りたいのか。いずれにしても、なんともふてぶてしい男だ。だからこそ、自分達のために人を踏み台にできたのだろう。

父親は「殺してやる」とでも言わんばかりに怒り、激情の一撃を私にぶちかまそうとする。だが——、

「ぐあっ！」

私は赤ん坊を掴んでいない左手に杖を実体化させて、父親を軽く薙ぎ払った。だが、加減はした。

「ううっ……」

父親は家具を巻き込みながら倒れ込んだ。加減したおかげで意識も失っていないのか、恨めしそうな父親の嗚咽が聞こえてくる。

この父親だけは許せない。

普通に殺すだけでは、気が収まらない。

どうしたら私が受けた絶望と同等の報いを受けさせてやれるだろうか？

私はそんなことを考えながら、倒れた父親にこう告げた。

「私はおかしいって、貴方さっき言ったわよね？　私がおかしいというのなら、おかしくさせたのは貴方よ。私は貴方を、貴方達を絶対に許さない」

私に残された少ない理性ではもうこの衝動を止めることはできない。私は手にしていた赤ん坊を台座の上に置いた。

続けて杖を振り上げようとすると、今度は母親が私に掴みかかってくる。が、母親も父親の傍に弾き飛ばしてやった。

それから、私は再び杖を振り上げる。そして――、

「やめ……！」

二人の前で、杖を振り下ろした。

「あは、あはははははははははは！」

私は壊れたように、笑い続ける。

いや、もう完全に壊れたのだろう。

この時点で私はもう身も心も人ではなくなっていたのだから。

最後に殺したのは父親だった。

彼は死ぬ直前まで、子と妻を殺した私を罵倒していた。

私は同等の怒りを胸の内に秘めながらも、無感情に彼の言葉を受け止めた。

◇◇◇

私はまだ村に残っていた貴族達を殺し、婚約指輪を取り戻した。その足で村の外れに残していた彼の亡骸を回収し、山奥（やまおく）へと向かった。

この世界に迷い込んだ時、最初に立っていた場所で彼の亡骸を葬る（ほうむ）ことにしたのだ。きっとそこが一番地球に近いと思ったから。

そして、私は彼の後を追おうと、自殺を図(はか)った。

もし、これが物語だったとして……。

ここで私が死んで物語が終わっていれば、まだ救いはあったのだと思う。

けど、救いがない。

本当に救いがない。

どうやら私は死ねないらしい。

心臓を貫(つらぬ)いても。

喉仏(のどぼとけ)を切り裂(さ)いても。

大量出血を狙(ねら)って腋(わき)の下を突(つ)き刺しても。

高所から飛び降りても。

身体を燃やしても。

どういうわけか私は死ぬことができない。

どんな傷も癒(い)えてしまう。

彼が死んだのに、私はこんな世界で生き続けなければならない。
死にたい。
私は死にたかった。
彼の後を追いたかった。
なのに、後を追うことができない。
狂(くる)っている。
本当に、狂っている。
大嫌(だいきら)いだ。
こんな世界は大嫌いだ。
いったい私は、どうすれば死んで彼の後を追うことができるのだろうか？

各地を旅して、この世界を見て回った。
だが、どこに行っても同じだ。
どこに生きる人間も同じだ。

人間はひどく醜悪な生き物だ。

一見すると無害な小市民に見えても、腹の内では何を考えているのかわからない。一人一人が自分勝手で、人に自分の都合を押しつけようとする。それで自分にとって都合の悪い相手がいれば、平気で悪者にしようとする。時には群れてそれを行う。人は群れれば危険な獣になる。

なのに、その自覚がない。自分達は悪くないと思っている。当然、間違っているのは他人だと考える。当然、自分達の都合を周囲が理解してくれるものだと考えている。

人が人を信じるのは、とても難しいことだ。

なのに、人はどうして、時には容易く人を信じるのだろうか？

どうして、人が自分を信じるのを当然だと思い込むのだろうか？

どれだけ言葉で伝えても。どれだけ行動で示しても。

人が何を考え、何を見ているのかなど、所詮人にはわからないのに……。

だが、それでも人は人を信じる。

いや、自分の信じたいものを信じる。

都合の悪い事実からは目を逸らし、時には隠蔽を試みる。

そして時には裏切られ、怒り、どこまでも根に持つ。

人は愚かな生き物なのだろうか。

人は賢（かしこ）い生き物なのだろうか。

人は醜（みにく）い生き物なのだろうか。

人は美しい生き物なのだろうか。

その答えを知る者は、実在するかどうかはともかく、おそらく神以外にはいない。

だが、勇者である私はどうやら神の代理人であるらしい。

そうであるのなら、神以外に知りえない答えを提示してやることこそが、私の使命なのではないだろうか？

きっと私は神からパンドラの箱を託（たく）されたのだと思う。その使命を果たしていないからこそ、私は死ねないのではないだろうか？

だから、私は箱を開けて人々に刻（きざ）み込まなければならない。

人はこの世で最も愚かな生き物になりえるのだということを。

これは復讐（ふくしゅう）であり、聖戦だ。

そう、私は聖戦を始める。

きっとその先にも救いがないことを予想できているとしても。

私が歩みを止めることはない。

私が欲(ほっ)しているのは、絶望なのだから。
私は、死にたい。

【第一章】 帰国後、帰国前

神聖エリカ民主共和国から帰国したばかりのリオ達は、ガルアーク王国城内にある屋敷へと足を運ぶ。そのままダイニングルームへと向かい、ちょうど屋敷を訪れていた国王フランソワと対談することになった。

「そなたならば……と思ってはいたが、よくぞリーゼロッテを連れ帰ってきた。大儀であったな、ハルトよ」

一同、椅子に着席すると、まずはフランソワがリオを見て告げる。

「恐れ入ります」

リオは短く頷き、こうべを垂れた。

「リーゼロッテもよくぞ戻ってきた。そなたの無事を嬉しく思う」

フランソワは続けてリーゼロッテに語りかける。

「多大なるご迷惑をお国と皆様におかけしました……。誠に、申し訳ございません」

「そう気にするな。厄介な災害に遭遇した、とでも思うしかあるまい。あの聖女はまさしく厄災のような存在であった……。セドリックとジュリアンヌ、それとそなたとも親交のあるクリスティーナ王女とフローラ王女を呼びに行かせた。直に来るだろうから、無事な顔を見せてやるとよい」

聖女エリカとの対談を思い出したのか、フランソワが溜息交じりに語る。

「お心遣い、誠にありがとうございます」

「うむ。本格的な話はそれからとするが、ハルトは混乱していることだろう。屋敷に来るまでに状況の説明は受けたか？」

ゴウキとカヨコを見やりながら、フランソワがリオに問いかけた。

「いえ、皆様のいらっしゃる場でした方がよいだろうとのことで」と、道中、シャルロットに言われたのだ。リオの反応を面白がっていたというのもあるが、確かにその方が効率的だ。

「そうか……。簡潔に言うと、ハルトが出立した後、城内に襲撃者が現れた」

フランソワは少し逡巡したが、すぐに打ち明けてきた。

「っ⁉」

リオとリーゼロッテは思わずといった感じで目を見開く。

「……案ずるな。襲撃の規模はかなりのものであったが、幸い被害は軽微な範囲に収まった。この屋敷にいる者達の活躍（かつやく）があってこそだ。その件で礼を言うため、余もちょうどこの屋敷を訪れていた」

と、フランソワがわずかに間隔（かんかく）を空けて前置きしたのは、余計な心配をさせたくなかったからだろう。襲撃者達（しゅうげきしゃたち）はリオとも深い因縁（いんねん）のある相手だ。どう順序立てて説明するべきか、言葉を選んでいるようだ。

「そう、でしたか……」

与（あた）えられた情報がまだ少ないため戸惑（とまど）ってはいるが、リオとリーゼロッテの表情から一応は不安の色が薄（うす）れる。

すると、そこへ――、

「失礼いたします。クリスティーナ王女とフローラ王女、並びにクレティア公爵（こうしゃく）夫妻がいらっしゃいました」

案内の女性騎士を先頭に、招かれた者達が姿を現す。

「お招き、ありがとうございます」

まず入ってきたのは他国の王族であるクリスティーナとフローラだったが、短く挨拶（あいさつ）をしてすぐに脇（わき）へ逸れる。リーゼロッテの両親であるクレティア公爵夫妻、セドリックとジュリアンヌを気遣（きづか）ったのだろう。

「陛下……」

親としては真っ先に娘に声をかけたいはずだが、公爵としてはそうもいかない。国を代表する貴族としての立場を踏まえて、セドリックがまずは国王フランソワに声をかける。とはいえ、攫われた娘が無事に戻ってきたのだ。その視線と意識はリーゼロッテへ向いていた。

「余への挨拶は不要だ。今は父として娘との再会を喜ぶが良い」

フランソワはそう言って、貴族的慣習に基づく礼儀作法を省く。

「恐れ入ります。ああ、リーゼロッテ！」

セドリックはぺこりと一礼してから、娘に向かって脇目も振らず駆けだした。妻ジュリアンヌもそれに続く。

「良かったわ、無事に帰ってきてくれて……」

二人を迎えるように椅子から立ち上がったリーゼロッテを、セドリックとジュリアンヌは愛おしそうに抱きしめた。

「お父様、お母様……」

リーゼロッテは身動きもとれずに抱きしめられている。その瞳は潤んでいて、声も震えていた。室内にいる者達は黙ってその様子を見守っている。

それから、しばらくして――、

「アマカワ卿……、いや、ハルト君。娘を連れ戻してくれて、本当にありがとう」

セドリックとジュリアンヌがリオに向き合い、深く頭を下げた。

「いえ、やりたくてやったことですし……」

気にしないでくださいと、リオはかぶりを振る。そんな言葉が心に響いたのか、ジュリアンヌは「まあ……」という感嘆の声と共に愛娘に視線を投げた。平静を装おうとするリーゼロッテだが、こそばゆそうにほんの少しだけ頬を紅潮させていた。

「…………ありがとう、本当に」

セドリックは柔らかく微笑み、リオの手をぎゅっと握りしめる。そして感謝の言葉をもう一度、心の底から絞り出した。

「はい。ただ、手放しで喜んでもいいものか……。ご報告せねばならないこともございます」

リオは話を切り替え、フランソワに視線を向ける。

「であるな。こちらも先ほどの件で話をしておくことがある。まずはそちらの話を聞かせてもらってもよいだろうか？」

そうして、お互いのいぬ場で何が起きたのか、リオ達は報告し合うことになったのだった。

◇◇◇

時は二日前まで遡る。

神聖エリカ民主共和国近郊。森の中に設置された岩の家で。

日が暮れ始める少し前の頃。

「んっ……」

聖女エリカとの戦いで負傷したリオは、目を覚ました。

（ここは……）

見慣れた岩の家の天井が視界に映る。何が起きたのか、まだ鈍い思考回路で朧気に思い出そうとする。と――、

「……ハルト様？」

ベッドの傍らから聞き覚えのある少女の声がしたので、リオは横を見た。意識を失っている間に看病をしてくれていたのか、椅子に腰を下ろしたリーゼロッテの姿がある。二人の視線が重なった。

「……リーゼロッテさん？」

「あの、お加減は大丈夫ですか？　痛いところなどは……」

治癒魔法をかけようとでも考えているのか、リーゼロッテはリオの身をいたわるように手をさまよわせた。

「特には、大丈夫そうです」

リオはおもむろに上半身を起こし、調子を確認しがてら両腕を動かしてみた。寝たきりだったせいか身体が鈍っているのは感じるが、痛みはない。

「良かった……！」

リーゼロッテはホッと息を吐いて、項垂れるように脱力する。やり場のなかった彼女の両手は、ベッドに置かれていたリオの右手へと縋るように吸い寄せられた。そうして、リーゼロッテはリオの右手をぎゅっと握り締める。

「………………」

不意に手を握られたことでリオの身体がぴくりと反応しかける。だが、リオは息を呑みこむことで身体の反射を意図的に制止した。

なぜなら――、

「良かったです、本当に……」

リーゼロッテが泣いていたから。

華奢な身体と、可愛らしい声を震わせている。

「すみません、だいぶご心配をおかけしたみたいですね」

リオは俯くリーゼロッテに、謝罪の言葉をぽつりと投げかけた。

「そんな、謝るのは私の方です！　本当に、とんでもないご迷惑をおかけして……」

顔を上げて反駁するリーゼロッテだが、後半は再び俯きがちになってしまう。リオはそんな彼女を困ったように見つめたが――、

「……迷惑ではありませんよ」

すぐに優しい笑みを覗かせ、はっきりと告げた。そして、右手を握ってくるリーゼロッテの両手に左手を添えて、そっと握り返す。それにつられて――、

「ハルト様？」

リーゼロッテは少し呆け気味に顔を持ち上げる。

「俺は自分の意思でここにいるんです。勇んで乗り込んでおきながら寝込んで看病されてしまい情けない限りですが、リーゼロッテさんに迷惑をかけられたなんて微塵も思っていません」

と、リオは泣きじゃくる子供に言い聞かせるように、ゆっくりと語りかける。

「………情けなくなんてないです」

る。

干割れるように擦れた声だった。リーゼロッテはいまだ自らを責めるような顔をしてい

「なら、良かった。リーゼロッテさんも無事で本当に良かった。お互いに良いことだらけです。だから、そんな苦しそうな顔はしないでください」

リオはそう言って、くっきりとした顔の輪郭を崩して喜ぶ。

それでもう、リーゼロッテは何も言えなくなってしまう。ドキッとしたように身体を小さく上下させると――、

「…………はい」

こくりと、小さく首を縦に振った。

互いの両手を握ったまま、二人は至近距離から見つめ合う。

最初に変化が起きたのはリーゼロッテの方だった。感情が揺れ動いて平時の自分らしからぬ大胆な真似をしていることに気づいたのだろう。異性の手を握ったまま見つめ合うことなど、初めての経験だ。みるみる顔が赤くなっていき――、

「あ、あの、す、すみませんでした！」

リーゼロッテは慌ててリオの両手から自分の両手を離し、距離を置いて勢いよく頭を下げた。

「いえ、こちらこそ……、すみません」

塞ぎ込んでいるリーゼロッテを励まそうとしていたとはいえ、手を握り返すのは軽率だったと、リオも決まりが悪そうに謝り返す。

「あ、謝らないでください。最初に手を握ってしまったのは私の方なので……」

「……では、ありがとうございます」

リオは天井を仰ぎちょっと考えてから、はにかんで言い直す。

「な、何へのお礼ですか？」

「俺が意識を失っている間、看病してくださったことへのです。つきっきりでいてくださったんですよね？」

「……アイシア様とアリアも交代で看ていたんです。私は本当にただ傍にいただけですから、お礼なら二人に言ってあげてください」

「わかりました。けど、それでもです。リーゼロッテさんが心配してくれてとても嬉しいです。ありがとうございます、本当に」

「い、いえ……。わ、私も、嬉しかったです。ハルト様が助けにきてくれて……」

嘘偽りのない本音を真正面から向けられて、落ち着きかけていた気恥ずかしさがぶり返したらしい。リーゼロッテは再びかあっと頬を赤らめて俯いた。

「はい。それで、アイシアとアリアさんは？」

照れ臭いのはリオも同じなのか、ちょっぴりバツが悪そうに話題を変える。と――、

「私はここにいる」

アイシアが開きっぱなしの扉から入ってきた。

もしかしたら廊下で話を聞いていたのかもしれない。リオが口にした疑問に答えるように、タイミングよく登場する。

「おはよう、アイシア」

リオは柔らかく相好を崩した。

「うん、おはよう」

例によって抑揚のない平坦な口調だが、アイシアも心なしか嬉しそうに口許をほころばせる。

「ありがとう。戦いが終わった後、アイシアが来てくれたおかげで助かったよ」

と、まずは聖女との戦いを振り返り、礼を言うリオ。意識を失う直前、気絶しかけたリオをアイシアが運んでくれたのだ。

「うん」

「俺はどのくらいの間、意識を失っていたのかな？」

「丸一日以上」

「そんなに寝ていたのか……」

傷は治癒してもらったとはいえ、肉体への負担は大きかったのだろう。とはいえ、寝込む程度で済んだことを幸いと思うべきかもしれない。

「春人が寝ている間はリーゼロッテがつきっきりで看ていた。一睡もしていない」

アイシアさんとアリアも交代で看ていたんです——と、言っていたが、リーゼロッテだけは交代をしなかったということだろうか。

「そう、だったんですか？　それは寝てください」

リオが思わず目を丸くしてリーゼロッテの身を案じた。

「え、ええっと……、大丈夫ですよ、このくらい」

あまりリオには知られたくなかったのか、リーゼロッテはちょっときまりが悪そうに明るく振る舞う。

「……不眠不休は身体に毒です。俺のことを心配してくれるのは嬉しいですが、自分のことも大事にしてください。お願いですから」

自分を心配してくれたがゆえの行動だ。強く咎めることはできず、リオはもどかしそうに訴えかける。と——、

「自分のせいでアマカワ卿がお目覚めにならなかったらどうしようと、気が気ではなかったようです。どうかご容赦ください」

アリアも開きっぱなしの扉から入ってきて、主人であるリーゼロッテを擁護した。その両手には水差しの載ったトレイがある。

「アリア……」

侍女からの援護射撃だが、自分の心境をありのままに伝えられたことで、なんともこそばゆそうな顔になるリーゼロッテ。そんな彼女に視線を向けながら――、

「この後すぐにでも休んでくださるのなら異論はありません」

リオが心配そうに言う。

「はい。このまま寝ずにいるようなら私も無理にでも寝室へ連れていくつもりでした。そうなる前にアマカワ卿がお目覚めになって本当に良かった。どうぞ、水分を補給してください」

アリアはそう言いながら、木製のコップに水を注ぎリオに手渡した。

「どうも……。生き返りました」

リオは喉の渇きを潤し、湿った吐息を吐き出す。

「御礼を申し上げるのはこちらの方です。アマカワ卿のおかげで主の救出が叶いました」

アリアは手にしたトレイをベッドのサイドテーブルに置くと、その場で跪いて主君に行うようにリオへと強い謝意を示す。

「やめてください。やりたくてやったことだと説明したでしょう」

突然の改まった態度に面食らい、リオは慌ててアリアを制止した。

「だからといって礼を尽くさなくていいという話にはなりません」

アリアはこうべを垂れたまま、きっぱりと言い返す。

「はい。本当に、ありがとうございました」

リーゼロッテもアリアに賛同し、リオに対し改めて頭を下げる。そうして、主従に揃って頭を下げられ――、

「……わかりました。どういたしまして」

リオは二人の思いを受け止めた。それから数秒は頭を下げ続けると、先にアリアが上半身を起こしてこう語る。

「恐れ入ります。では、アマカワ卿のご意向にも従うべく、主を寝かしつけてこようと思います。よろしいでしょうか？」

「ね、寝かしつけるって、子供じゃないんだから……」

むうっと可愛らしく頬を膨らませ、ジト目になるリーゼロッテ。いたって真面目な口調

で伺いを立てたアリアだったが、彼女なりにユーモアを働かせたのかもしれない。

「ぜひ、お願いします」

リオはおかしそうに頬を緩めながら返事をした。

「はい。主を寝室へ案内した後、軽食をお持ちします。少々お待ちくださいませ」

「ありがとうございます。王都へ帰るにしても明日以降ということで。今日はゆっくり休んでくださいね、リーゼロッテさん」

「……はい」

そうして、リーゼロッテはアリアに連れられ退室していく。

部屋の中にはリオとアイシアだけが残った。

「そういえば、どこにこの家を設置したの？」

リオが傍にたたずむアイシアに現在地を尋ねる。

「聖女と戦った都市から何キロか離れたところ。森の中に設置した」

「そっか。俺が眠っている間に何か変化はあった？」

「特には」

「……リーゼロッテさんを連れて都市を出ようとしている時、腕の良い精霊術士に邪魔をされたって言っていたよね？　追跡はされていないと考えてよさそうかな？」

リオの脳裏によぎったのは、アイシアが使用していた不可視の精霊術を見破って妨害してきた何者かのことだ。

岩の家には認識阻害の結界が張られているのでそう簡単に発見されることはないが、腕の良い精霊術士であれば結界を看破することも可能である。

実際には、アイシアの脱出を妨害していたのはリオと聖女の対立を狙ったレイスの仕業だったわけだが、そのことを知る術はない。ゆえに――、

「たぶん。もしかしたら聖女が邪魔をしてきたのかもしれない」

と、アイシアは推察した。

「……確かに、その可能性はあるのかも」

リオも納得する。なぜならば――、

(神装の効果は精霊術と酷似している)

と、考えたからだ。

だが、同時に気になることもあった。リオはそれを尋ねることにする。

「けど、アイシアを攻撃していた術士は光弾を操っていたよね？」

「うん」

「となると……」

リオは口許に手を当て、頭を捻り始める。

（身体強化や言語翻訳を除くと、神装で操れるのは特定の自然属性に関する事象に限られるはずだ。沙月さんは風、坂田さんは水、瑠衣さんは雷、貴久さんは火、ルビア王国で戦った勇者は氷で、聖女は土系統だと思ったんだけど……）

質量エネルギー弾として光球を放つ魔法や精霊術は、火、水、土、雷、氷、風の六大属性には分類されない。ゆえに、仮に聖女がアイシアへ光弾を放って妨害したとすると、聖女が六大属性以外の事象も操ることができるということを意味してしまう。

（アイシアを攻撃したのは聖女じゃなかったのか？　いや、神装の効果じゃなくて、聖女自身が精霊術を習得していた可能性もないとは言い切れないし……）

というのも、勇者は精霊術を扱う下地が最初からかなり出来上がっている。おそらくは神装の影響だろう。沙月がそうだった。沙月は魔力を可視化するスキルをこの世界に召喚された当初から身につけていたという。

シャルロットや護衛の騎士達も見ている前で公然と精霊術を使うわけにもいかないので最低限のことしか教えていないが、本格的に指導すれば沙月も極短期間で術を習得するはずだ。そうすれば神装の効果と精霊術を両方扱える勇者が誕生する。それに――、

（……神装で自系統以外の術を使うことができる可能性もある。沙月さんも神装のことは

理解しきっていないと言っていたし）

いずれにせよ、この場でこれ以上考えても答えが出る問題ではない。

「……聖女以外の第三者がアイシアの邪魔をした可能性も捨てきれない。警戒だけはしておこう」

アイシアを邪魔したのが聖女だとしたら、警戒をする必要はない。聖女は他ならぬリオが殺してしまったのだから。だが、聖女以外の第三者がいるとしたら、襲撃を仕掛けてくる恐れはある。

なんて、リオが今さら言うまでもなく、そうしてくれていたのだろうが――、

「うん」

アイシアは素直に頷く。

「ありがとう。……あと気にしないといけないのはあの怪物のことか。アレも聖女が神装で操っていたと考えるのが自然だけど……」

断言はできない。すると――、

「あの巨大な何かから、精霊と似た気配を感じた」

怪物の正体に関して、アイシアがぽつりと言及した。

「やっぱりアレは精霊だったの？」

リオも戦闘中に精霊である可能性は検討した。だが、アレだけの力を秘めた存在だ。精霊なら準高位級以上の力を持っているとしか思えないが、人型ではなかった。準高位級以上の精霊は人型であるという知識があっただけに、あの怪物が精霊だという確信が持てずにいたのだ。

「……自信はない。気配もすごく濁っていたから」

「気配が、濁っていた？」

精霊の気配は人間の感覚では感知できない。リオがいまいちピンときていない顔をしていると――、

「人、精霊、動物、魔物、植物。命が宿っているものには気配がある。個体ごとの差もあるけど、種族ごとに気配の特徴がある。その中で一番区別が付きやすくて感じ取りやすいのが精霊と魔物の気配」

アイシアが補足した。

「その中で一番近いと思った存在が精霊だった？」

「けど、濁っていた」

「濁っていたか……」

結局はその表現に行き着く。わかったような、わからないような、リオはなんとも困っ

たように唸った。

「気配が濁っているのは魔物も同じ。だから、そういう意味では魔物にも近いのかも？　でも、精霊と似た気配も色濃く感じた」

感覚の問題なだけに、アイシア自身も上手く説明はできないのだろう。だが、断言はできなくとも、精霊であるか、精霊とよく似た存在である可能性は高そうだ。

「なるほど。他に何かあの怪物の気配に関して気になったことはある？」

「……………怒っていた」

アイシアは少し間を置いてから、そう答えた。精霊は相手の感情に敏感だ。気配を通じてある程度、感じ取ることができるのだという。

「ああ、それは俺も思った」

納得したような顔になるリオ。

軽く全長百メートルを超えるそのサイズ感に圧倒されたというのもあるのかもしれないが、その瞳には憤怒という言葉では生ぬるい憎悪が秘められていた。それは人であるリオであっても傍目から容易に窺えたことだった。

「すごく、怒っていた。真っ黒だった」

短いフレーズだが、殊更によく響いた。それこそ、あの怪物の怒りが凄まじいことを暗に示すかのように……。

「真っ黒、我を失うほどに怒っていたのかな？」

「……それほどまでに、いったい何に怒っていたんだろう？　敵である俺に、なのかもしれないけど」

いつの間にか恨みを買っていたのだろうか？

確かに敵陣へ攻め込んでリーゼロッテを奪還したわけだが、あの怪物の逆鱗に触れるほどのことだったのかというと、釈然としない。

「怒りの矛先が春人に向けられているようには思えなかった。あの場にいた特定の誰かに怒りを向けていたわけでもなかった」

「じゃあ、それこそいったい何に……」

怒っていたというのか？

「何に怒っているのかもわかっていなかったのかもしれない。目隠しをされて、誰に矛先を向けたらいいのかもわからなくて、それでも収まらない怒りが溢れ出ていた。そんな感じだった」

「それで、真っ黒だったって？」

「うん」

アイシアは静かに頷く。

「そっか……。でも、なんというか妙に冷静に暴れているようにも思えたんだ。まるで獲物を決めた狡猾な獣と戦っているみたいだったというか」

最後こそ味方を巻き込んでリオに不意打ちの攻撃を食らわせてきたが、聖女がいる間は都市部には被害を与えないように立ち回っていたし、リオに不意打ちを食らわせた時には死んだフリまでしていた。そこになんとも言えぬ痼りを感じる。

「……我を失っている状態で、使役者の指示に従って冷静に行動できるものかな？」

リオはぽつりと疑問を口にした。

怪物に対する絶対的な命令権を有しているのならば理解できる。だが、あの怪物が精霊あるいはそれに近い存在だと仮定すると、いくら契約者といえども精霊に対する絶対的な命令権は保持できない。

契約した両者の関係はあくまでも対等なのだ。好いている契約者のために精霊の側から尽くすことはあるが、精霊は精霊の意思に基づいて自由に行動できる。

「それは、わからない」

当然だ。アイシア自身、そんな精神状態になったことなどない。

「だよね……」

リオは蓄積した泥の濁りを掻き出すように、いったん息をつく。確定している情報がほとんどないせいで、考えれば考えるほど泥沼にハマっていくのがわかる。寝起きから重たい話題ばかりで早くも疲れてきた。

だが、それでも泥沼を掬う作業を止めることはできない。

「あの化け物が精霊だとすると、死んだわけではないのかな？」

リオは今最も確認しておかなければならないことを尋ねた。

「春人がどういった攻撃を与えて倒したのかによる。霊体にダメージが生じる攻撃を与えていない限り、受肉している状態で負った傷が原因で死ぬことはない。あとは霊体の維持すらできないほどに魔力を消耗させれば、消滅する可能性がある」

実体化によって創った肉体を傷つけるだけでは駄目ということだ。必要な魔力さえ補充できれば、傷が回復した状態で改めて実体化することができる。

「……実体化している精霊に強力な精霊術による攻撃を直撃させれば、多少は霊体にダメージを与えることもできるんだよね？」

リオはかつて精霊の里で学んだ知識を口にする。

「うん。でも、死に至るほどのダメージを与えるのは難しい。相手が強力な精霊であればほぼ不可能」

「……そうか。今、あの怪物の気配は感じ取れる？」

「感じない。私が春人のところに駆けつけた少し前から、完全に気配を消している」

「正直、殺し切れたとは到底思えない。契約者を殺しても精霊は死なない。今は実体化に必要な魔力を捻出できなくて霊体化しているのかな？　アレを実体化させるほどの魔力を供給できる存在は聖女以外にはいなそうだけど……」

　アイシアを邪魔した精霊術士が聖女とは別にいたのなら、その人物があの怪物を操っていた可能性もある。が、アレだけの力を持った精霊を実体化させられる術士がそういるとは考えにくい。人間ではまず無理だろう。魔力が豊富なハイエルフのオーフィアでも無理に思える。

　とはいえ、使役していたのが誰であろうと、あの怪物がまだどこかで霊体化した状態でいる可能性が高いのは確かだ。

　次に実体化したら、また襲ってくるかもしれない。

（想像したくないな）

　再戦して絶対に勝てる自信はない。周囲に守るべき存在がいるとして、被害を出さずに押さえ込める自信もない。万が一の時に備え、守るための力が必要だ。リオはたまらず張

り詰めた顔になる。と——、

「一緒に探そう。次に戦った時、勝つための方法を。次は二人で戦ってもいい」

リオの気負いを読み取ったのだろう。一人で背負う必要はないと言わんばかりに、アイシアがリオの手を掴み取る。

それで、リオの表情も少しだけ柔らかくなった。

「……ありがとう、アイシア。そのためにもあの怪物について、ちゃんと調べないとね」

リオはそっとアイシアの手を握り返す。そして、暗澹たる胸の靄を晴らすように優しく顔をほころばせる。

「ドリュアスや里のみんななら何か知っているかもしれない」

「だね。帰ったらサラさん達にも訊いてみよう」

調べてみたいことは色々とある。

（勇者が持つ神装とあの怪物が関わっている可能性は極めて高い。沙月さんにも協力してもらう必要もありそうだな。フランソワ陛下の許可もいるかもしれない）

怪物との再戦を前提に、今後のことを考える。

そのために、早くガルアーク王国へ戻る必要がある。救出したリーゼロッテをいち早く連れて帰るのも重要な任務だ。あとは——、

「春人が起きたから、私はあの都市の様子を見てくる」

リオが口にしようとしたことを、アイシアが言った。

「俺が行こうかなと思ったんだけど……」

「春人は病み上がり。大立ち回りをしたから顔も知られているかもしれない。私が霊体化して見てくればいい」

「けど、もしかしたらアイシアを邪魔した精霊術士と戦闘になるかもしれないし」

「だったらなおさら私が行くべき」

ぐうの音も出ないほどの正論だ。病み上がりの身で無理をするべきではない。

「……わかった。じゃあ、お願いしてもいいかな」

逡巡するそぶりを見せたリオだが、アイシアに頼むことにした。

「任せて」

「都市でやってきてほしいことは一つ。聖女が亡くなった事実を都市に暮らす人達がどう受け止めているのかを軽くでいいから見て回ってきてほしいんだ。フランソワ陛下に報告しないといけないからね」

「うん」

「精霊術士かもしれない相手のことも探れるなら探ってほしいけど、こっちは無理に探ろうとしないでいい」

「わかった」

「本当に無理はしないでいいからね。騒ぎになりそうならすぐに逃走して構わない」

「うん」

しっかりと頷くアイシア。逃走に専念したアイシアを捕まえることはリオでも難しいだろう。問題はないはずだ。

はず、なのだが――、

「………」

リオはどうしても心配そうな眼差しでアイシアを見てしまう。やっぱり自分が行く、とでも言いだしかねない顔だった。

「春人は心配しすぎ」

アイシアはずばり見抜いて指摘する。

「いや、まあ……」

そんなことはない、とは言えなかった。

「少しは私を信じて」

言葉を濁すリオに、アイシアが言い聞かせる。

「信じてはいるんだけどね」

リオはバツが悪そうに苦笑した。すると――、

「私は大丈夫」

アイシアは柔らかな表情になり、そっとリオを抱きしめる。

「えっと……」

リオはこそばゆそうに少し身体を硬直させる。

アイシアは日頃から距離感が近く、密着してくることも多いが、こうして不意に抱きしめられるとやはり少しドキッとしてしまう。

しかし、不思議と心が落ち着きもする。リオは次第に肉体を弛緩させ、アイシアの温度を受け容れることにした。

それから、しばし無言の時間が流れる。

完全に二人だけの空間が出来上がっていた。一方で――、

（……ご飯の用意ができたのですが、入りづらいですね。どうしましょうか）

寝室の外ではアリアが気まずそうに立っていたのだった。

【間章】 ✕ パンドラの箱

時はリオがエリカの心臓を刺して倒した翌日の朝まで遡る。

神聖エリカ民主共和国の首都エリカブルクにて。

満場一致で一つの議決が下った。それは、すなわち――、

「我が国はガルアーク王国への侵略を実行します」

侵略戦争の開始宣言。

初代元首であるエリカがそれを告げると――、

「おおおおおおっ！」

議会室は瞬く間に熱で埋め尽くされた。

「エリカ様！」

「エリカ様！」

「エリカ様！」

「エリカ様！」

「エリカ様!」

指導者である聖女エリカを崇拝する声が鳴り響く。

彼らは喜んでいた。

なぜなら、彼らは怒っていた。

民衆に迎合するような都合の良い言葉を吐きながらも、根っこでは貴族としての特権を捨てることができない卑しい魔女リーゼロッテに。

あろうことか彼らの首都エリカブルクに乗り込み、リーゼロッテを連れ去っていったガルアーク王国からの手先であろうリオに。

我慢ならない激情を抱いている。

はらわたが煮えくり返るほど憤っている。

報復してやらなければ気が収まらない。

だから、ガルアーク王国への侵略戦争が可決されたことを、彼らは心の底から歓喜していた。これで報復が可能となる。

神聖エリカ民主共和国に喧嘩を売ってきたのはガルアーク王国だ。そして、もとより悪しき王政はこの世から根絶されなければならない絶対悪である。

大義名分は彼らにあった。反論の隙など一つもない。少なくとも、彼ら自身はいっぺんの疑いもなく本気でそう思っている。

「魔女リーゼロッテを許すな！」

「卑劣な王国に我々の怒りを見せつけてやる必要がある！」

「弱者を虐げる悪しき王国に誅伐を！」

「復讐するは神にあり！　エリカ様による誅伐を！」

　などと、熱を帯びて叫ぶ議員達。

「皆さん、静粛に」

　エリカは薄く微笑みながら右手を上げて、ざわめく一同に呼びかけた。すると、議員達は瞬時に静まり返る。

「議会の承認は得られました。これでこの国はガルアーク王国と対立する道を進むことになります。何か意見や質問はありますか？」

　そう言って、エリカはいったん議員達の顔を見回す。すると——、

「エリカ様」

　宰相を務め、議会の司会進行役も務めている優男風の青年、アンドレイが発言の許可を求めた。

「何でしょう、アンドレイ？」

「早速、この決議を国中に告知してみてはいかがでしょうか？　昨日の騒ぎは国中で噂となり、皆、不安と激しい怒りを抱いています。反撃に出るとわかれば士気の向上に繋がるのではないかと思いました」

それは良い考えだと、賛同する議員達が続々と現れる。やはり戦意を高揚させる事実はすぐにでも伝えたいようだ。民衆に頼もしいところを示すことができれば、支持を集めることもできる。

「まさしくその通りです、アンドレイ。民衆には国の当事者として知る権利もある。ですが、問題は逃走したガルアーク王国の魔女リーゼロッテ達にあります」

エリカはアンドレイの意見をまず認めてから、これ見よがしに嘆かわしそうに溜息を漏らした。

「彼女が、ですか……」

アンドレイはリーゼロッテの名を聞くと複雑そうに顔を歪める。軟禁されたリーゼロッテの世話役を務めたのはアンドレイだ。それだけにリーゼロッテに対する想いはひとしおであろう。

「先の戦いの顚末は皆さんに説明した通りです。魔女リーゼロッテを連れ去った青年は私が召喚した大地の獣との戦いで瀕死となり、卑怯にも私の救援に駆けつけてくれたナターリア達を人質に取りました」

　そのせいでナターリア達は亡き者となったのだと、エリカは戦闘終了後に駆けつけたアンドレイ達に説明している。彼らからすればエリカを疑う理由もない。実際には大地の獣がナターリア達もろともリオを攻撃したのだとは知るよしもなかった。

「かの青年はナターリア達もろとも私を巻き込む攻撃を放ってから逃走を図りました。その時の攻撃で私を殺害したと考えているはず。ですが、傷が癒えれば状況を確認しにやってくる可能性があります」

「それで我々がガルアーク王国への侵攻を企てていると知られてしまうと、あちらに先手を打たれてしまう恐れがある、ということですか？」

「その通りです」

　エリカは優秀な学生を褒めるように微笑む。

　戦争においては情報が鍵を握る。敵の動きがわかれば優位に立ち回ることができるし、逆に自陣の動きが敵に筒抜けになれば不利になる。

「となると、この場にいる我々も軽率にこの戦争について語らない方が良さそうですね」

　と、アンドレイ。今の会話で防諜に対する意識が高まったようだ。

「ええ。途中で気づくことこそできましたが、警備の厚い軟禁場所から魔女リーゼロッテを連れ去った彼らの手腕は実に見事でした。いつ、どこに間諜が送り込まれてくるかわからない以上、議員の皆にも箝口令を敷くのが得策でしょう。語り合う時と場所は厳密に管理し、耳にしただけではガルアーク王国侵攻を企てているとはわからないような計画名や暗号なども決めて、情報漏洩を避けるべきです」

「なるほど……」

「計画名については……、そうですね。パンドラ計画というのはどうでしょう？」

エリカは虚空を見つめてわずかに思案すると、計画名の候補を口にした。

「パンドラ、ですか？」

聞き覚えのない単語に首を傾げるアンドレイ。

議員達も同様の反応を見せている。

「私が知るとても古い伝承に、パンドラの箱と呼ばれた神器が存在します。そこから取った名称ですよ」

「おお、神器ですか、それは良い」

アンドレイを含め、この場にいる議員達は六賢神信仰が強いシュトラール地方で生まれ育った者達だ。神にあやかりたい気持ちが強いのか、あるいはエリカの案だからか、無条件で好意的に受け止める。

「それは神が人類に与えし希望の詰まった救いの箱です。パンドラとはその箱を神から託(たく)された女性のこと。その箱を開くことで世界中に救いがもたらされるとされています」

と、エリカが語っているのは、地球上のギリシア神話に登場するパンドラの箱についての逸話(いつわ)だ。だが、逸話の説明には誤りがあるように思えた。

「それはまさにエリカ様のことのようではありませんか」

「まあ、そう思いますか？」

「はい。エリカ様は聖女であり、勇者でもある。まさに六賢神様が遣(つか)わした神の代理人ですから。パンドラはエリカ様に他なりません」

アンドレイは誇(ほこ)らしげに断言した。

「そうですか」

エリカは聖女然と、にこりと笑(え)みをたたえる。そして——、

「では、まずはパンドラの箱の鍵を取りにいくとしましょうか」

と、言ってのけた。

「それは、いったいどこに……？」

「無論、ガルアーク王国ですよ。緒戦(しょせん)の候補地選定もある程度は目星をつけています」

「なんと、いつの間に？」

リオ達にリーゼロッテを奪還されたのが昨日の午後だ。一晩明けて正式に国家として報復を行うことを議会で決めたものの、ほぼノープランの状態といってよい。少なくともこの場にいるエリカ以外の者すべてがそうだ。

「各国の情勢や地理や気候など、必要な情報は先立って各国を周遊していた間に集めましたから」

その過程でエリカはリーゼロッテを拉致（らち）するに至ったわけだが、伊達（だて）に自分の足で見て回ったわけではなかったようだ。もっとも、通常の国家ならばその程度の目星は最低限つけた上で、戦争をするのかどうかの秤（はかり）にかけられて然（しか）るべきではあるのだが……。

「流石（さすが）はエリカ様です」

「以降は時間との勝負にもなります。パンドラの箱の鍵、私が皆さんにプレゼントしてみせましょう」

「……エリカ様お一人でガルアーク王国に向かわれるのですか？」

「我が国とガルアーク王国との間にはいくつもの小国がありますからね。軍を率いて徒歩で向かえば先に間の小国と戦う羽目になるのは自明のこと。何より大国の物量に物量で勝負を挑（いど）むのは分が悪い。ですので、グリフォンを飛ばして極少数の部隊にだけついてきてもらうつもりです。その人員で見事に戦果を挙げて見せましょう」

エリカの戦闘力は実証済みだ。一人でも事足りるという発言には実績に裏付けられた説得力があった。

「なるほど……」

「そういうわけなので早速ですが今日、この後にでもガルアーク王国へ向けて出立しようと思います」

「きょ、今日ですか？」

急な話にアンドレイや議員達は大きくざわつく。勇んで報復を決めた一同だが、流石に今日いきなり行動に移すとは思ってもいなかったのだろう。

「時間との勝負だと言ったでしょう。情報漏洩の対策をするといっても過信してはいけません。当面は私が死んだと思い込んでくれているとは思いますが、私が生きていると知られれば一気にあちらの警戒は強まるはず。そうなる前に初動を制するのです」

「承知しました。となると、今からでもエリカ様生存の事実は伏せておいた方がよろしいのでしょうか？　昨日の戦いにエリカ様が勝利されたことは首都中に喧伝してしまいましたが……」

「こちらの勝利を喧伝しておくに越したことはありません。国民の士気に関わりますからね。避けなければならないのは私の生存に確信を持たれてしまうこと。最悪なのは私が首都に滞在し続けることで、送り込まれてきた間諜に見つかってしまうことです。そのためには私の消息を掴ませなければいい」

エリカがどこで何をしようとしているのかがわからなければ、有効な対策を打たれることもなくなるのだから。

「なるほど。だから今日、首都を出ると」

「そういうことです。ですので、パンドラ計画の緒戦に関しては完全に私に一任していただけないでしょうか？　忍び込んできた間諜に盗み聞きされるリスクを避けるため、皆さんにも侵攻の詳細は伏せたまま出発したい」

と、エリカが議員達に訴えかける。

それはほとんど白紙の委任状に等しいが——、

「異論はありません！」

室内からは続々と賛同の返事が戻ってくる。

「ありがとうございます。私の見込みでは今後一ヶ月ほどで成果を挙げられるはずです。楽しみに待っていてください」

【第二章】❈天川先輩

　夕方、日が沈み始めた頃。

　リオが目覚めてから小一時間が経過した。

　アイシアは神聖エリカ民主共和国の首都を訪れていた。目的はリオから頼まれた調査を行うことだ。

　すなわち、聖女が亡くなった事実を都市の住人達がどう受け止めているのかを確認すること。そして、正体不明の精霊術士の正体をついでに探れそうなら探ること。

　アイシアは調査を行うべく、霊体化した状態で人通りが多い通りを見て回ることにした。時間帯が時間帯なので、仕事終わりの者達が目立つ。

　今の神聖エリカ民主共和国は革命の際に荒廃した都市の街並みを復興するべく、数多くの肉体労働者が集まっている。

　賑わっている酒場を覗くと、どのテーブルの話題も昨日のリオと大地の獣との戦いでもちきりだ。昨日の今日なので当然といえば当然だし、それほどに大地の獣の存在感は圧倒

的だった。アイシアはしばし酒場の会話に耳を傾け続けるが——、

（……誰も聖女が死んだ話をしていない）

　昨日の戦いについて語り合っているというのに、聖女が死んだと話をしている者が誰一人として見当たらなかった。

襲撃者であるリオ達に怒りを抱いている者はいるが、住民達が暗く落ち込んでいる様子はない。というより、あたかもエリカが勝利した前提で語られているように思えた。それはなぜなのか？

（聖女が死んだことは隠している？）

　最もありえそうなのは、国の上層部がエリカの死を隠蔽しているという線だ。国の最高指導者が死亡した事実を公表すれば国そのものが揺らぎかねない。ゆえに、真っ先に思い浮かんだ可能性だった。あるいは——、

（それか、聖女がまだ生きている？）

　その可能性も思い浮かぶ。だが、リオがエリカの心臓を貫いて刺し殺した姿は、遠目からだがアイシアも目撃していた。その後、間近で事切れて死骸となっているエリカの様子も確認した。

　所詮は場末の噂話だ。伝聞の繰り返しで歪んでしまった情報もあるだろうし、もとより

恣意的に歪められた状態で伝わっている情報もあるだろう。到底、エリカが生きているとは思えない。

が、最低限、調査はしておくべきだろう。事実を確認するのなら、エリカを探すのが最も確実である。聖女がいそうな場所はどこか？

（上層部の人間がいる場所にも行ってみよう）

そうして酒場を後にしたアイシアが真っ先に訪れた元首官邸の周辺は、特に警備が厳重だった。上空から見下ろしてみると三十人以上の兵士が屋敷の外を巡回している。いくつかの部屋は明かりが点いているので、中にもまだ兵士がいることだろう。

（ここが一番警備が厳重。聖女の手がかりを掴めるのなら、ここのはず。精霊術士もいるのかも？）

アイシアは迷うことなく潜入を試みた。案の定、建物内部の通路にも巡回している兵士はいるが、霊体化したアイシアに肉眼に頼った警備は通用しない。文字通り誰の目にも留まることはなく、アイシアは屋敷の各部屋を回っていく。結果――、

（聖女の姿は見当たらない）

屋敷のどこを探してみても、エリカの姿はなかった。いるのは役人と思しき者や見回りの兵士だけだ。

やはりエリカは死んでいるのだろうか？　それとも、どこか別の場所にエリカの屋敷があるのだろうか？

（聖女の死について話をしている人を探す？）

という手が思い浮かぶが、元首官邸は酒場のように酒で口が軽くなっている者達が集っている場ではない。聖女の生死について話をしている者を探したとして、どれほど時間がかかるかわからない。となると――、

（精霊の気配はしない。なら……）

実体化し、誰かを取り調べてみるのもありかもしれない。このまま話を盗み聞きしにくいよりは有力な情報を得られるだろう。

気になるのはこの屋敷か、あるいは首都のどこかに潜んでいるかもしれない謎の精霊術士だ。仮にこの術士が精霊と契約していたら、実体化したアイシアの気配を感知することだろう。だが、精霊術士だからといって精霊と契約しているとは限らない。

リオからは精霊術士のことも探れそうなら探ってほしいと頼まれているので、アイシアが実体化したことで接近してくるのなら却って好都合かもしれない。試すだけ試してみてもいいだろう。

となれば、取り調べできそうな相手を探す必要がある。アイシアはもう一度、屋敷の中

をぐるりと回ってみることにした。それから、数分が経過し——、

（……いた）

場所は元首官邸の裏庭で、ようやく一人でいる男性を発見する。

どうやら元首官邸に勤めている料理人のようだ。屋敷に勤める者達の夕食を作り終え、キッチンと通じる勝手口の外で一服しているところだった。

幸いすぐ近くに見張りの兵士はいないので、アイシアは早速、取り調べを開始することにした。まずは料理人の背後で実体化し、右手で精霊術を発動させながら調理帽越しに素早く頭部に触れる。と——、

「んあ……？」

料理人の男性はいきなり頭を触られて背後を振り向こうとする。この時点で男性の意識はアイシアの精霊術の影響下にあり、その目は虚ろになっていた。どこか視点の定まらない目でアイシアの顔を目視する。

幻術にはいくつか種類があるが、大別すると五感に偽の情報を提示して感覚を刺激する術と、暗示をかけて相手の精神状態に干渉する術に分けることができる。

「こんばんは」

今、アイシアは暗示により相手に白昼夢を見せ、一種の催眠状態に置く幻術を料理人の

男性にかけていた。発動に成功しさえすれば「こういう状況でこういうことをさせたい、相手にこういう風に思わせたい」と念じることで、ある程度自由に被術者を操ることができるようになる強力な術だ。

難点は幻術にかかる前の出来事はしっかりと記憶しているため、被術者に気づかれないように幻術をかける必要があることだが――、

「ああ、こんばんは。ええと、貴方は、そうそう。どうしたんですか？」

料理人の男性は幻術をかけられたことにすら気づかず、アイシアのことを親しい同僚だと認識して気さくな口調で返事をした。

「聖女エリカは生きているの？」

アイシアは単刀直入に知りたいことを問いかける。

「聖女なんて呼び方は感心しませんね。聖女様、でしょう？」

エリカに対する強い信仰心ゆえに、料理人の男性はわずかな憤りを込めてアイシアに注意を促した。

「……聖女様は生きているの？」

「何を言っているんですか？　当たり前でしょう」

「昨日の戦いに負けて、死んだんじゃないの？」

「そんなわけないでしょう。昨日の戦いで勝利したのは聖女様ですよ」

「そうなの？」

聖女は負けたはずなのに、勝ったことになっている。

「そうですよ」

料理人の男性は聖女が勝ったと信じ切っているようだ。

催眠状態にあるので目は虚ろなままだが、語気は強い。アイシアの質問に強い反発心を抱いていることが窺(うかが)える。

「じゃあ、生きて帰ってきた聖女様の姿を見たの？」

アイシアは気にせず質問を続けた。

「それは、見ていませんが……。戦いの事後処理があったとかで、昨日はこのお屋敷にお戻りになりませんでしたから」

「戻っていない……。それは今日も？」

「ええ、そのはずですよ。なんでも急ぎの用事で今朝、旅立たれたとかで」

「……旅立った、どこに？」

「それは私のような料理人が知るところではありませんよ」

「なら、行き先を確実に知っていそうな人はいる？」

「そうですね、側近のアンドレイ様ならご存じでしょうが……」

「アンドレイ……」

（昨日リーゼロッテと一緒にいた男の人？）

と、アイシアは軟禁されていたリーゼロッテの傍にいた青年の事を思い出す。確かその青年がアンドレイと呼ばれていたはずだった、と。そういえば屋敷の中でアンドレイを見かけたかもしれない。

「アンドレイは今どこにいるの？」

「議事堂にいらっしゃるはずですが、夕食時ですから、そろそろお戻りになるかもしれませんね」

「ここに戻ってくるの？」

「ええ、アンドレイ様もこちらにお住まいですからね」

「そう……」

と、相槌を打ち、アイシアはいったん質問するのを止めた。そして、これからどうするかを考える。

（ここでアンドレイが戻ってくるのを待つ？）

議事堂まで行ってみるのも手だが、探すのに手間がかかるし、場所がわかったとしても

行き違いになるかもしれない。と、そこで――、

「マルク、マルク、いるか？」

キッチンに通じる勝手口の奥から男性の声が聞こえてきた。

どうやら誰かを探しているようだ。

「マルクは貴方？」

「ええ」

「そう」

アイシアは料理人の男性がマルクであることを確認すると、新たな指示を出して対応させることにした。すなわち――、

「はいはい、何でしょう？」

マルクはキッチンにまで聞こえるように声を張り上げて返事をした。すると、しばらくして壮年の男性が勝手口から顔を出す。

アイシアは咄嗟にマルクの背後に潜んだ。外はもう暗くなっている。加えて、体格差があるので、小柄なアイシアは綺麗に覆い隠される。

「ああ、外にいたのか。アンドレイ様が戻ってきたんだ。夕食の用意を頼むよ」

壮年の男性はアイシアに気づかず、マルクに用件を伝えた。そのまますぐに踵を返して

戻ろうとする。が――、

「ちょっとお待ちを。なら、アンドレイ様をここへ呼んでくれませんか？」

アイシアはマルクに壮年の男性を呼び止めさせる。

「アンドレイ様を？　なんで？」

「個人的に相談したいことがあるんです。他の人には聞かれたくないことなので」

「ほう、そういうことか。わかったよ」

壮年の男性は好奇心をそそられたような顔になりつつも、アンドレイを呼びに屋敷の中へと戻っていった。

アイシアはそれを確認すると――、

「ごめんなさい。少し眠っていて」

マルクの頭部に触れることでかけていた幻術の発動を停止し、代わりに眠りへと誘う精霊術を発動させた。瞬間――、

「んぅ……」

マルクが途端に脱力してその場で頽れだす。アイシアはそっと身体を支えると、屋敷の外壁を背にマルクを座らせた。マルクがしっかり眠っていることを確認すると、今度は勝手口の脇へ移動し、息を潜めてアンドレイがやってくるのを待つ。それから、一分もしな

いうちにアンドレイがやってきた。

「マルク、いますか？　んっ⁉」

アンドレイは勝手口から外に出ながら、周囲を見回してマルクの姿を探そうとした。しかし、ほぼ同時に、陰に潜んでいたアイシアがアンドレイを拘束する。

「こんばんは」

アイシアはアンドレイにも幻術をかけてから拘束を解き、取り調べを開始する。

「ええ、こんばんは。貴方は……、こんなところで何を？」

「大事な話があるの」

「そうそう、それで呼び出されたんですね。なんでしょう、同志？」

今、アンドレイの頭の中ではマルクではなく、屋敷に仕える料理人の少女に呼び出されたことになっていた。ただ、アイシアの名前がわからないからか、同志なんて呼び方をしてきた。

「聖女様は生きているの？」

アイシアは率直に質問をぶつける。

「どうしたのですか、突然？」

「聖女様が本当に生きているのかを知りたい」

「……なぜ、そんなことを?」

今のアンドレイはアイシアの質問に答えるよう幻術で思考を誘導されている。にもかかわらず素直に質問には答えず、質問を返してきた。おそらくは質問に答えたくない強い理由があるのだろう。同時に、アンドレイが意志の強い人物であることも窺える。

「聖女様が生きているところを見た人が誰もいないから」

「そんなことはありませんよ。私は見ました」

アンドレイは生きている聖女を見たと断言する。

「じゃあ、聖女様はどこで何をしているの?」

アイシアは核心へと迫る問いを投げかけた。が――、

「それは、私にもわかりません」

アンドレイは少し逡巡した様子で質問に答えた。

「……どうして?」

「私にも行き先の詳細は伏せたまま旅に発たれたのです」

「誰にも行き先を教えていないの?」

「ええ。このことは国家機密なんです。だから、仮に知っていたとしても貴方には教えられません」

「そう……」

と、アイシアは相槌を打ちつつ訝しむ。国家機密という言い方がいかにも聖女の死を隠したがっている理由のように聞こえたからだ。

「……本当は死んでいるけど、生きているということにしているの？　聖女が死んでしまったと知られると、国が揺らいでしまうから」

アイシアはより核心へと迫る問いを投げかけた。

「だから、そんなことはありませんよ。確かに、エリカ様のお姿が見えず不安になるのはわかりますが、大切な使命があるがゆえです。私のことを信じてください」

と、アンドレイは同志であると思い込んでいるアイシアに訴えかける。

（……嘘は言っていないはず）

幻術でだいぶ口が軽くなっている状態で得られた情報だ。嘘はつかないように暗示をかけてもいる。となると、アンドレイも本当に聖女が生きていると思い込んでいるのかもしれない。あるいは、本当に聖女が生きている線もあるが……。

実際に聖女が事切れた姿を目撃している以上、リオやアイシアの中では聖女が死んだという心証が強く築き上げられていた。だからこそ、聖女が生きているという明確な証拠がアイシアは欲しい。が――、

「っ…………」

アイシアは突然、アンドレイから素早く距離を置きながら霊体化した。必然的にアンドレイの幻術も解けていく。

「…………あれ、私は？」

ふらりとたたらを踏んだアンドレイだったが、ふと我に返る。周囲を見回してみると、屋敷の外壁を背に眠っている料理人のマルクを発見した。と、同時に――、

「どうしたんです、アンドレイ様？」

勝手口から男が現れた。先ほどアイシアに操られたマルクに頼まれ、アンドレイを呼びに行った男だ。

「いえ……」

アンドレイは呆けた顔で首を捻った。

「女の子と喋っていませんでしたか？」

「いや、そんなことはない、はず、ですが……」

「アンドレイ様が女の子と喋っている声が聞こえてきた気がしたんですが……。どうしてマルクはそこで眠っているんです？」

男は気持ちよさそうに眠るマルクを不思議そうに見た。

「それが私にもどういうわけか……。そういう貴方はいったいどうしてここに？」

記憶がないことに戸惑うアンドレイ。男が何か知っているのではないかと思ったのか、質問を返してみることにした。

「い、いえ、その……」

男はなんともバツが悪そうに笑顔を貼り付ける。もしかしたら面白半分の興味本位で盗み聞きでもしようとしていたのかもしれない。それを察し――、

「……とにかく、マルクを起こしましょう」

アンドレイは軽く溜息をつく。

「え、ええ。ほら、マルク、起きろ！　アンドレイ様を呼び出しておいて眠るとはなんて野郎だ、こいつ」

男は仰々しく語ってマルクを起こそうとする。

その一方で――、

（これは、間諜の仕業か？　情報の管理をさらに徹底した方が良さそうですね）

アンドレイは警戒心を強めていた。

元首官邸を後にしたアイシアは、首都エリカブルクを抜け出した。

現在地は首都の外。昨日、リオと神獣が戦った場所である。そこでアイシアはぽつりと立ち尽くしていた。

(精霊術士なら、この術の発動に気づくはず)

ちょうど今、アイシアは一つの術を発動させたところだ。傍目からは何も起きたようには見えないが、精霊術士にだけ感じ取れる信号のような波動を一帯に放った。目的は神聖エリカ民主共和国に潜んでいると思われる精霊術士をおびき寄せることだが、場合によっては接触を図ることになるかもしれない。

リオは無理をして探る必要はないと言っていたが、アイシアは首都に潜伏しているかもしれない謎の精霊術士を誘い出せるなら誘い出してみることにした。

地上は月明かりに照らされてはいるが、視界は悪い。様子を探ろうと接近してくる者がいれば先にアイシアが気づくことができるはずだ。

あとはどのくらいで相手がやってくるか。あるいはやってこないか。一時間も待っていれば十分だろうか？　その間、アイシアは首都の方向を観察することにした。

すると、昨日そこに立ち塞がって強烈な攻撃を放ってきた大地の獣の姿が、アイシアの脳内で自然と呼び覚まされていく。

あの瞬間……。

思い違いなのかもしれないが、大地の獣はアイシアを見て一瞬だけ、何か強い負の感情を向けてきたような気がした。

リオは気づいていなかったようだし、確信も持てなかったから、そのことは報告しなかったけれど……。

「……あれは勘違いだった？」

大地の獣と対峙したこの場所に戻ってきたからだろうか？　今になって、なんだか気になってきた。

あの刹那、もし本当に大地の獣がアイシアにだけ負の感情を向けてきたのだとしたら、それはどうしてなのだろうか？

（……私はあの怪物のことを知っている？）

あるいは、あの怪物が自分のことを知っている？

ふと、そんな考えがアイシアの頭にもたげた。

アイシアには目覚めるよりも前の記憶がない。

春人はそんなアイシアのことを受け容れてくれた。けれど……。

何か、何か大切なことを忘れているような気がした。

自分は春人のために存在している。

そのことは確信を持っている。

だが、それでも何か大切なことを……。

ずっと、ずっと。

忘れ続けている気がした。

何かの前触れなのだろうか？

それが今、なんだか無性に気になった。

翌朝、リオはアイシアと軽い手合わせをしてもらっていた。

治癒で怪我を治した直後はあまり激しく動かない方がいいのだが、聖女との戦いで負傷したのは既に二日前のことだ。

というわけで、当人達は軽く流すつもりで徒手格闘を始めた。といっても、傍目から見るとかなりの高速戦闘である。そんな二人の手合わせを、岩の家の玄関からそっと眺めている者がいた。リーゼロッテだ。

（すごい）

二人が手合わせをしている姿は何度か見たことがあるが、何度見ても圧倒される。こうやって動き回っている姿を見ると、リオの怪我は本当に完治しているのだろう。

（良かった、本当に……）

自分のせいでリオに何かあったらどうしようかと、気が気でなかったのだ。今日改めてリオの無事な姿を目にしたことで、リーゼロッテはほっと安堵の息を漏らした。

それから、リオとアイシアの攻防は一分ほど続く。リーゼロッテがぼうっと眺めていると、二人はどちらからともなく立ち止まり向かい合った。

「どう？」

と、アイシアが尋ねる。いったい何が「どう？」なのか、言葉足らずにも思えるが、リオはそれだけで質問の意図をくみ取り、笑顔でこう答えた。

「だいぶ調子がいいよ。今日にでも出発できそうだ」

「良かった」

「アイシアのおかげだよ、ありがとう」

「ううん」

アイシアは嬉しそうに、ほんの少しだけ口許をほころばせる。すべての顔のパーツが完璧すぎて人間味を感じさせない彼女だが、今はとても柔らかな表情をしていた。

（綺麗な顔、本当に……）

リーゼロッテは思わず見蕩れてしまう。そうして軽く数秒は時間を忘れかけたが、手合わせも終わったようだし、近づいて声をかけるなら今だろう。リーゼロッテはハッと我に返ると、足を踏み出そうとした。が——、

「…………」

親しげな二人の姿を見ていると、動けなかった。なんというか、二人だけの空間が出来上がっている気がするのだ。

まず、なんといっても互いのパーソナルスペースがとても狭い。手を伸ばせば互いに触れられるほどの距離で話をしている。

距離を縮めているのはアイシアからだが、リオがそれを気にして身を引こうとしている様子はない。すぐ傍にいるのが当然とでも言わんばかりに、ごく自然体でアイシアの接近を受け容れている感じだ。

（……二人はどういう関係なんだろう？）

アイシアがリオと契約している精霊だということは救出の折に教えてもらったが、リー

ゼロッテがここで気にしているのはそういった形式的な関係性ではない。もっと実質的な仲についてだ。

（でも、恋仲ではないのよね。皆さんの話を聞く限り、ハルト様は特定の誰かと付き合っているわけではないみたいだし）

リオの周りには魅力的な女性が多い。その内の何人かは明確にリオのことを異性として好いている。ただ、当のリオが恋愛には後ろ向きなこともあり、現状では互いに紳士なら ぬ淑女協定を結んでいるのだという。と、リーゼロッテは以前にラティーファから事細かに教えてもらった。というより、ラティーファが話してきたことを思い出した。

（ただ、アイシア様は特別な感じがする）

これはリーゼロッテの勘というか印象だが、アイシア以外の少女ではこうもリオが異性からの接近を自然体で受け容れることはないように思える。ラティーファのことは受け容れるだろうが、それは仲の良い兄妹としてだ。

いったい何がアイシアを特別たらしめているのだろうか？　絆とか、強い信頼関係とか、そういったものでは説明できないような気がした。そういったものは他の少女達もアイシアと同様に築き上げているはずだからだ。

だから、アイシアはリオにとって特別というか、他の少女達よりもさらに近い位置にいるような気がしてならない。アイシアにあって、他の少女達にはないものは何なのだろうか？

（……本人が自覚していないだけで、恋愛感情がある、とか？）

恋愛に後ろ向きというだけあって、リオは複数の女性と関係を持ってハーレムを形成したいと考えるようなタイプではない。それは確かだ。結ばれる可能性があるのは、おそらく一人だけ。

もし、リオとの関係においてアイシアだけが持っている特別な何かが恋愛感情と結びつきうるものだとしたら？　今は恋愛感情と結びついていなくとも、将来的には結びついてしまう可能性は十分にありえるだろう。

リオはアイシアのことが好きなんだろうか？

それを想像すると――、

（……なんだろう？）

リーゼロッテはどういうわけか、もやもやしてしまった。けど、そのもやもやが何なのかは判然としないのか、戸惑いを顔に浮かべている。

と、そこで――、

「外に出ないのですか？」

背後から声をかけられた。

「きゃ⁉」

リーゼロッテはびっくりして可愛らしい悲鳴を上げる。振り返ると、そこには彼女の筆頭侍女であるアリアが立っていた。

「い、いきなり声をかけないでよ……」

「それは失礼いたしました。何やら羨ましそうに見つめていらっしゃったので。僭越ながら背中を押して差し上げようかと」

「べ、別に羨ましく思うことなんてないけど？」

「アマカワ卿とアイシア様がいらっしゃるのでしょう？」

「え、ええ……」

なんでそれを知っているのだろうか？

「二人に声をかけたいけど、なんだか気が引けてしまうといったところですか」

「主人の心を読まないでよ⁉」

「侍女の必須スキルです」

「ぐっ……」

確かに侍女として重要な能力である。

（そのスキルは仕事の時だけ発揮してくれればいいんだけど……）

日常生活で主人の世話や補佐をするのが侍女の仕事だ。今も仕事の最中だと答えられるのは目に見えていたので、何も言えなかった。すると――、

「ただでさえアマカワ卿は引く手あまたの御方です。座して静観しているだけでは振り向いてはくださらないと思いますよ」

と、アリアは主人に助言する。

「なんで私がハルト様を意識していることになっているのよ!?」

「どう見ても意識しているようにしか見えませんが……」

まさか自覚していないのだろうか？

「そ、そんなことはないけど？　ピンチから救ってもらったから好きになるなんて、物語の中のお姫様じゃないんだから」

リーゼロッテは声を上ずらせながら、視線を逸らす。

（……以前から好意は抱いていたように思うのですが、本当に自覚がないのか、自覚があっても認めようとしていないのか。いずれにせよ重症ですね。我が主ながら色々と拗らせている）

アリアは呆れ顔になる。求婚を受けた経験は数え切れないほどあるが、なにしろ今まで

?
XXX

仕事一筋で生きてきた少女だ。

誰かを異性として好きになったことは皆無である。もしかしたらこれが初めての恋なのではないだろうか？

そう考えると微笑ましくはあるが、色々と先は思いやられてしまう。

「何よ、その目は……」

リーゼロッテはむうと、可愛らしく頬を膨らませる。

「なんでもありません。ですが、一つだけ申し上げるのならば……」

「……何？」

「おそらく、というよりほぼ絶対に、今後アマカワ卿以上に魅力的な殿方は現れないと断言できます。どうか後悔はなさらないように」

アリアはそう言うと、玄関の扉を押して開いてやった。

「………だから、そうやって変に意識させるようなことを言わないでよ」

もしかしたら頭ではわかっているのかもしれない。

だが、気持ちが追いつかない。

リーゼロッテはそんな反応を見せる。だが――、

（……って、何を考えているの、私。これじゃあ本当にハルト様のことを意識しちゃって

いるみたいじゃない）

すぐにハッとして、ぶんぶんと首を左右に振った。

（……やはり重症ですね）

アリアはそんな主人の反応を見て嘆息する。

すると、そこへ――、

「二人ともどうしたんですか？」

リオがやってきた。

「お、おはようございます、ハルト様」

と、まずはリーゼロッテが平静を装いながら応じる。だが、頬が紅潮しているのは丸わかりだった。一方で――、

「なんでもございません。朝食の準備をしますので、おくつろぎください」

アリアは普段通りだ。リオとアイシアに軽く一礼してから、踵を返してキッチンへ向かおうとする。だが――、

「今日の朝食は俺に作らせてください。ご心配をお掛けしたので、そのお詫びといいますか、お礼も兼ねて」

リオが待ったをかけた。

「なら、私に作らせてください。お礼をしなければならないのは私の方ですから」

リーゼロッテが反射的に挙手して申し出る。

「いえ、まあ簡単な和食を作るだけなので……」

大げさに捉えてもらう必要もない。

「差し出がましいことを申し上げますが、主はどうやってアマカワ卿とアイシア様にお礼をすればいいのかお悩みでした。和食でしたら主も精通していらっしゃるはず」

主人の想いを汲んではいただけないでしょうか？　と、アリアが咄嗟に機転を利かせて一肌脱いだ。リーゼロッテに前世の記憶があることはリオだけでなく、アリアも知る通りだ。一方で、リオにも前世の記憶があることまではアリアは知らない。リーゼロッテに和食を作らせる口実としてはバッチリだ。

（この機会に手料理を振る舞ってアマカワ卿の胃袋をしっかりと掴んでください）

という意図が主人にはしっかりと伝わっているのか、リーゼロッテはこそばゆそうにたたずんでいる。すると——、

「なら、二人で作りますか？　色々と食材は揃っているので、自分で作りたい料理が作れると思います」

リオがそんな提案をした。

「それは素晴らしい」

「もう、アリア」

アリアが大仰に賛同すると、リーゼロッテが恥ずかしがる。

「仲が良いですね」

リオはくすりと笑みを漏らす。

「……あの、ではぜひご一緒させてください」

そうして、リオとリーゼロッテは二人で朝ご飯を作ることになった。

◇　◇　◇

場所はキッチンと繋がる三畳ほどのパントリー。

「本当に色々と揃っていますね……」

リーゼロッテは物珍しそうに中を見回していた。

「醤油に味噌にダシはもちろん、和食に必要な調味料は一通り揃っていると思います。生ものや保存が利きにくい品は時空の蔵に収納してあるので、ここにない品でも欲しいものがあったら言ってください」

リオが冷蔵魔道具を開けながら説明する。時間的空間的に隔離されている時空の蔵の方が、冷蔵庫とは比べものにならないほどに保管庫として優れている。ゆえに、冷蔵庫にはすぐに消費する予定の生ものを入れるようにしていた。

「わ、海苔や豆腐もあるんですね」

「納豆に自然薯、オクラなんかもありますよ」

「え、食べたい……！」

などと、冷蔵魔道具の前で並び、食材を確認する二人。それから、キッチン周りの機能も一通り説明すると――、

「せっかくなのでリーゼロッテさんが食べたい品を作りましょう。理想の和食朝ご飯ということで」

と、リオが提案する。

「理想の和食朝ご飯……。じゃあ、お米とお味噌汁は外せませんよね」

「ええ。お味噌汁の具材は何が好きですか？」

「選びきれませんよ！　お豆腐もいいですけど、大根と油揚げとかどうでしょう？　せっかくなのでお豆腐はお醬油で食べたかったり」

久しぶりの和食に日本人としての魂を刺激されているのだろう。リーゼロッテはわくわ

くと声を弾ませている。

「なら、大根の葉を刻んで炒め物も作れそうですね」

「いいですね！　ご飯が進むやつじゃないですか」

「他に食べたいものはありますか？」

「うーん、焼いたお魚とか……」

「塩で味付けして、大根下ろしを乗せて食べても美味しそうですね」

「そうなんですよ」

今朝の献立は順調に決まっていく。

そして、二人はキッチンへと戻り、いよいよ調理を開始した。

「ハルト様のお屋敷ではいつも誰が料理をなさっているんですか？」

「美春さんとオーフィアさんが率先して作ってくれています。それで他のみんなも協力して一緒に作っている感じでしょうか。リーゼロッテさんも日頃からご自分の食事もよく料理をされるんですか？」

質問を受けて、リオも訊き返す。公爵家の令嬢だというのに、リーゼロッテは明らかに料理し慣れていた。

「家での料理はシェフにほとんど任せちゃっています。けど、商会で経営しているレストランのメニューを開発するのでその時によく料理はします。日本人だった頃に学んだレシピを再現するなら私が実演するのが手っ取り早いですし」

「それですごくお料理が上手なんですね」

「ありがとうございます。源立夏だった頃は両親が個人のレストランを経営していたので、お手伝いのために色々と教わっていたんです。その経験が役に立っています」

「確かに、俺も天川春人の経験にはすごく助けられています」

「ハルト様もその、天川春人さんだった頃にお料理を?」

リーゼロッテは少し遠慮がちに質問する。互いに前世の記憶があることは知っている仲だが、改まって前世について話をする機会は驚くほど少なかった。

もちろん、ずっとリオと前世の話をしてみたいと思っていたが、リオは自分のことを自ら語るタイプではない。そういう相手にこういった繊細な話題を好奇心で聞きだそうとするのはマナー違反なのでは？　という、リーゼロッテの思慮深さが発揮されて今に至る。

だが――、

「ええ、高校入学から大学にかけてずっと一人暮らしをしていたので。あとは飲食店でバイトもして、色々と教えてもらったり」

必要に駆られて覚えた感じですねと、リオは特にこの話題を避けたがる様子も見せず天川春人の記憶について語る。それでこれまでリーゼロッテが保ってきた自制心のタガが緩んでしまったのだろう。

「天川先輩は、あっ……」

リーゼロッテはリオのことを「天川先輩」と呼んで、すぐにしまったという顔になった。普段の彼女ならばやらかしそうにないポカだが、彼女の中にある源立夏としての側面がそれだけ前面に出すぎてしまったのかもしれない。

「……先輩、ですか？」

リオは目を点にする。

「あ、いや、その、前にも言ったかもしれませんが、前世で天川春人さんのことを知っていて……。源立夏としては天川先輩って呼ぶ方がしっくりくるんです。す、すみません、突然に」

リーゼロッテはひどく赤面して頭を下げる。

「そう、だったんですか……」

リオは相槌を打ちながらも、不思議そうに首を傾げた。

天川春人は源立夏という少女について知っていたわけではない。同じバスに乗っていた高校生の少女だったということくらいだ。源立夏から見た天川春人もそう大差ないと思っていたが、そうではないのだろうか？　と、そう思った。

　すると、リオのそんな疑問を表情から読み取ったのか――、

「なかなか言いだす機会がなかったんですけど、源立夏だった私は、天川春人さんが高校生だった頃のことも知っているんです」

　リーゼロッテは説明を補足する。

「ええと……、天川春人が高校の頃にどこかでお会いしていたことが？」

「会ったことがあるといえば会ったことがあるんでしょうか。けど、覚えていないのは当然です。天川春人さんが通っていた高校の文化祭の時に一度だけ。困っていたところをたまたま助けてもらっただけですから。けど……」

「けど？」

「私が天川春人さん……、天川先輩のことを知っていた理由は別にあります。実は私の従姉が天川先輩と同じ高校に通っていたんです」

「ああ、そういうことでしたか……」

　リオはようやく腑に落ちた顔になる。

「…………従姉は藤原真冬っていう名前なんですけど、覚えていたりしますか？」

　言うかどうか少し迷ったような顔になったリーゼロッテだが、恐る恐る尋ねた。

「……藤原さん。ええ、覚えていますよ」

天川春人の記憶を振り返ってみて、一人の少女が思い浮かんだ。

「覚えているんですね」

リーゼロッテはホッとしたように、そして嬉しそうに柔らかな顔になる。

「はい。確か千鶴って子とよく一緒にいた記憶が」

そう、千鶴という活発な少女とよく行動を共にしていたはずだ。

「あ、ちーさんのことも覚えているんですね」

「ちーさんって呼んでいたんですね」

意外なところに共通の知人もいて、リオはおかしそうに笑いを滲ませた。真冬は引っ込み思案な印象だったが、千鶴の方は放課後に一緒に遊ばないかと定期的に誘ってくれたこともあったなと思い出す。それで二人とも印象に残っていた。

「従姉のことはふぅちゃんって呼んでいました。当時の私は中学生で、その二人とはよく一緒に遊んでいたんです。二人とも親友でした」

「それで文化祭にも来たんですね」

「はい。その節はお世話になりました」

「いえ、大したことはしていないと思うので」

「いえいえ、すごく格好良かったですよ」

「あはは、ありがとうございます」

リオは照れ臭そうにはにかんで礼を言う。

「……私が死んで、こうして生まれ変わって、天川先輩だった人と一緒に料理をしているって知ったらふぅちゃん驚くんだろうなあ」

リーゼロッテは懐かしそうに遠い目になる。

「かもしれませんね」

「それに……」

リーゼロッテはじっとリオの顔を見つめて、何か言いかける。

「それに？」

二人の視線が重なる。

リーゼロッテにはまだリオには教えていないことが一つあった。

すなわち、藤原真冬は天川春人のことが好きだった。その話を真冬から……というより、千鶴からよく聞かされていた。

だから、立夏は天川春人のことをずっと知っていた。そして、立夏は藤原真冬の恋を応援していた。前世で従姉が好きだった青年が生まれ変わり、今こうしてリーゼロッテの前

にいる。そのことを――、

「なんでもありません。ちょっと感傷的な雰囲気になっちゃいましたね」

リーゼロッテは逡巡し、リオには伝えなかった。いや、伝えられなかったのかもしれない。その理由を本人が自覚しているのかはわからないけれど……。

「……ですね」

伏せられた話に軽く小首を傾げたリオだが、すぐに流して同意する。

「天川先輩」

リーゼロッテはその響きに浸るように、ゆっくりと呼んだ。

「先輩と呼ばれるとなんだか照れますね」

リオはむず痒そうに頬をかく。けど――、

「いつかまた、そう呼びたくなった時にお呼びしてもいいですか？」

別に茶化しているつもりはないのだろう。リーゼロッテは真面目な顔でリオにお願いする。だから――、

「……ええ、もちろん」

リオはお願いを快く受け容れた。

また一つ、人との絆が増えたような気がして嬉しくなる。

いや、気のせいではないのだろう。

相手に嫌われないよう臆病になって……。

相手に好かれたくて時には勇気を出して踏み込んで……。

人と人との関係は。

そうして積み重なっていくのだ。

「ふふ」

互いに絆が深まったことを実感し、リーゼロッテは嬉しそうに微笑む。それはリオも同じだった。

「手が止まってしまいましたね。作りましょうか」

「はい」

リオが提案し、調理を再開する。

一方で、リビングではそんな二人の後ろ姿を見守るアイシアとアリアがいた。寡黙な二人なので会話が弾んでいるわけではないが、沈黙が苦という雰囲気でもない。そもそもアイシアはそういうことを気にして気まずくなる性格をしていないし、アリアもここ最近の凝縮された時間の中でアイシアの人柄を掴んでいた。

（一時はどうなることかと思いましたが……）

「改めて、ありがとうございました、アイシア様」

アリアはキッチンにいる主から一度視線を外し、側に座るアイシアへと不意に礼の言葉を口にした。

「うん」

アイシアは柔らかな面持ちでリオを見つめたまま、短く頷く。その横顔は同性ながら本当にほれぼれするほどに美しくて――、

「…………」

思わず息を呑んでしまう。リオに恋心を抱くのであればこんなに強力なライバルと争わなければならないのだと思うと、主人の苦労が思いやられる。まあ、現状でリーゼロッテ本人はリオへの恋心を認めてはいないようだが……。

アイシアだけではない。ガルアーク王国へ戻れば、リオを想う魅力的な少女達が大勢いる。その中にはアリアの親友であるセリアも含まれているのは間違いない。

（主と親友、私はどちらの恋を応援するべきなのか……）

なんとも難しい立場に置かれているなと、アリアは苦笑する。だが――、

（ですが、今はこの場にいる主のことを素直に応援させてもらうとしましょうか）

そう考え、キッチンに立つ幸せそうなリーゼロッテを再び見守り始めたのだった。

【第三章】❖ 報告

場所はガルアーク王国城にあるリオの屋敷のダイニング。

リオとリーゼロッテが朝食を作り、食後にアイシアの調査も踏まえた必要な話を済ませ、午前中のうちにガルアーク王国へと出立したのが昨日のことだ。

リオがリーゼロッテを抱え、アイシアがアリアを抱えて空を飛び、一日かけて王都ガルトゥークへと移動し屋敷へと至る。

今、リオとリーゼロッテは帰還に至るまでの一連の出来事をフランソワ達に報告していた。まずはリーゼロッテから軟禁されている間の出来事や、神聖エリカ民主共和国の在り方などについて語る。

続けて救出過程の出来事は主にリオから、説明を行った。すなわち、大地の獣と呼ばれる超巨大生物との戦い。エリカが守るべき味方を巻き込んでリオを攻撃したこと。死闘の果てにリオが心臓を貫いて聖女エリカを殺したこと。しかし、神聖エリカ民主共和国の中ではエリカが生存していることになっていること。など……。

「以上が帰国までの間に起きた事実です」

そう言って、リオは報告を締めくくる。

「うむ、やはりあの場でそなたを送ったのは正解だったようだ」

一通りの経過を聞くことに専念していたフランソワだったが、しみじみと唸ってリオを称賛した。

「ですが、問題を残した状態で戻る結果となりました。誠に申し訳ございません」

「聖女エリカの生死。そして、大地の獣と呼ばれる怪物のことか」

「はい」

「であれば、謝罪は不要だ。むしろ誇れ。余がそなたに任せた役目はリーゼロッテの奪還、そしてふざけた真似をしたかの国への示威行為だ。そなたは見事に目的を果たしてきた。目的達成の過程で相手方からの反撃があるのも当然に予想できたこと。藪を突いて想定以上の反撃を受けたからといって、そなたが目的を達成して戻ってきた事実は何ら変わることはないのだからな」

「……恐れ入ります」

リオは懸念の色を浮かべながらも頭を下げる。

「まあ、本当に聖女が生きているというのであれば、確かに頭の痛い問題ではある。話に出た大地の獣とやらもさぞ凄まじい怪物なのであろうな」

「あの怪物が攻めてきたら、王都であろうとひとたまりもありません。聖女の生死が不明である以上、当面は侵攻を警戒しておくべきかと思います」

「仮にこの王都が戦場になったとして……、その怪物に勝利したそなたが迎え撃ってもか？」

「……もう一度戦ったとして、一人で確実に勝てる自信はありません。勝てたとしても、都市部への被害を抑えるのは困難を極めるでしょう」

「で、あるか。そなたがそう語るのであれば、楽観はできぬな。だが、実際のところ、そなたは聖女が生きていると思っているのか？」

「そんなはずはない、とは思っています……」

ただ、絶対に聖女は死んでいるとも断言はできない。そういう口ぶりだった。

「そなたは確かに聖女の心臓を剣で貫いたのであろう？　脈の停止も確認した。事後に都市へ潜入して調査を行ったが、生きている聖女の姿も見当たらなかったと」

「ええ」

「となると、先の報告でそなたも指摘していた通り、最高指導者である聖女の死を意図的に伏せていると考える方が妥当だが」

「まさしく、その通りではあります」

「ふむ。では一つ確かめたい。そなたは心臓を刺され脈が止まった状態でも死なぬ方法に心当たりはあるのか？」

「……ございません」

心臓を刺された時点で即座に治癒を行えば可能性はあるが、ほとんど即死に近い傷を負った状態だ。仮に刺された時に肉体を強化していても、生きながらえるのは難しいだろう。重傷を負った状態では魔力のコントロールは難しくなる。そんな状態では治癒をするのも困難だし、急速に術の発動を維持できなくなって死に至るはずだ。

誰かが傍にいて即座に強力な治癒を施してくれるのならば可能性はあるが、それでも十中八九助かることはない。

「であるか。まあ、確かに枕を高くして寝るためにも聖女の死を改めて確認するのが好ましいのだろうが、死体なき者の死を改めて証明するのは困難ぞ？　そなたらが探っても死体の在処は掴めなかったのであろう？」

「よろしければ私が改めて調査に参ろうかと」

リオが提案する。今度はリーゼロッテを連れて帰る役目もないので、時間をかけて調査することができるだろう。が――、

「役目を果たして戻ってきたばかりだ。見た目では完治しているようだが、戦いで手酷く負傷もしたのだろう？　少しは休むということも覚えろ」

フランソワが少々呆れ気味に嘆息してリオに告げた。

確かに、ガルアーク王国へリーゼロッテを連れ帰るや否や、また神聖エリカ民主共和国まで戻って調査に就くとなると、流石に働き過ぎである。同席している少女達は「よくぞ言ってくれました」と言わんばかりに無言でうんうんと頷いていた。

「ですが……」

少女達の視線を感じながらも、リオは渋る。

「必要とあらば改めて協力を要請するかもしれぬが、そなたがわざわざ出向かずとも打てる手は他にもある。聖女が再び現れるまで神聖エリカ民主共和国の首都に密偵を送り潜伏させるなり、国として使者を送って相手の出方を探るなりな。当面は屋敷に滞在して英気を養うと良い」

「……承知しました」

それでリオはようやく引き下がる。

「それよりもそなたにはこの王都に滞在して守りに就いてもらいたい。既に伝えた通り、別件で少々面倒な事態も起きたものでな。聖女の生存以外に当面はそちらも警戒して城の守りを固めたい」

と、フランソワが言及し、ここでようやく話題はリオの留守中の事件へと移る。

「いったい何が起きたのでしょうか？」

「三日前に城が襲撃された」

「どこの勢力に……？」

「天上の獅子団。その残党だ」

「それはっ……」

天上の獅子団という名前が出た瞬間、リオの表情は強張った。自分のせいではないのかと、リオが皆まで言おうとする。と——、

「そなたとは因縁浅からぬ連中であるのだろうが、そなたへの報復だけが目的であったとは断言できぬ。少なくとも余はそう考えている」

フランソワが機先を制した。

「捕虜を得たが、皆、突然に死んだ。夜会の際に現れた襲撃者共と同じだ。わかるであろう？　証人を残さぬこのやり口、プロキシア帝国のそれだとな」

フランソワは辟易した面持ちでうんざりと溜息を漏らす。

「ですが、この屋敷も狙われたのでしょう？」

城の敷地に入ってから随所で戦闘跡を目にしたが、この屋敷の周りは特に激しい戦闘があったと思われる痕跡が残っている。実際、建物の一部も派手に壊されている。

つまりは、この屋敷にリオが暮らしていることを知った上で襲撃してきたのではないかと、リオは暗に示した。

「確かに、この屋敷が狙われてはいた。そなたへの報復を匂わせる発言もしていたようだ」

城内にいる人間に聞けばすぐにわかることだ。フランソワは屋敷が狙われたことは隠さなかった。

「では、やはり……」

自分への報復が主な目的だったのではないだろうか？

と、リオの顔に暗い影が差す。

「仮にそなたへの報復だけが目的であったとしても、だ。ここは王都の王城ぞ？　その守護は王である余の責務であり、矜持となる。いかに襲撃者がそなたと因縁がある輩であろうと、城を攻撃してきた時点で国の問題だ。襲撃者の侵入を許したからといって、そなたが責を負うことではない」

と、フランソワはきっぱりと言いきる。さらには――、

「それに、当時はこの屋敷に重要人物が集中していた。サツキ殿、クリスティーナ王女、

フローラ王女、シャルロット。勇者が一人に、王女が三人だ。そなたへの報復とは別に重要人物の誰かを人質に取ろうと考えていたとしても不思議ではあるまい？」

名前を挙げた四人はこの場に同席している。

フランソワは彼女達を順繰りに見回した。すると――、

「現に私とフローラは連中に狙われたことがあります。プロキシア帝国はベルトラム王国本国のアルボー公爵家と繋がりがある。レストラシオンの旗本である私とフローラを狙ったと考えても何ら不思議ではありません」

フランソワの発言を裏付けるように、クリスティーナが口を開く。

「そうです！　だとしたら、私とお姉様がいたからハルト様のお屋敷が狙われてしまったということもあるかもしれないわけで……」

フローラは思わずといった勢いで立ち上がり、リオを庇うように推測を語る。

「まあ、そういうことよね。私のせいで狙われた可能性もあるわけで」

沙月が流れに乗って発言する。

「天上の獅子団の傭兵達が、重要人物が複数いるハルト様のお屋敷を狙った。それが客観的な事実です。襲撃理由の候補が複数存在する以上、評価を一つに絞って誰かを糾弾するべきではないのでしょう。疑わしきは罰せず。というより、そもそも糾弾されるべきは襲

撃者達ですし。ですので、ハルト様の謝罪はご不要ですよ」

と、シャルロットは有無を言わせぬ笑みをにこりと覗かせ、今にも謝ってきそうなリオに釘を刺した。

「幸い被害は軽微だ。この場にいる少女達とゴウキ殿達の働きが大きい。するのであれば謝罪ではなく、感謝をせよ」

フランソワはフッと口許を緩め、功労者達の顔を見回す。

「……皆さん、ありがとうございました」

リオは素直に頭を下げ、一同に深く謝意を示した。それですぐに誰かが代表して何かを言う、ということはしなかったが、皆嬉しそうにリオの言葉を受け止めている。

「ところで、この場にはいない皆さんはどこに？」

リオは今この場にはいないラティーファ、アルマ、そしてゴウキとカヨコを除くヤグモ組の所在を確認する。

「先に言っておきます。この件でアルマが怪我をしました」

リオの質問に答えたのはサラだ。

「っ……」

瞬間、リオの表情が強張りかけるが——、

「アルマちゃんにも謝っては駄目ですよ。ハルトさんが悪いわけではないのですから。傷は完治してもうすっかり回復して、大事を取って今は別室でスズネとくつろいでいるはずです」

オーフィアがすかさず念を押す。

「……わかりました。では、アルマさんとスズネにもお礼を言います」

「まあ、お礼を言われることでもないんですけどね。私達の仲ですし、当然のことをしただけなので」

サラはちょっぴり照れ臭そうに呟く。

「ん、何か言った、サラちゃん？」

隣に座っているのだからちゃんと聞こえていただろうに、オーフィアがにこにこしながらサラに尋ねる。

「何でもありませんよ」

サラは気恥ずかしそうに白を切った。

「ふふ」

美春とセリアがそんな二人を見て微笑む。

「コモモ達は郊外で待機させております。皆、元気にしているはずなのでそちらはご安心ください」

と、ゴウキもヤグモ組の無事を伝える。

「ゴウキさんにカヨコさんがこの場にいらっしゃる理由がわかりました。お二人が来てくれて、本当に良かった……。ありがとうございました」

「ハルト様の予期せぬ形で城へ参ることになってしまいましたが、お役に立てて何よりでございます」

「左に同じく」

ゴウキとカヨコは恭しくこうべを垂れた。親子ほどに年齢の差がある夫妻がこういった態度をリオにとっているわけで、両者の関係を未だ知らぬフランソワやシャルロットなどは興味深そうにその様子を見ていた。すると——、

「すごかったのよ？　ゴウキさんとカヨコさん、現れたと思ったらどんどん傭兵達を倒しちゃってさ。まさに大立ち回り」

沙月が二人をベタ褒めする。

「襲撃の際には魔物も姿を現したが、サガ夫妻はその討伐にも貢献してくれた」

フランソワが情報を付け加える。

「……魔物まで現れたのですか？」

「うむ。空から黒い球体が降り注ぎ、そこから魔物の群れが放たれた。セリア嬢の話によればアマンド襲撃の際に現れた魔物達だそうだ」

ここでいう魔物とはレヴァナントのことだ。

「すばしっこく動き回っていた人間とよく似た魔物よ。リーゼロッテさんの屋敷にも現れた強いやつら」

フランソワから水を向けられ、セリアがリオに説明する。

「あんなものまで……」

「信じたくはないが、やはりプロキシア帝国ないしは天上の獅子団には魔物を操る術があるのだろう。状況的にそうとしか思えん」

「そのよう、ですね……」

「もっとも、更に厄介だった魔物は別にいる。そなたが戦った大地の獣には及ばぬのであろうが、巨大な骨の騎士が現れた」

フランソワが今度は英雄殺しについて言及する。と――、

「骨の姿の巨大な騎士？」

反応を見せた少女がいた。アイシアだ。

「知っているの？」

一同の視線がアイシアに集まり、隣に座るリオが尋ねた。

「……レイスかもしれない。春人がパラディア王国にいる間に遭遇した」

「ああ……」

それでリオは思い出す。ルシウスへの復讐を果たし、ガルアーク王国へ戻ってきた後のことだ。リオの留守中にロダニアにいるセリアとアイシアの前に現れ、追跡して追い詰めると魔物のような姿になったレイスと交戦して倒したと報告を受けた。

リオの記憶によれば、レイスと遭遇したこと自体はセリアの口からレストラシオンに報告が行われ、クリスティーナやフランソワの耳にも入ったはずだ。だが、追跡したことまでは報告をしていないかったはずである。それを説明すると、アイシアが霊体化した状態でセリアの護衛を行っていたことも教える必要があったからだ。

「レイスというのはプロキシア帝国の外交官を務める男であろう？　ベルトラム王国本国に大使として派遣された……。そのようなことがあったのか？」

フランソワがリオに訊く。

「はい、その、あったのですが、どこから経緯をご説明すればいいものか……」

正直に説明するとアイシアが精霊であることを始め、今まで秘匿してきたことを色々と説明しなければならなくなるので、咄嗟には答えられないリオ。

すると――、

「クリスティーナ様とフローラ様がルシウスに誘拐された時のことです。レイスを目撃したと報告したことをご記憶でしょうか？」

セリアがリオの代わりに説明した。

「覚えています」

「うむ」

クリスティーナとフランソワが視線を交えてから順番に頷く。

「実はあの時、と申しますか、ハルトが留守の間、アイシアは私の護衛を密かにしてくれていたんです」

と、セリアが正直に打ち明けると、リオは思わず息を詰める。だが、聡明なセリアがうっかりで口を滑らすことはないとわかっているので、ポーカーフェイスを貫いた。

「その、アイシアが精霊だということは知られているの」

セリアはリオを納得させる状況説明を端的に行う。

「敵が襲撃してきた時にイフリータやヘル、エアリアルにも戦ってもらったんです。それでその、アイシア様のことも」

オーフィアもすかさず状況を補足した。

「そういうことでしたか。道理で……」

先ほど王都に帰ってきた時に門まで出迎えてきたはずだと、リオは得心した。実体化していたアイシアの気配を察知した上で、もう精霊のことを隠す必要がないから出迎えてきたというわけだ。

「まあ、そういうわけだ」

フランソワは驚くリオをからかうように、少し愉快そうなトーンで告げる。

「申し訳ございません。その、精霊のことはむやみやたらと口外すべきではないと思っていたので……」

「構わぬ。精霊について記された文献は存在するが、目にしたことがあるという話は聞いたこともない。むやみやたらと知らしめるべきではないと考えるのはよくわかる。物珍しがるだけならまだしも、希少性に価値を見いだして面倒なことを考える輩もいるだろうからな」

この世界、この時代において、面倒なトラブルを避けるために希少な才能や財を隠しておくことは処世術の一つだ。

「はい、まさしく……」

現状でいったいどれだけ広い範囲で精霊の存在を知られてしまったのだろうかと、リオの顔に懸念の色が浮かぶ。

「戦いの中で精霊を目にした者は多いだろうが、それが精霊だと知っているのは信用の置ける極一部の者だけだ。その点は案ずるな」

「ご配慮、誠にありがとうございます」

リオはほっと胸をなで下ろす。

「構わぬ。そなたの周囲で余計な面倒事を起こされるわけにはいかぬからな。それにしても、こうして見ても本当に人にしか見えぬが、確かに人間離れした容姿をしているな。神々しさすら感じるほどに……。まあ、話を戻すとしよう」

視線を向けていて思わずアイシアに見惚れそうになったフランソワ。だが、流石は国王というべきか、鋼の理性で話が脱線するのを防ぐ。視線をリオに向け――、

「先ほどのレイスかもしれない、というのはどういうことだ？」

と、問いかけた。

「我々はその骨の騎士こそがレイスの正体なのではないか、と考えていたんです。なんでもアイシアと戦っている間にその姿になったらしくて。レイスが魔物を呼び出していたところも目撃したそうです」

「……では、レイスの正体が、魔物であると？」

「変化した骨の騎士は魔石を残さなかったらしいので、魔物ではないのかもしれませんが……。魔物を呼び出す能力があるのなら、魔物よりも高位の存在なのかもしれません」

「ふむ。人とまったく相違ない姿をした精霊がいるのだから、人とまったく相違ない姿をした魔物がいてもおかしくはない、か」

（魔物を操るなど、六賢神信仰に真っ向から反する禁忌。異端行為なのだがな。聖典にも記される神魔戦争に登場した魔の王に類する存在とも見なされかねん）

と、考えたフランソワだが、話が逸れるので今はそのことを口にはしなかった。

「はい」

リオは神妙な面持ちで頷く。すると――、

「けど、今考えると、倒しきれなかったから魔石を残さなかったのかもしれない」

アイシアが横から考察を付け加えた。リオはその考察を受け止め、実際に戦ったであろうゴウキにこう尋ねる。

「今回、討伐した怪物は魔石を残したんでしょうか？」

「いえ、そのようなものは見当たりませんでしたのう。どなたか目にした方は？」

ゴウキはかぶりを振り、その時一緒に戦ったセリア、サラ、オーフィア、カヨコを順番に見た。

「そういった物は……」

「見た覚えがありませんね」

「うん」

「私も……」

　一同、見覚えはないらしい。

「……もしかして、セリアも戦ったんですか？」

「ええ、そうよ」

　セリアはちょっとこそばゆそうに、それでいて誇らしげに答えた。

「ですが、相当強い魔物だったんですよね？」

「私だって戦えるんだからね？　魔法を撃てるよう、守ってもらう必要はあるけれど」

「まあ、セリアがすごい魔道士であることはわかっているのですが……」

「それはもう、凄まじい魔法でしたぞ。某らが突破するのに苦労した奴の盾を一撃で粉砕し、胴体までをも砕き。セリア殿がいらっしゃらなければさらに苦戦していたことでしょう」

　実際にセリアが使った魔法を目の当たりにしたゴウキが、その強さに太鼓判を押す。

「私達でもあの威力の術は使えませんよ？」

「ですね。本当にお見事でした」

オーフィアとサラもセリアを褒めちぎる。

「ま、まあ、それはともかく。陛下がお聞きになっているんだから、話を続けて。レイスの正体について、でしょ？」

セリアは恥ずかしがってリオに話の続きを促す。

「はい……。えっと、既にサラさん達から説明をお受けになったかもしれませんが、精霊は気配に敏感な生命体なんです」

リオは戸惑いながらも説明を再開した。

「気配、とな」

「魔力とも違う、目に見えない波動とでも考えればいいのかもしれません。精霊は霊的な存在だから、魂を感じ取っているのかも？　まあ、私が抱いているのもそういった認識です」

「なるほど。それで？」

「精霊には精霊の、人には人の、魔物には魔物の、似通った気配というのがあるらしいんですが、レイスの気配は時折人とも精霊とも魔物とも思える時があるとかで……」

「ふむ。巨大な骨の騎士に変化した姿を見て、魔物なのではないかと考えたということか」

「はい、確証はありませんが……。実はその時、アイシアはその骨の剣士を倒したんです。それでもしかしたらレイスも死んだのかもしれないと思ってはいたんですが……」

「魔石を残さず、再び姿を現したとなると、生き延びている可能性があると考えているのだな？」

「はい」

「……それにしてもあの巨大な怪物を一人で倒したとは。まったく、驚きの連続だな」

フランソワは地上から眺めていただけだったが、頭上に現れた英雄殺しの圧倒的な猛威はしっかりと目に焼き付いている。中級や上級の攻撃魔法を物ともしないで飛び回っていた姿を目の当たりにしていたので、それを単身で倒したアイシアを唖然と見つめた。そして――、

「精霊の少女、アイシアよ。そなたに訊きたい」

と、アイシアに語りかける。

「何？　……ですか？」

素で受け応えしかけたアイシアだが、相手が王様なので丁寧な言葉を付け足した方がいいと思ったのかもしれない。

「そなたから見てその骨の巨人騎士はどの程度の強さだった？」

「硬かった。そこさえどうにかできれば倒すのはそう難しくはない」

「この場には国を代表するような実力者が勢揃いしていると思うのだが、この者達と比べるとどうだ？」

「一対一で戦ったとして、総合的な強さでいえばここにいるみんなが劣っているとは思えない。相手の守りを突破できないと勝てないけど、突破できないからといって簡単に負けることもない」

「なるほどな。となると、実力者達が時間稼ぎに専念して足止めをし、その間に別の誰かが強力な魔法などを構築して波状攻撃を叩き込む、というのが攻略法になるのだろうか？」

「複数で挑めるのなら、そうした方がいい。ただ、攻撃が通じないのをいいことに暴れ回られると押さえるのは難しい。機動力も高いから、遠くからだと攻撃を当てるのも難しいと思う。そこは注意」

「なんとも難易度が高そうではあるが、今後はああいった巨大な魔物を想定した訓練もさせようと考えているのだ。貴重な意見、感謝する」

「うん……、はい」

「ちなみに、そなたならば一人で倒せるとのことだが、ハルトならばどうなのだ？」

リオが強いことはわかっているが、具体的にどれほどのものなのかはフランソワの物差しではわからない。この機会にリオの強さを知りたいと思ったのだろう。

「…………」

答えていいのかと、アイシアも一度リオに視線を向ける。リオは答えて構わないよという意味を込めて頷いた。

「春人も問題なく倒せる。複数で襲ってきても大丈夫」

「複数でも、か。ふははっ……。いや、すまぬな。薄々とわかってはいたが、それほどの傑物か。そなたは。まだまだ計り知れぬな」

フランソワはリオを見て愉快そうに語る。ベルトラム王国で最強と呼ばれた王の剣アルフレッド、百戦錬磨で名の知れた天上の獅子団の団長ルシウス。こういった実力者を退けてきたのがハルト＝アマカワという少年だ。さらには、大地の獣と呼ばれる規格外のサイズを誇る怪物を倒してきたという。

国を超えて名の知れた強者達よりもさらに上に位置しているのであろうとは思っていたが、その強さがまだまだ天井知らずだと改めて痛感したのかもしれない。

「では精霊の少女よ。最後にもう一つ訊きたい。その骨の剣士とハルトが戦った大地の獣、戦えばどちらが勝つと考える？」

「大地の獣」

「即答であるな」

「骨の剣士が束で挑んでも大地の獣には勝てない。時間稼ぎがせいぜい」

「なるほど。大地の獣とはそれほどの化け物、か。であれば、ハルトが聖女の生存を危険視するのもよく頷ける」

フランソワは億劫そうに嘆息する。そして――、

「ハルトの報告によればそれを操っていたのは聖女である可能性が高い、ということであったな？　そしてそれが精霊のような存在かもしれぬ、と」

と、話を続けた。

「はい」

「防衛の過程で色々と知った。精霊のこと、精霊術のこと。これはそなたが留守の間にサラ嬢達から聞いた話だが、神装が秘めた力も精霊術と呼ばれる事象に近いそうだな」

「ええ」

「大地の獣と呼ばれる神獣を勇者の力で操っているというのなら、同じ勇者であるサツキ殿にも神獣を呼び出せるということにはならないだろうか？」

「……それは私も考えました」

リオはサラやオーフィアとも顔を見合わせて首肯する。二人も先ほどのリオの報告を聞

いて同様に思ったようだ。一同の注目が沙月に集まる。

「いや、でも、そんな怖い怪獣の呼び出し方なんて知らないわよ？」

沙月は困惑して申告する。

「クリスティーナ王女、ヒロアキ殿はどうだろうか？」

フランソワはもう一人の勇者を抱える組織の代表、クリスティーナに尋ねた。

「そういった話を伺ったことはありませんが……」

「となると、大地の獣とやらが勇者の力で呼び出せるものなのかどうか、やはり断定はできぬな。仮に大地の獣が精霊であるというのなら、聖女が勇者の力とは別に契約したという可能性もあるのだろうか？」

フランソワは再びリオに話を振る。

「精霊であるかはかなり怪しいんですが、可能性はあると思います」

「怪しいと考えるのはなぜなのだ？」

「先ほどもお話しした通り精霊は精霊の気配を感知できます。アイシアが感知した大地の獣の気配は精霊のそれとは似て異なるものだったようです」

「であるか……」

「それに、それほどの力を持つ精霊であれば確実に人型精霊であるはずなんです」

ですよね？　と、リオは確認（かくにん）の意味を込めてサラとオーフィアを見た。精霊についてはリオよりも精霊の民であるサラ達に知見があるのだ。

「ええ、そのはずですが……。私達よりも精霊に詳（くわ）しい方がいらっしゃるので、私かオーフィアが時機を見て話を聞きに行ってみようと思います」

おそらくは里の長老達のことを思（おも）い浮（う）かべながら、サラが申し出る。

「……そうか。では、そちらの調査は任せるとしよう」

と、フランソワが調査を一任したところで――、

「私からも一つ、確認したいのですが……」

リオが挙手した。

「何だ？」

「勇者様について記されている歴史上の文献に、そういった獣が登場する記述はないのでしょうか？」

「聖典と外典（げてん）にはそういった記述はない。サツキ殿が召喚（しょうかん）された後、偽典（ぎてん）についても色々と調べさせてはみたが、可能性はあるな。もう一度確認させてみるとしよう」

まず、聖典というのはかつて六賢神が直々に記したとされる教典のことだ。そこには六賢神や勇者のこと、神魔戦争前後の歴史などが極簡単に記されていて、現在に至るまで広

く伝わっている。リオは王立学院時代に聖典を目にしたことはあるが、内容は実に抽象的で文字数も多くなかったと記憶している。

そして、外典というのは「内容が抽象的な聖典を正確に解釈するため」という名目で各国が後から製作した補完書である。各国の六賢神信仰は国ごとに王家が管理しているので、大抵はその国の王家の成り立ちなど、支配者階級にとって都合の良い内容が記されていたりするし、必要があれば記述が付け加えられることもある。

なお、国によって外典の内容が異なるため、外典の解釈を巡って戦争が起きたこともある。よって、互いに相手国の外典の記載については口出ししないのが、外交上の暗黙の了解だ。

最後に、偽典というのは国のお墨付きを得ていない民間で記された補完書のことである。偽典だからといって直ちに異端書扱いされるわけではないが、その国にとって都合の悪いことを記すと異端者として罰せられることもある。なので、偽典を書いたとしても著者名が記されないこともざらにあり、流布される機会もないので一冊物が多い。ゆえに、信憑性を疑われて偽典などと呼ばれるようになったという経緯がある。

つまりは、国家が公式に作ったものが外典、民間で独自に作られたものが偽典と考えればよい。仮に弘明がこの場にいたら「要は外典も偽典も歴史書という名のファンタジー小説だろ？」とでもあけすけに評していたかもしれない。

ともあれ――、

「さほど数は多くないでしょうが、レストラシオンでもロダニアにそういった偽典がないか調べさせてみましょう」

と、クリスティーナも協力を申し出る。

「うむ。少し頭を整理する時間もほしい。他に話しておくべきこともなければそろそろお開きにするとするか」

フランソワは深く頷き、話をまとめようとした。すると――、

「えっと、もしかしたらこの場でなくてもいいのかもしれないけど……、王様にも話を通しておくのが筋だと思うからここで」

沙月が手を上げた。

「なんだろうか、サツキ殿？」

「ハルト君にお願いがあるんです」

そう言って、沙月は決然とリオを見る。

「……何でしょうか？」

リオはお願いとやらに予想がつかないのか、きょとんと首を傾げた。

果たして――、

「神装の力が精霊術と酷似しているというのなら、私に力の使い方を本格的に指導してほしい」

「それは、強くなりたい、ということでしょうか？」

「うん。私は……、私は強くなりたい」

「……一応、理由を伺ってもよいのでしょうか？」

大地の獣のこともあり、リオとしてもフランソワに精霊術の情報を開示した上で沙月の協力を得られないかと考えていた。この展開は渡りに船ともいえる。ただ、それはリオの都合だ。どこまで本気なのか、沙月の意思はきちんと確認しておきたかった。

それに、沙月が力の扱い方を求めることをガルアーク王国の王であるフランソワがどう考えるのかという問題もある。

「悔しかったの。この屋敷に侵入者が押し寄せてきた時、みんなが戦って、なのに私は安全な場所に隠れていて……。途中からは私も戦ったけど、骨の怪物が現れた時に私は見ていることしかできなかった。だから、私は強くなりたい。何か起きた時、私もみんなと一緒に戦えるように」

と、沙月は胸の内の想いをありのままに吐露する。となれば、あとはフランソワの意向も確認しておく必要がある。

「実際問題、ハルトが精霊術の指導をすることでサツキ殿が神装の力をさらに引き出せる余地はあるのか？」

フランソワがリオに尋ねる。

「……はい。沙月さんには簡単なアドバイスをしたことがあって、それだけでコツを掴んで成果が出たことがありました。本格的に精霊術の使い方を教えることで一気に飛躍する可能性は十分にあると思います」

「そうか……。であれば、余からもハルトに頼みたい。サツキ殿への指導を頼めないだろうか？」

「大地の獣と戦って、沙月さんの協力を得て神装の力を調べることができないかと考えていました。私に務まるのであれば」

喜んで承りますと、リオは謹んで右手を胸元に添えた。

「では、決まりだな。この屋敷の裏庭でも構わんが、他にもっと人目のない場所で訓練をしたいというのであれば城の外に出ることも反対はしない」

「……お城の外に出てもいいんですか？」

沙月が目を丸くする。訓練のためとはいえ沙月の外出をすんなり了承する対応には他の者達も少なからず驚いているのが窺えた。

「もとよりサツキ殿の外出を禁止していたわけではなかったであろう？　好ましくない場合は反対すると伝えていたが、相応の理由があってリスクも容認できるのであればその限りではない」

「まあ、そうなんですけど……」

「サツキ殿のことは信頼しているつもりだ。城の外に出る場合は都度、予定を伝えてもらいたいが、ハルトが同行するのであれば反対はしない。詳細はシャルロットとも相談して決めてくれればよい」

「承知しました」

シャルロットが嬉しそうに頷く。これはもしかしたら私も便乗してお外に出られるのでは？　とでも思っていそうなのが表情に出ていた。

「では、今度こそお開きにするとしようか。クレティア家は積もる話もあるだろうからな。よければ屋敷に部屋を用意してやってくれ」

すぐにでも親子水入らずの再会を喜びたいだろうと、フランソワが気を利かせてリオやシャルロットに告げる。

「では、控えの応接室へご案内しましょう。クリスティーナ様とフローラ様もよろしければ引き続き残っていってくださいな。よろしいでしょうか、ハルト様？」

家主はリオなので、シャルロットが許可を取った。

「もちろんです」

かくして、今度こそ解散する流れとなる。

「余は一足先に城へ帰るとしよう。シャルロットよ、案内が済んだらそなたは余の執務室へ参れ」

「承知しました」

「それとハルトよ、道中の護衛を頼んでもよいか？」

フランソワは腰を上げながら、リオに城までの護衛を頼んだ。お付きの護衛達がいるので普段ならばリオに護衛を任せることはない。

「……はい、喜んで」

珍しい頼みに少し意表を突かれたリオ。だが、すぐに笑みをたたえると、二つ返事で帰路の護衛を引き受けたのだった。

◇　◇　◇

フランソワは屋敷を出ると、リオ以外の護衛には距離を取らせて移動を開始した。そして王城へと移動する道すがら――、

「あの場では口にしなかったが、そなたとはまだ共有しておきたい話がある」

わずか斜め後ろを歩くリオへ不意に語りかける。

「何でしょうか？」

「その前に、確かなこともわからぬ現状で余計な不安は与えたくない。これからする話はひとまずサツキ殿には伏せてくれ。よいな？」

「……承知しました」

お付きの護衛がいるのにわざわざ連れ出した辺り、何かしらの話が個別にあったのだろうとは思っていたが、何やら重たい話になりそうだった。

「もし聖女が今も生きているとして、一つの考えが思い浮かんだ。勇者は死なないのではないか？　少なくとも心臓を刺されたくらいでは、と」

「……なぜ、そうお思いに？」

「サツキ殿が召喚されて以降、国中から偽典を集めさせた。その一つにな。勇者殿は強靱にして不死身の肉体を持つ、という記述があったのを思い出したのだ」

「不死身、ですか？　それは、不老とか不死という意味での？」

突拍子もない用語が出てきて、リオは軽く面食らう。

「うむ。だが、しょせんは誰が書いたかもわからぬ偽典だ。信憑性はないと思って読み流していた。だが、そなたが懸念している様を見て不意に思い出した」

「つまり、陛下は聖女がまだ生きているかもしれないとお考えで？」

「どうであろうな。余にはやはり人が心臓を貫かれて生きているとは到底思えぬ。それに、もし本当に不死身であるというのなら、神魔戦争期に存在した勇者殿達は今もなお生きていることになってしまう」

不死ということは、死なないことを意味するのだから、寿命で死ぬこともないということになるはずだ。

「……当時の勇者様達のその後はわからないのでしょうか？」

どこの国で死んだ、とか。

どこへ旅立った、とか。

「勇者殿が国を興した、という伝承は各地に残っている。だが、古い文献を読み漁っても神魔戦争終結後の勇者殿達について、具体的な内容が記された文献は一つとして見つかっていない」

（消息を絶ったということは、もしかして戦争が終結して元の世界に帰ったのか？）

という可能性がリオの頭に思い浮かび――、

「神魔戦争を勝利に導いた立役者達のその後がわからないというのも妙ですね……。一度、私にも当時の文献を閲覧させていただけないでしょうか？」

リオは外典や偽典の閲覧許可を求めてみた。その後について記された文献が見つかっていない以上、答えを得ることはできないだろうが、何か新しい発見があるかもしれない。特に偽典については国にとって見せたくないものもあるかもしれないから、誰でも触れることができるわけではないのだろうが――、

「良いだろう」

すんなりと許可が下りる。

「ありがとうございます」

「よい。余がそなたをこうして呼び出した理由とも絡むことだ」

「と、仰いますのは？」

「勇者の力についてだ。偽典の中には勇者の逸話も数多く存在するが、古い文献の抽象的な記載だけでは嘘か誠か判断のしようがないことが多い。それこそ勇者は不死身であるという記載のようにな。冗談でもこのようなことは口にしたくはないが、よもやサツキ殿の心臓を貫いてそれを確かめるわけにもいくまい？」

「……はい」

リオは固唾を呑んで頷いた。

「そなたがサツキ殿の指導を行うことで眠っていた勇者の力が引き出されていくかもしれん。仮に勇者が大地の獣と同等の怪物を使役でき、不死身の肉体を持ち合わせているのだとしたら、それは一少女が背負うには重すぎる力だと余は考える。それこそ、人の心を壊しうるほどに、な」

「…………」

「サツキ殿は賢く、素直で、人を引き寄せる不思議な魅力を持っている。だが、いたって普通の少女でもある。少なくとも余はそう思っている。そなたはどうだろうか？」

「私もそう思います」

「であれば、そなたを男と見込んでの頼みだ。サツキ殿が過ぎたる力に呑み込まれぬように、必要とあらばそなたが導いてやってほしい。引き受けてはくれぬか？」

ここでフランソワは立ち止まり、背後を振り返ってリオに呼びかける。

「……私に、できるでしょうか？」

大役だ。だからこそ、簡単に導いてみせるなんて、安請け合いはできなかった。

「余はできると考える。そなたもまた一個人が抱えるには大きすぎる力を手にしているが、力に呑み込まれずにいる。ここでできると即答しないそなただからこそ、余はそなたに任せたい」

「……承知しました」

「頼むぞ」

リオが折り目正しく頷いたのを見て、フランソワも深々と頷き返す。そうして話をしている間に、王城の正面玄関は目と鼻の先の位置にあった。

「城まで着いてしまったな。もう少し付き合え」

どうやらまだ話があるらしい。フランソワはリオの返事を待たず城内へと歩きだす。国王であるフランソワの姿はただでさえ目立つし、ハルト＝アマカワという名誉騎士は最近の注目株だ。城内を歩く二人の姿は実に注目を集めながら、やがてフランソワの執務室へとたどり着く。

「まあ、座れ」

「失礼いたします」

先に腰を下ろしたフランソワに勧められ、リオも下座の椅子に腰を下ろす。

「ふむ……」

と、フランソワは頷いてしばし押し黙る。

喋ることが決まっていないというよりは、何から喋るか悩んでいるというか、本当に話をしていいのか迷っている。まさにそんな感じだ。

すると、そうしている間に——、

「失礼いたします」

シャルロットが執務室にやってきた。

入室の許可を与えて室内に入ってきたところで——、

「ずいぶんと早かったな」

フランソワが少し目を丸くして尋ねる。リオとフランソワが執務室にたどり着いてからまだ一分程度しか経っていないからだ。

「とても面白そうなお話がある気がしましたので。クリスティーナ王女とフローラ王女の案内はセリア様に安心してお任せできますし」

「であるか。まあ、そなたも座れ」

「はい」

シャルロットは実にご機嫌に声を弾ませ、三人掛けのソファでわざわざ距離を詰めてリオの隣に腰を下ろした。ほぼ密着している状態である。

「…………」

婚約者でもないのだ。いや、婚約者であったとしても、父親であり、国王でもあるフランソワを前にこういった真似をされると地味に困る。いや、とても困る。リオはさりげなく横に逸れてシャルロットから距離を置こうとした。しかし、シャルロットもその分だけすすっと横にずれる。

これ以上横に移動してしまうと、向かいに座るフランソワから見て明らかに不自然な動きになるので、リオは観念して逃げるのを止めた。

「ふふ」

シャルロットは悪戯っぽく笑みをたたえる。

「ふっ………」

フランソワは物珍しそうに二人を見つめていたが――、

「……精霊術と精霊の存在について少し聞きたい。表層的な知識はそなたの留守中にサラ嬢達から教えてもらった。それで古い文献を漁らせたところ、かつてはシュトラール地方にもそれらしき術の使い手がいたという記述がいくつか見つかった」

と、やがて話をし始めた。

「はい。シュトラール地方では失われて久しいようですね。私もシュトラールの各地を渡り歩きましたが、使い手に遭遇した例はほとんどありません」

リオは気を取り直し、平静を装って受け応えする。

「ほとんど、ということは、極少数はいたのか？」

「レイスです」

「……なるほどな。シュトラール地方で精霊術が廃れた理由はわかる。魔術と魔法は六賢神が人間族にもたらした奇跡だ。神々への信仰を背景に精霊術よりも魔術と魔法に重きを置くようになったのだろう。実際、精霊術よりも習得は容易で、集団戦を前提とした軍事利用を考えるのならば、魔法の方が使い勝手も良いときている」

「ご明察の通りだと思います」

「が、その一方で現代に至るまで精霊術を受け継ぐ者達もいる」

ここでフランソワはいったん言葉を切った。そして、向かいに座るリオをじっと見つめて――、

「そなたもその一人だ」

と、強調するように言った。

「……はい」

「かつて我が国と交流のあったヤグモ地方の国では六賢神の存在は知られておらず、魔術や魔法も存在していなかったそうだ。だが、代わりに精霊術らしき術が存在するという記

述を見つけた。そして、古い書物の中には精霊術らしき術をエルフやドワーフ、獣人といった種族が得意としていたという記述があった」

「…………」

当初は話の要点が見えなくて、わざわざシャルロットを呼び出して同席させた理由がわからなかったが、リオはなんとなくフランソワが持っていきたい話の流れがわかった気がした。

「そこで思ったのだが、サラ嬢達もゴウキ殿達も、シュトラール地方の外から訪れた者達なのではないか？」

シュトラール地方で失われた秘術の使い手が、こうもリオの周りにぞろぞろと集まっていることが判明したのだ。聡明なフランソワがその可能性に至るのは当然といえば当然だろう。それはシャルロットも気になっていたことだったのか、ちらりとリオの横顔を見上げた。

「答えられないのであれば答えなくともよい」

リオが答えようと口を開きかけたところで、フランソワが言葉を被せる。

「いえ、ご指摘の通り、皆さんはシュトラール地方の外に暮らしていた方々です」

ここまで察しをつけられているのだ。リオは下手に隠し立てすることはしなかった。その背景にはフランソワとシャルロットに対する信頼がある。

「であるか……。ならば、そなたとサガ夫妻の関係についても聞かせてはくれないだろうか？」

　フランソワがリオに訊きたかったのは、まさしくこのことだったのだろう。親子ほど年齢の差がある年配者が、若年者であるリオを相手に忠誠心を示すような態度を取っているのだ。好奇心を抱くなというのも無理な話だ。

「少し、複雑な事情がございます。恐れ入りますが、他言無用とお約束いただけるのであれば」

「うむ。一応、確認しておくがシャルロットにも聞かせてよいか？　好奇心旺盛な娘だ。下手に隠し立てすると十中八九、こやつなりに探りを入れ始めると考え同席させた」

「もとより陛下とシャルロット様にはご説明するつもりでしたので。あとは沙月さんにはまだお話ししていないので、後ほど改めてお話しするつもりです」

「あいわかった。では、他言は無用だぞ、シャルロット」

「もちろんです」

　シャルロットは実に嬉しそうに声を弾ませて首肯する。

「まず、私の両親はヤグモ地方からの移民です」

そうして、リオはゴウキ達との関係と、自身の両親の境遇を打ち明け始めた。

説明は数分で終了した。

美春やセリア達には既にした話だ。

慣れたもので、スムーズに話をすることができた。

「……特殊な生まれなのではないかと思ったが、まさか王家の血筋であったとはな」

流石に驚愕の事実だったらしい。驚きを静めるべく、フランソワは大きく息を吐き出して深呼吸した。

「陛下、恐れながら私からも一つ、よろしいでしょうか？」

リオが手を上げて発言を求める。

「なんだ？」

「ゴウキさん達と共にシュトラール地方まで同行している方が十人以上いらっしゃいます。問題なければその方々を屋敷に招きたいのですが、よろしいでしょうか？」

「あの家はもうそなたの屋敷だ。呼びたい者がいれば自由に呼ぶとよい」

「ありがとうございます」

すんなりと許可が下りて、リオはぺこりと一礼した。すると――、

「……いっそのことそなたの家臣として抱えてみてはどうだ？　本人達の希望にも添って

いるのであろう？」

フランソワがそんな提案をする。

「それは……」

「そなたが好まぬのはわかる。だが、骨の巨人（きょじん）を倒（たお）した功績で何かしらの恩賞は用意するつもりだったのだ。家臣として抱えるつもりがそなたにあるのであれば、正式に名誉（めいよ）従士の位を与えることもできる。そうなれば色々と動きやすくもなるぞ。城で暮らすのであれば身分というのはなかなかに馬鹿にできん。それはそなたもよくわかっていることであろう？　まあ、本人達とも相談してみるとよい」

「…………承知しました」

リオは間を置いて、ぎこちなく頷いた。

「あとは……、そうだな。ハルトに訊いておきたいことがあったのだ。シャルロット、そなたは先に出ていろ」

フランソワはここで唐突（とうとつ）にそんなことを言う。

「……畏（かしこ）まりました」

シャルロットは首を傾げながらも立ち上がり、退室していく。ぱたんと音を立てて扉（とびら）が閉まる。

いったい何の話があるのだろうか？

「サツキ殿かシャルロット、あるいはその両方と籍を入れるつもりはあるか？」

「…………ご冗談を」

突然すぎる確認に、リオは言葉を失い、たっぷり硬直してしまう。だが、なんとか我に返ると、かろうじて言葉を捻り出した。

「そうか。まあ、頭の片隅には入れておけ」

フランソワはふふんと含み笑いを浮かべる。

「………………」

続く言葉が出てこないリオ。

「もう、屋敷へ戻ってよいぞ。サツキ殿の指導、くれぐれも頼む」

最後にフランソワはそう言って、リオを見送ったのだった。

◇◇◇

「失礼いたしました」

リオがフランソワの執務室から退室する。と――、

「お待ちしておりました、ハルト様。早かったのですね」

シャルロットが満面の笑みをたたえて外で待っていてくれた。

「……はい。手短なお話でしたので」

まさか貴方との婚約を勧められたとは口が裂けても言えない。

「どのようなお話だったのでしょうか？」

「それは、陛下にお確かめいただけると……」

シャルロットは好奇心を前面に押し出し、ぐいぐいと踏み込んでくる。リオの反応はたじたじだった。すると——、

「ごほん」

軽い咳払いの音が鳴り響く。シャルロットとは少し離れた位置でたたずんでいた中年の男性貴族だ。この男こそクレティア公爵家と並ぶガルアーク王国二大公爵家の当主、クレマン＝グレゴリーである。

「まあ、そういえばいらっしゃいましたね、グレゴリー公爵。お父様なら執務室にいらっしゃるけれど？」

中に入らないのかしらと、シャルロットは問いかける。

「そこの男にも話があるものでして」

そう言って、グレゴリーはじろりとリオを睨んだ。傍から見て容易に悪感情が込められているのが窺える。

「何でしょうか？」

グレゴリー公爵とは夜会の時に簡単に挨拶をしたはずだ。あの時は特にこれといった敵意は向けられた覚えはない。

「ハルト様は遠路はるばる旅から戻られたばかり。お疲れなのよ。手短に済ませてくださるかしら？」

と、鬱陶しそうに語るシャルロット。言外に空気を読めと言っているように聞こえるのも気のせいではないのだろう。

だが——、

「では、アマカワ卿よ。この大事な時局にどこへ行っていたというのだ？ 貴様の留守中に天上の獅子団なる連中が城を襲撃した。貴様の屋敷を集中的に狙っていたそうだが、これはどういうことだ？」

グレゴリー公爵はリオへの詰問を矢継ぎ早に開始する。流石は公爵家の当主というべきか、第二王女シャルロットの御前であっても、空気を読んで簡単に引き下がることはしない。それを許されるだけの立場もある。

「それは……」

「ねえ、グレゴリー公爵」

リオが答えるよりも先に、シャルロットが割って入った。表情はにこやかだが、シャルロットはグレゴリーに冷ややかな眼差しを向けていて――、

「そのお話は既にお父様へ報告済みなの。ハルト様はリーゼロッテ救出の任に就いていた。今は見事にその任を果たして戻られたところよ？　耳の早い貴方なら、リーゼロッテが戻ってきたことはもう知っているのではなくて？」

と、告げる。

「やはりこやつが……」

また手柄をひっさげてきたのかと、グレゴリー公爵は不服そうな顔になる。

「…………」

シャルロットはそれ以上グレゴリー公爵に何か言うことはせず、執務室の扉をトントンとノックした。そして――、

「開けなさい」

「……はっ」

執務室の前に立つ近衛騎士に、有無を言わせず命じて扉を開けさせる。

「お父様、グレゴリー公爵がおいでだわ」

さあどうぞと、シャルロットはグレゴリー公爵をフランソワの執務室へと誘(さそ)ったのだった。

【第四章】特訓開始と調査

翌日は雲一つない快晴だった。

「んー、娑婆の空気は美味しいわねえ」

沙月が空を見上げながら、気持ちよさそうに身体を伸ばしている。

「娑婆って……」

向かいに立つリオがくすりと笑う。

「正々堂々とお城の外に出られたんだもの。気分よ、気分」

と、沙月が言う通り、現在地は王都の外に広がる無人地帯の平野である。外に出ても構わない、というフランソワからの同意も得られたので、初日から外で訓練をすることにしたというわけだ。

ちなみに、お城から平野までの移動は馬車だ。エアリアルに乗れば早いが、現状ではフランソワ達を除いて城の人間には精霊の存在を説明していない。対外的には一応、契約している騎獣を召喚できる魔道具の効果であり、そう頻繁には使用できないものだと説明す

る予定だ。が、それはともかく——、

「それにしてもシャルちゃん達まで来る必要はなかったんじゃない?」

沙月が同行してきたシャルロットと、ルイーズを始めとする専属の護衛騎士達を見て言う。なお、女性騎士達はリオの屋敷が襲撃された時に一緒に戦ったので、精霊の姿も精霊術の使用も目撃している。シャルロットとフランソワ、そしてクレティア公爵夫妻以外で事情を知る数少ない人員であった。

「初回ですから。お父様にも様子を報告する必要がありますし」

「とかいって事あるごとについてくるつもりなんじゃ……」

「かもしれません。私だけお留守番なんて寂しいじゃありませんか」

と、シャルロットが言うように、この場には他にも美春、セリア、アイシア、ラティーファ、サラ、オーフィア、アルマに、ゴウキとカヨコも同行している。他に用事がある者達もいるが、お城にいると精霊術を使った訓練は自由にできないので、この機会を有効活用するべく同行してきたのだ。

「この中でご見学ください」

リオが精霊術を使用し、地面を操り始める。と、瞬く間に土が隆起していき、背の低い風よけの壁がついたあずま屋が象られていく。その一方では、アルマがあずま屋から少し離れた位置に同じく土の精霊術で簡易の馬小屋を設置していた。

「本当にすごいのですねえ、精霊術は……」

魔法では到底できない芸当に瞠目するシャルロット。

「《解放魔術》」

リオは仕上げにあずま屋の中で時空の蔵を使用し、椅子とテーブルを設置した。冷えた飲み物も用意すれば完璧だ。

「……これはもう、はるえもんね」

あずま屋を設置した辺りまでは物珍しそうに見ていた沙月だったが、冷えた飲み物まで出てきたところで半ば呆れ顔になった。

「なんですか、それは……」

「だって何でも出てくるんだもん」

「保管してあるものしか出てきませんよ」

リオは苦笑して誤解を訂正する。

「ですが、ハルト様はまだまだとんでもないものを保管していそうだわ。そんなとんでもない魔道具も隠し持っておられたわけですし」

シャルロットが時空の蔵の存在を教えてもらったのが、外で訓練をすることが決まった後のことだ。フランソワにもその存在は伝えてある。

「この魔道具以上にすごい物はそうはありませんよ。食材と家具がほとんどです」

時空の蔵と同等かそれ以上の魔道具といえば、転移結晶くらいである。

「そうは、ですか。つまり、ないわけではないと」

「ま、まあ、他の魔道具はまた必要があればその時にご紹介しますので。時間がなくなるので特訓といきましょう」

リオはそう言って無理やり誤魔化す。と――、

「では、ハルト様。某はオーフィア殿とともにコモモ達を迎えにゆきます」

ゴウキがリオに助け船を出すように発言する。

「はい、お願いします」

リオはこれ幸いと力強く頷く。ゴウキとオーフィアはここから別行動だ。岩の家に待機しているヤグモ組一同を迎えに行くことになっている。

「おいで……。ふふ、良い子だね」

オーフィアは契約精霊のエアリアルを呼び出す。エアリアルは嬉しそうにオーフィアに顔をすり寄せ、オーフィアもエアリアルの頭を優しく撫でてやる。

「さあ、乗ってください、ゴウキさん」

「かたじけない」

ゴウキが跳躍（ちょうやく）してエアリアルの背中に乗る。オーフィアは精霊術で自力飛行だ。ふわりと舞（ま）い上がると――、

「すぐに戻りますね。じゃあ行ってきます」

そう言い残して、頭上へと飛び上がっていく。

一同、手を振（ふ）って見送り――、

「さあ、私達はあちらで特訓しましょう」

サラが先導し、美春、セリア、ラティーファを引き連れて離れていく。あずま屋の前にはリオと沙月、そして見学のシャルロットとルイーズ達に、念のためにと同じく護衛を申し出てくれたカヨコが残る。そして、神装の力を傍から観察してもらうべく、アイシアとアルマもこの場に残っていた。

「俺達（おれたち）も始めましょうか」

「うん！　よろしくお願いします！」

リオも沙月を連れてあずま屋から離れていく。と――、

「カヨコさん」

シャルロットがカヨコに声をかけた。

「何でしょうか、シャルロット様？」

「よろしければこの子達を少し鍛えてやってくれないでしょうか？」

「護衛はよろしいのですか？」

「こんな場所ですもの。近くには他の皆さんもいらっしゃいますし、アイシア様とアルマ様もいらっしゃいますし、傍で手合わせをする程度なら問題はないでしょう？」

「……承知しました。では、貴方達もよろしいですか？」

カヨコは少し思案してから、傍に立つ女性騎士達を見て問いかけた。

「ぜひ、お願いします！」

隊長のルイーズが張り切って頷く。そうして、カヨコはカヨコでシャルロットの護衛騎士達を鍛えてやることが決まったのだった。

リオと沙月はあずま屋から百メートル以上は離れた位置に移動した。

「沙月さんは風を操って何かできるようになりたいことはありますか？」

「空を飛べるようになりたい！」

「即答ですね」

無邪気に目を輝かせる沙月を見て、リオはくすりと笑う。

「だって夢じゃない。空を飛ぶのって」

子供っぽく見られたとでも思って恥ずかしいのか、沙月はちょっとだけ頬を赤らめる。

「なら、ゆっくりとでも飛べるようになることを今日の目標にしてみましょうか」

「へえ、今日一日でできるようになるものなの？」

「かなり難しい術なんですけど、神装の効果が俺の思っている通りなら可能性はあると思います」

「本当？　やる気がさらに漲ってくるわね」

早く特訓を始めたいと、表情が物語っていた。

「ただ、飛行の仕方を教える前に……」

「前に？」

「まずは俺と手合わせをしましょう」

「いつもやっていることだけど……」

「今日は神装の能力をすべて解禁してください」

「身体強化だけじゃなく、風を操って戦ってもいいってこと？」

「はい。ここなら思い切り戦えますから。近距離攻撃でも、遠距離攻撃でも、沙月さんが神装を使ってできることは何でもして俺を攻撃してください」

そう言って、リオは沙月から見て背後に誰もいない位置へと移動した。言葉通り思う存分攻撃してこい、ということなのだろう。

普段の手合わせでは槍を使った近接戦闘縛りというルールで手合わせをしているが、その縛りがなくなるのだ。

「ふうん」

面白そうじゃない、とでも言わんばかりに、沙月は口許を緩めた。別にストレスがたまっていて暴れたい欲求があるわけではないが、手にした力が強大なだけに沙月が勇者の力を最大限発揮して戦う機会はこれまでになかった。相手がリオなら力を解放しても大丈夫だという信頼もある。

「というわけで、いつでもどうぞ」

そう告げて、リオは腰の鞘から愛剣を抜く。

「よーいどん、とか言わないからね」

「ええ」

と、リオが頷くのを見ながら、沙月も神装の短槍を出現させて構える。

それから、沙月は無言で駆けだした。単純に身体強化をして走り出すだけでは出せない初速でリオへと迫る。

(風による加速の基礎は習得している)

リオは沙月の動きを捉えながら、余裕を持って脇に逸れた。

「っ……！」

沙月は勢い余ってリオが立っていた場所を通り過ぎていく。が、脚力に任せて強引に方向転換し、再びリオへと迫る。沙月は手にした槍を振りかぶるが——、

「…………」

リオは剣を構えない。

沙月が振るった槍をまたしてもひょいとかいくぐってしまう。

「くっ……！」

沙月はそのまま至近距離から槍を振るい続けた。が——、

「嘘、でしょ。なんで当たらないのよ？」

攻撃が当たらない。リオは剣を手にしてはいるが、手合わせの開始から一度として構えることをしない。ただ動き回るだけで沙月の攻撃を躱している。

「今日は受ける必要がない攻撃はすべて躱しますよ」

と、沙月を挑発するリオ。現状では戦闘速度が上がっているだけで、普段の手合わせとやっていることは大して変わっていない。

（……神装の能力をもっと使え、ってことよね）

沙月はリオがあえて挑発してきた意図を瞬時に察した。

おそらく、というかほぼ確実に、日頃の手合わせではまだまだ大きく手加減してくれているのだろう。それが悔しい。

けど、神装の能力使用がアリでなら、一泡吹かせてやることができるかもしれない。というより、一泡吹かせてやりたい。

「じゃあ、これはどう⁉」

沙月は槍の穂先に魔力を集め、間合いの外から大きく振り払った。先端から激しい風が吹き荒れ、前に立つリオを吹き飛ばそうとする。

しかし、リオは吹き飛ばされるどころか、風の波に乗ってふわりと舞い上がった。そのまま少し離れた位置でかろやかに着地する。その動きに見惚れた沙月だったが――、

「……ま、まだまだよ！」

ハッと我に返ると、再突撃する。そこから先は沙月の一振り、一振り毎に強風が吹き荒れた。仮に相手がそこいらの騎士達であるのならば、集団でいようがひとたまりもなく吹

き飛ばされているのであろうが――、

「攻撃が単調ですよ」

どういうわけかリオは吹き飛ばない。身体が浮くどころか、二本の脚で立って移動している。身体が浮く時があるとすればリオの意思で跳躍している時だけだ。

「ね、ねえ、私の操っている風、キミに当たっているよね⁉」

この突風の中でどうしてそんなに平然と動けるの⁉　と、沙月は愕然と叫びながら言外に問いかけた。

「沙月さんが操った風の流れに干渉しているんです。風の精霊術士を相手に真正面から突風を巻き起こすだけでは攻撃になりませんよ」

「精霊術士ってとんでもないのね……」

「なら、戦い方のヒントを。風の精霊術士を相手に風で攻撃を仕掛けるなら、例えばこういう方法があります。今度は俺から攻撃を仕掛けますので、対処してください」

「……うん、わかった」

沙月は槍を構え直し、油断なくリオと向き合う。直後――、

「では……」

リオを包み込むように、強いつむじ風が巻き起こった。一緒に土埃が巻き上がり、沙月

の視界を遮る。と、思いきや――、

「っ……！」

つむじ風が指向性を持ち、沙月めがけて吹き飛んできた。

目くらましと攻撃を兼ねた一撃だ。沙月はとりあえず横へ大きく移動して、突風の範囲から逃れようとする。が――、

「こっちです」

背後からリオの声が響いてきた。

「えっ⁉」

沙月が慌てて振り返る。と、間合いの外で剣を構えているリオが立っていた。術の発動を待機させてあるのか、刀身には吹き荒れた風が集約している。

これが実戦だったら、相手がわざわざ声をかけてくれることなんてない。沙月は背後から為す術もなく突風に吹き飛ばされていたのだろう。

「背中がガラ空きになっちゃいましたね」

「……そっかあ。私、単純だなあ」

沙月は悔しそうに項垂れた。

「単純に戦闘経験が不足しているだけですよ。経験を積めばいずれ問題なく対処できるよ

うになります。というわけでもう一度、今と同じやり方で攻撃を仕掛けます」

「今度は完璧に対処してみせるわ」

「では……」

リオは大きく跳躍し、再び沙月と距離を置いた。そして降り立った場所で先ほどと同じようにつむじ風を巻き起こし、これまた同じように沙月めがけて解き放つ。

「………」

沙月の意識は油断なく背後へ向いていた。だが――、

「今度は後ろに意識が向き過ぎちゃいましたね」

リオは沙月の前方に堂々と立っていた。一瞬、沙月が後方へ視線を向けた隙に、死角へ忍び込んだらしい。

「……っくぅううう！」

沙月は悔しそうに唸った。

「後ろへ意識が向くように誘導したので、後ろから来る、と思っちゃいますよね。術者同士の戦いではこういう心理戦もとても大事なんです。相手の不意を突くことができるのなら、相手が同じ風の術士でも突風を放つだけで有効な一撃を当てることができますから。心理戦に持ち込むことができれば、術士としての技量で負けていても下剋上が起きること

は容易にあります」

「格上を相手に力比べや技術比べで馬鹿正直に挑むのは愚の骨頂、ってことよね」

先ほどまでの沙月の戦い方はまさしくそれだった。

「読み合いについては普段の手合わせでもやっていることです。ルールの変更によって攻撃の選択肢が増えて、読み合いが複雑になったんだと考えてください」

「……うん、そうよね。そうなのよね」

むう、と沙月は唸る。

「あとは……」

「あとは？」

「沙月さんは優しいですからね。加減してくれているのが伝わってきます」

リオはそう指摘して、にこりと笑みを向ける。

「…………そんなこと、ないけど」

沙月は気恥ずかしそうに赤面した。

「今日の目的は戦い方の指南ではありませんから、解説はこのくらいで。沙月さんはその神装を使ってどんなことができますか？　見せてください。加減は不要です」

「いいわ。見せてあげる。仕切り直しましょう」

沙月は気持ちを切り替えたのか、精悍な面持ちになる。

「はい。時折こちらからも攻撃を仕掛けるので、そのつもりで」

リオはそう言って、仕切り直すのに適切な間合いを取る。

「行くわよ」

沙月は穂先で地面をなぞるように抉って槍を振るい、その上でリオめがけて突風を放った。土埃が巻き起こる。

リオは横へ移動し、前方から迫りくる突風と土埃の範囲外へと逃れた。沙月はそちらにも土埃が巻き起こすように突風を放つ。リオがさらに横へ移動していくと、沙月もそちらへ土埃を巻き起こしていく。そうして、意図的に一帯の視界不良を引き起こすと、沙月は自分から土埃の中へと突っ込んだ。

(姿をくらませるつもりか)

単に周辺の視界を悪くしただけということはないはずだ。リオも風を操って土埃を払うことはできるが――、

(地面を砕く音がする。何か仕掛けてくるつもりだな)

沙月が土埃の向こうで何かをしている。どうやって戦うのか、創意工夫を見てみたいので、リオはひとまず様子を見てみることにした。

直後、土埃の一角から風が吹き荒れた。一部分だけ土埃が晴れて、そこから暴風と共に無数の石が飛んでくる。

(砕いた石を風で飛ばしているのか)

リオはゆらりと揺れながら、飛んでくる石を避けていく。視界が晴れた場所に沙月は立っていないのを確認する。と、今度は別の場所で土埃が晴れ、暴風と共にいくつもの石礫が飛んできた。しかし、それらがリオに当たることはない。右へ左へとふらつきながら、石を躱している。気がつけば視界はすっかり晴れていた。

(最後はあそこか)

リオはまだ土埃が残っている一角を見据えた。そこでも風が吹き荒れたかと思うと、石礫も飛んできた。同時に、一帯を遮っていた土埃がすべて晴れるが、そこにも沙月は立っていない。

(なるほど……)

リオは沙月の狙いを察したのか、不意に後ろへ下がった。直後、リオが立っていた場所に沙月が舞い降りる。リオめがけて槍を振り下ろそうとしていたが、狙いを察知されてしまったので空振りになった形だ。が――、

「まだよ!」

沙月はそれでめげることはしない。地面を蹴りつつ風を操って急加速した。その勢いでリオへと肉薄して槍を振りかぶる。

リオは後退しながら槍を躱し、そのまま後方へと風の精霊術で飛翔した。沙月も風を操って空高く跳躍し、リオを追いかける。そして地上から二十メートルほどの高さまで到達したところで、沙月は風を纏わせて間合いを伸ばした槍を振り上げた。

（戦いに集中している。良い感じだな）

リオは滞空したままふわりと横に避ける。

「くっ」

沙月は地上へと自由落下せず、空中で踏みとどまった。そして当然のように浮遊し、リオを追撃する。身体強化の度合いも上がっているのか、動きが速くなっていく。

（予想通りだな）

今の沙月は無意識に神装の力を引き出している。以前に弘明と手合わせをした時もそうだった。戦いに夢中になればなるほど、無意識に能力を引き出していたように思えた。

リオが考えるに、生き物が当然に歩き方や呼吸の仕方を習得するように、沙月を含む勇者達はほぼ本能的に神装の使い方を理解している。だから、頭で考えて能力を使用するよりも、本能で突発的に能力を使用する時の方が強い力を発揮する。

だが、問題は集中が切れた状態でも継続して能力を発動できるのかという点にある。意識して能力を使えるようにならなければ駄目だ。

（とりあえず能力を引き出すことには成功した。あとは……）

リオは軽く反撃を試みることにした。この手合わせの中で初めて剣を構えると、沙月が槍で防げるようにあえて大ぶりに剣を振るう。

「っ⁉」

沙月は咄嗟に槍を構えて柄で剣を受け止めた。空中では地上と違って脚で踏ん張ることができない。リオは沙月の槍に剣を押しつけたまま空中で器用に身体の向きを変えた。地上を背にした状態で、上空めがけて剣を振るう。と、同時に――、

「……え、えええええ⁉」

沙月の身体を突風に乗せて、遥か上空まで押し上げた。両者の距離が瞬く間に何十メートルも離れていき、沙月がギョッとしながら叫ぶ。

リオは風を纏わせた魔力弾をいくつか用意すると、沙月めがけて連続して放った。軌道を操っているので、このままだと全弾命中コースだ。当たりそうな場合は弾道を逸らして当てないつもりだが、沙月なら問題なく見切って対処できるだろうし、万が一当たっても深手を負うことはない程度に威力は加減してある。

「も、もう！」

沙月は槍の穂先に魔力を集中させて、迫りくる魔力弾をまとめて薙ぎ払った。攻撃を防ぎきったことを確認すると、ホッとした顔になる。だが、遥か彼方に映る地上を見るとすぐにハッと我に返り――、

「って、これ！　どうやって着地するの⁉」

パニックになったのか、慌てて悲鳴を上げる。

（途中で自力飛行していたことは忘れているのか。むちゃくちゃだな……）

意識して術を扱うのが苦手なのは、本来なら必要な基礎技術の習得をすっ飛ばして、最初から能力を扱えてしまっているせいだろう。コントロールが雑で、出力に任せて術を発動させている節もある。これは弘明と手合わせをした時にも感じたことだ。そのましばし様子を見守るが――、

「ハ、ハルト君！」

やはりまだ意識してだと自力飛行は難しいようだ。リオは剣を鞘に収め、沙月めがけて飛翔を開始した。ぶつかりかけるところまで近づいたところで減速し、そのまま両腕で優しく沙月の身体を受け止める。

「…………」

沙月は恐る恐る目を開ける。と――、

「お疲れ様でした」

微笑むリオの顔が映る。

「……う、うん。ありがとう」

沙月は頬を紅潮させて、おずおずと礼を言う。

「地上へ降りましょうか。講評はそこで」

そうして、二人はいったん地上へと降りた。

シャルロットが観戦しているあずま屋から少し離れた位置で。

「悔しいなあ。一度も攻撃が当たらなかった……」

沙月はがっくり項垂れていた。

「穴もありましたけど、良い作戦でしたよ。岩を砕いて地形を活用したのもとても良かったです。途中で自力飛行して俺を攻撃してきたんですけど、気づいていませんでした？」

「そう、なんだよね。けど、あの時は夢中だったからなあ……」

やはり無意識で空を飛んでいたようだ。

「今後は意識して能力を発動できるようにするのが課題ですね」

「自分で空を飛ぶのって、抱きかかえてもらって飛ぶよりずっと怖いのね。びっくりしちゃった」

「飛翔の精霊術にとって大きな難関が高さへの恐怖を克服することなんです。感情は術のイメージに大きく影響しますからね」

精霊術は術者のイメージを大気中のマナに伝えることで事象を引き起こす。術者の脳裏に落下への恐れがあると、術の発動も不安定になりかねないというわけだ。

「最後は落ちるのが怖い、で頭が一色になっちゃったからなあ」

「それが普通ですし、怖いという感情を知っておくことも必要です。コントロールが未熟なうちに空を飛んで怪我をすることもなくなりますから」

必要なのは怖くても冷静さを保ち、感情をコントロールできるようになることだ。

「そっか……」

「空を飛べるだけの下地はあるとわかったんです。頑張りましょう」

「うん！　あっ、そうだ。そういえばもう一つ、使えるようになりたい能力があるんだけど」

「なんでしょう？」

「ハルト君さ。瞬間移動したみたいに動く時あるじゃない？」

「……………これのことですか？」

リオは候補として思い浮かんだ技を実演して見せることにした。いったん沙月から大きく距離を置くと、途端に移動して沙月の前に立つ。

「そ、そう！　これ！　これはどうやるの？」

沙月の目には本当に瞬間移動したように見えて、興奮して尋ねる。

「戦闘中に風を操って自分の身体を加速させていましたよね？」

「うん。見様見真似だけど、アレはできるの。ハルト君みたいに早く移動できないかなと思って……」

「それができているのなら下地は整っていますよ。飛翔の精霊術と共通して必要になる技術ですから」

「へえ」

「ただ、飛翔の精霊術以上に難しくて危険な術です。あとは精霊術の技能とは別に技術も必要になるので……」

一朝一夕で身につけるのは難しいかもしれません――と、リオは言う。

「どういう技術が必要になるの？」

「うーん、前に戦いにおける予備動作の話はしましたよね」

「ああ、うん。相手が武器を構えたら、それでどういう攻撃をしてくるか見抜けるようになれってやつよね」

「はい。それと関連する話なんですが、テレフォンパンチって知っていますか？」

「電話の……パンチ？」

疑問符を浮かべる沙月。どうやら知らないらしい。

「当然ですが、いきなり目の前で拳を振り上げられたら、これから殴られると思いますよね？」

リオは拳を振り上げて殴るポーズを取った。

「うん、びっくりすると思う。それが予備動作の話よね」

「はい。このポーズが電話をかけているようなポーズに見えるから、今から殴りますよって相手に電話で教えてから殴るという意味で、地球ではテレフォンパンチと揶揄して呼ばれているみたいです」

この世界に電話はないので、他の者達がいる前ではたとえ話としては出さなかった説明の仕方だ。

「なるほどねえ」

「他にも蹴ったり、武器を振るったり、走ろうとしたりすると、人は無意識のうちに傍から見てわかる予備動作をとりがちです」

リオは蹴るポーズや、剣を振るうポーズ、走るポーズなどをとっていく。

「うん。どれがどのポーズか簡単にわかる。その予備動作を可能な限り消すのが武術の形なのよね」

「はい。ここまで言えばわかるかもしれませんが、俺は急加速する時に予備動作を一切取らないようにしているんです。だから錯覚して瞬間移動したように見えるんだと思います」

完全に静止した状態から一瞬で超加速し、かつ、移動は精霊術による飛翔に任せて走る動作を取らないので、動画のコマを一気に飛ばしたように見えてしまうのだろう。

「理屈はわかったかも。要は走るポーズは取らないで走る、ということよね。しかもとんでもない速度で」

「走るというよりは飛ぶ、ですね。これは正面で対峙する相手に特に効果的な技術ですから、傍から見ると俺が走って動いていないのがわかりやすいはずですよ」

リオはそう言いながら、少し離れた位置へと飛翔した。その上で今度は真正面から沙月に迫るのではなく、沙月の前を横切るように高速で移動した。

「いや、十分に速すぎて肉眼で影を捉えるのがやっとなんですけど……。時速何キロ出ているのよ？」

沙月は引きつった顔になる。走っているか、浮いて移動しているのかまではまったくわからなかったのだ。

「そうですね。相手との距離によってけっこう速さは変えるので一概には言えませんけど……、最高速度でも音速は超えていないです」

「お、音速⁉ ……には届かないのか。流石のハルト君でも」

音速といえば秒速約三四〇メートルの速さである。

時速でいうと千二百キロ弱だ。

「一度超えたことはあると思うんですが、音速を超えるとソニックブームという現象が発生してしまうんですよね。身体への負担が大きいし、術で緩和するにも限界があって」

だから、普段はどんなに速くても、亜音速程度までしか出さないようにしている。ちなみに、旅をして空を飛ぶ時はもっと遅い。平均で時速百キロ程度だ。

「こ、超えられることは超えられるんだ、音速……。まあでも、そりゃあ瞬間移動したようにも見えるわけよね」

亜音速でも百メートル程度なら一瞬で埋まる距離である。相手が瞬きしている間に肉薄が可能だろう。

「だから危険なんです。移動は一瞬ですから、その一瞬の間に術の発動から停止までをコントロールしないといけません。術の制御が未熟だと相手や障害物と衝突する危険がありますし、加速中は急な軌道変更もしづらいですからね。ここぞというタイミングを見抜いて術を使わないと自滅の恐れもあります」

「さらには、移動した後の攻撃のことも考えないといけないと……」

「はい。移動を終えたと同時に攻撃を完了しているのが理想ですね」

「……それ、完全に人間業じゃなくない？」

沙月は胡乱げにリオを見た。

「とても難しい技ではあります。だからまずはもっと簡単な飛翔の精霊術から習得しましょう」

「はーい。でも、ちなみにさ」

「なんですか？」

「技名とかないの？」

「技名、ですか？　何の？」

「高速移動するやつよ」

「いや、特には……ないですね」

リオが使用する精霊術にはどれにも決まった技名などはない。技名があった方が技をイメージしやすく術が強力になる者もいるが、リオは特に必要性を感じていないのでつけてはいないのだ。

「瞬間移動、略して瞬動(しゅんどう)とか。瞬間加速を略して瞬速とか。あと、アレ。なんだっけ、古流の武術には縮地(しゅくち)なんて技術もあるんでしょ？」

「縮地は武術の技じゃなくて、神話とかに登場する仙術(せんじゅつ)だったような……」

「精霊術も仙術も似たようなものじゃない」

「そうでしょうか……」

違うのではないだろうかと思うが、説明できないので否定はできない。

「両方ともファンタジーな術という意味では一緒(いっしょ)よ。というわけでハルト君の高速移動術。今日から縮地って呼ぶのはどう？　地面が縮んだみたいに瞬間移動するから縮地っていうんでしょ、たしか。うん、似たようなものよ」

「まあ、いいと思いますけど……。こだわりますね、技名に」

「だってこんなにすごい技なのに名前もないのは可哀想(かわいそう)じゃない」

「そう言ってもらえるのは光栄です」

リオは嬉しそうに相好を崩す。

「……そう」

沙月は喜ぶリオの顔を見ると、照れ臭そうに脇を見る。

「じゃあ、一度戻りましょうか。精霊術の講義と、沙月さんの神装について改めて調べてみたいので」

そうして、リオと沙月はいったんあずま屋へと戻ることにした。

というわけで、次は沙月の神装について調べてみることにした。知りたいことは沙月が持つ神装の中に大地の獣のような何かが眠っているのかということだ。
あずま屋の中に設置した椅子に腰を下ろし、リオ、沙月、アイシア、アルマ、シャルロットの五人が顔をつきあわせる。
なお、以前にもリオとアルマが沙月の神装を密かに見せてもらい、簡単に調べてみたことはあった。だが、何かしらの特殊な力が秘められた槍であるという以上のことはわからなかった。完全なオーパーツで、どんな魔術が込められているのか、どんな技術で作られているのか、調べようもなかったのだ。

その時は大地の獣のことも知らなかったので、精霊に似た何かが神装の中に眠っているのではないかとは考えなかった。それに、勇者達がアイシアの前で神装を実体化させていることはこれまでにも何度かあったが、いずれの場面でも精霊の気配を感じ取ったことはなかった。

ただ、精霊に似た何かしらの存在が宿っているかもしれないという前提で探(さぐ)ってみれば何か発見できるかもしれない。そこで――、

「じゃあ、神装をアイシアに貸してもらってもいいですか？」

「うん。どうぞ、アイシアちゃん」

精霊であるアイシアに手に取って詳(くわ)しく調べてもらうことにした。これはリオが初めて精霊の里を訪(おとず)れた時にアイシアが眠っていることをドリュアスに調べてもらった作業と同じである。

とはいえ、仮に大地の獣のような存在が槍の中に眠っているのならば、下手に刺激(しげき)してしまうと大変危険な事態になる恐れがある。可能性は低いが、警戒(けいかい)して人気のない場所で調べてみることになったというわけだ。

「…………」

アイシアは沙月から受け取った槍を無言で見つめている。

「どう、アイシア？」

「……やっぱり武器として実体化させている時に精霊の気配は感じ取れない。けど、沙月とこの槍の間に何か繋がりがある。手に取るとそれがわかる」

「へえ、そんなのがあるんだ……」

不思議そうに自分と神装を見比べる沙月。

当然だが、肉眼では見ることができない。

「契約者と精霊を繋げるパスに近いものでしょうか？」

アルマがアイシアに質問する。

「うん、それに近い」

「武器の中に精霊が宿っている、というのはありえるんでしょうか、アルマさん？」

リオがアルマに尋ねた。殊、精霊や鍛冶の分野ではドワーフであるアルマの方がリオよりも深い知識を持っているからだ。

「契約者の代わりに依り代を選んで活動する精霊はいます。樹を依り代にされる精霊もいらっしゃいますし」

樹を依り代にしている精霊とはドリュアスのことだろう。シャルロットがいるので念のため名前は出さなかったようだ。

「ただ、依り代として好まれるのは霊脈、いわゆる魔力が豊富な土地で育っている自然物が主です。武器に宿る例は聞いたことがありません。精霊石のようなものであれば好んで依り代にする可能性はあるかもしれませんが……」

沙月の神装に精霊石らしき装飾品ははめ込まれていない。と、そこへ――、

「精霊石というのが何なのかは知りませんが、勇者様を召喚したのは聖石と呼ばれる古代の魔道具です。その聖石に精霊かもしれない何かが宿っていたということは考えられないのでしょうか？」

シャルロットが意見を口にする。

「その可能性はありえます。ただ、聖石は沙月さんの召喚と共に消失してしまったんですよね？」

「ええ。聖石が神装となったのではないか、とお父様はお考えでしたけど……」

「……聖石が精霊石で、その中に精霊かもしれない何かが宿っていたと仮定すると、武器に形を変えるというのはありえるんでしょうか？」

リオが再びアルマに意見を求める。

「……少なくとも私が知る限りではそんな技術は存在しません。ただ、武器を出し入れす

る時に時空魔術を使っているわけでもなさそうです。精霊が実体化するのと事象としては似ていると言いますか……」

「それは俺も思いました。となると、聖石あるいは神装に精霊のような何かが宿っているのではなく、聖石あるいは神装自体が精霊のような何かである可能性もあるんでしょうか？」

「それだと神装には武器の姿と獣の姿の二つがあることになってしまいますが……。聖石も含めると三つになるんでしょうか？」

「複数の姿を持つ精霊というのはいないんでしょうか？」

「私が知る限りでは……」

アルマはゆっくりとかぶりを振る。

「宿っているにしろ、それ自体が精霊のような何かであるにしろ、武器が実体化している現状で気配は感じとれない」

アイシアが脇から指摘した。

「そうなんですよね。となると、大地の獣は別に聖女の神装に宿っていたわけではなかったという可能性も……」

むむむ、とアルマは考え込んでしまう。調べれば調べるほど可能性が浮上してしまい判断がつかない。

「沙月と神装の間にある繋がり。そこを辿って神装に潜り込めないか探ってみる」

アイシアが沙月の槍を手にしたまま不意に立ち上がった。そのままあずま屋の外へと出て行き、リオ達も後を追う。すると――、

「神装について調べているんですか？」

別に訓練をしていたサラ、美春、セリア、ラティーファ達が近づいてきた。カヨコやルイーズ達も様子に気づいてやってくる。

「危ないかもしれないから、みんなは少し離れていて」

アイシアはそう言って、ひとり距離を置く。

「一応、皆さんは俺の後ろに」

リオは一同を庇えるように前に立つ。

「なんだか怖いわね……」

沙月が軽く身震いしている。神装の中に得体の知れない怪物が宿っているのかもしれないのだから、無理もない。

「まあ、調べるだけで何かが起きることはないと思います。念のために、です」

と、リオは一同を安心させようとする。そうこうしている間にアイシアは調査を開始し

たのか、槍を両手で抱えたまま目を瞑っていた。沙月との繋がりを辿って、神装の中に意識を潜り込ませようとしている。

そうして、アイシアの意識の中で可視化された神装の世界は――、

（……何も見えない）

真っ白だった。あたかも濃い霧がかかったようで、ほんの数センチ前すら見通すことができない。

沙月と神装の繋がりを辿っていなければ、意識を中に潜り込ませることすらできなかっただろう。アイシアはその繋がりだけを頼りに、かろうじて神装の中へと潜り込んでいく。

すると――、

（……壁がある）

目に見えない障壁にぶつかった。いや、本当は見えるのかもしれないが、視界が真っ白に塗りつぶされているせいでイメージとして映らない。

いったい壁の向こうには何があるのだろうか？　アイシアは壁の向こうへ意識を潜り込ませようと試みる。

と、真っ黒な何かで壁が塗りつぶされた。黒い闇は壁を乗り越え、アイシアも塗りつぶそうとする。

「っ⁉」

アイシアは咄嗟に神装から自分の意識を引き離し、ハッと目を見開いた。そのまま手にした槍を呆けた顔で見下ろす。

（……何？）

壁の向こうから押し寄せてきた闇は、離脱する直前に何かをアイシアに伝えようとしていた。

（私は……）

何かをしなければいけないのではないだろうか？　何かを忘れてしまっているのではないだろうか？　理由はわからないが、なんだか無性にそんな気がした。

「アイシア、どうしたの⁉」

リオは異変に気づき、真っ先に駆け寄ってくる。

「……大丈夫」

アイシアはふらりとたたらを踏みながらも、そう答えた。ただ、その顔色は悪い。普段以上に青白くなっている。すると――、

「アイちゃん！」

アイシアの様子がおかしくて心配したのだろう。美春もすぐに駆け寄ってきて、アイシ

アの身体を支えてやる。

「……何が見えたの？」

リオは恐る恐る訊いた。

「……何も見えなかった。真っ白で、真っ黒で。けど……」

アイシアはぽつりと呟き、リオの顔を見た。続けて美春の顔も見る。何かを伝えないといけない気がした。だが、言葉が出てこない。アイシアは珍しく何か焦燥したような顔になる。

「……わかった。今日はもうやめておこう」

そんな彼女の様子を見て、リオは神装の調査を取りやめることにしたのだった。

第五章　新たなる手合わせ

問題は特訓開始二日目に起きた。正確には、出発しようと屋敷の玄関を出て馬車に乗ろうとするタイミングで発生した。

「待たれよ！　アマカワ卿、アマカワ卿はいるか？」

と、屋敷の庭一帯に響き渡るような声を上げた人物がいた。クレマン＝グレゴリー公爵である。すぐ傍には彼の派閥を構成する者達だろうか、数十名ほどの貴族がいる。

この場においてグレゴリー公爵を最もよく知っているのは王女であるシャルロットで、一応の面識があるのはリオと沙月くらいだ。他の者達は皆「誰？」といった感じの顔になる。

名指しで呼ばれたリオは仕方なく応対しようとする。だが、シャルロットがそれを制して代わりに前に出た。

「……何かしら、グレゴリー公爵？　事前のアポイントメントもなく。ハルト様のお屋敷に許可なく立ち入るのはお父様が禁じられているはずだけれど」

まさか知らないわけがないでしょう？　と、シャルロットはなんとも辟易した感情を隠さずに問いかけた。

「ですから、こうして屋敷の外に出てくるまで待っていたのです」

ただの屁理屈だが、グレゴリー公爵は何ら悪びれることもせず答える。

（こちらが外出するのを予想して待ち構えていた、というわけね）

身内がスケジュールを漏らしたとは考えにくい。おそらくはリオ達が昨日この時間帯に城の外へ出たことを踏まえて、今日も同じ行動を取るのではないかと予想したのだろう。

シャルロットは瞬時にそこまで頭を回転させると――、

（面倒だけれど、良い機会なのかしら？）

億劫そうに嘆息しつつも、心の中では愉快な算段を立てる。いい加減、わからせてやる必要があると思ったのだ。そして――、

「それにしたって不躾がすぎるわ。事前のアポイントメントもなくこれだけ大勢で押しかけるなんて」

シャルロットはさも不服そうに抗議する。

「申し訳ございません。ですが、王国と勇者様のことを思えばこそ、どうしても納得しかねることがあるのです」

と、クレマンも実に芝居（しばい）がかった口調で応じた。

「揃（そろ）いも揃って、本当にそれだけの用向きなのでしょうね？」

「はい」

そんな二人のやりとりを黙（だま）って見守るリオ達。グレゴリー公爵のことを知らない面々の彼に対する印象は、この時点で少し悪いものになっていた。すると――、

「何の騒（さわ）ぎだ、これは？」

フランソワがやってきた。

「これは陛下」

と、グレゴリー公爵達が恭（うやうや）しくこうべを垂れながらもほくそ笑（え）んだのを、シャルロットは見逃（みのが）さなかった。

（お父様が来るのは織（お）り込（こ）み済み。どうやら役者は揃ったみたいね）

立ち入りが制限されている屋敷の付近へ大勢で押しかけ、リオ達が出てくるのを待ち構えていたのだ。当然、リオ達がグレゴリー公爵の訪問に気づくよりも先にフランソワの耳に状況（じょうきょう）の報告が届いていたはずである。つまりこの状況はグレゴリー公爵にとって望み通りの展開であるはずだ。

「何の騒ぎだと訊いている」

フランソワもシャルロットと同様にグレゴリーの思惑を見透かしているのだろう。その上で毅然と問いかけた。

「王国と勇者様のため、陛下に直訴したいことがございます。アマカワ卿、そしてクレティア公爵も絡むことです」

「なんだ？」

「勇者様の指導をアマカワ卿が行っていると耳にしました」

グレゴリー公爵は臆さず、真っ向からフランソワを見据えた。

「そうだが、だからなんだというのだ？」

「正味な話、納得のいっていない者が多いです。このアマカワ卿に勇者様の指南役が本当に務まるのか」

グレゴリー公爵は胡散臭そうにリオを見た。あまり褒められたやり方ではないが、あえて挑発的な言動を取ることで相手を感情的にするのは交渉の常套手段ではある。ただし、これは相手と対等以上の関係で初めて成立する手法でもある。明らかに目上のフランソワや沙月がいる状況でどれだけ通用するかは、グレゴリー公爵の手腕と糾弾対象であるリオの反応にかかってくる。

「………」

リオは表情を変えず淡々と発言を受け止めていた。その一方で、リオの周りにいる者達は今の言葉で反感を抱いたらしい。それが少なからず表情に出ている者もいる。

「ハルトの実力はそなたも夜会で目にしたはずだが？　なぜ務まらないと考える？」

「実力はまあ、ないとは申しません。ですが、指導者としては若すぎるのではありませんか？　聞けば勇者様よりも若いとか」

「ふむ、確かに。そういえば、そなたは確かまだ十六であったな、ハルトよ。つい忘れてしまっていたぞ」

フランソワは少し目を丸くしてから、くつくつと愉快そうに笑いを漏らす。リオはなんとも反応に困ったような顔になった。

「笑い事ではありませんぞ？　国のためを思うのであれば、相応しい人材を指南役に置いて勇者様を導いて差し上げるべきなのです。それをこのような……」

グレゴリー公爵はムッとして感情的な口調で主張する。

「このような、なんだ？」

対するフランソワは冷静だ。

「歯に衣着せぬ言い方をするのであれば、胡散臭く思います」

「はあ？」

　沙月はいよいよ腹に据えかねてきたらしい。不機嫌そうに声を出して眉をひそめ、グレゴリー公爵を睨んだ。

「そもそもが出自も知れぬ輩ですぞ？　いくら功績を上げたとはいえ……」

「私に言わせれば貴方の方が胡散臭いんですが？」

　沙月は躊躇せず言葉を被せて、グレゴリー公爵の話の腰を折りにいった。

「なっ……、それは、失礼でしょう！　私は公爵なのです。いくら勇者様といえど！」

　呆気にとられてから、憤慨するグレゴリー公爵。

「なら、名誉騎士であるハルト君に対する貴方の物言いは失礼じゃないんですか？　こんな大勢でいきなり押しかけてくるだけでも失礼なのに」

「それは我々の不満が溜まっているからです。功績を挙げているのはわかりますが、特例で城内にある王家の屋敷を下賜し、好き勝手を許してばかり。よくわからない武装集団までをも城内に引き入れ、碌な護衛もつけず勇者である貴方様を城の外へ連れ出しているというではありませんか」

　よくわからない武装集団というのは、ゴウキ達のことだろう。あとはサラ達も含むのかもしれない。実際、グレゴリー公爵は彼ら、彼女らを一瞥しながら不満を口にした。

「先日の襲撃を退けることができたのは、この場にいる者達の活躍があってこそだったのだがな」

と、フランソワはリオ達を擁護するように指摘する。

「ですが、そもそも襲撃者共の狙いはアマカワ卿だったのではありませんか？　奴原は明らかにこの屋敷を狙っておりましたし」

伊達に行き当たりばったりでこんな騒ぎを起こしているわけではないのだろう。リオを責める攻撃材料はたっぷり用意してあるようだ。グレゴリー公爵は簡単には矛を収めず、リオを非難し続ける。

「それは確定した事実とは言えぬな。それに、何やら話題が逸れている気がするが？」

そもそもはリオに沙月の指南役が務まるのか、という論点をグレゴリー公爵は取り上げたはずだ。

「関係はしておりますとも。要は得体の知れぬ者に勇者様の指南役を任せることには到底賛同できぬ、ということです。訓練をするのにわざわざ城の外に出る必要があるのでしょうか？　いったい何をしているのか、一切を包み隠されてしまっては到底納得できませぬ。勇者様に万が一のことがあったらどうするおつもりなのか」

「つまり、ハルトを信用できぬ、と言いたいのだな。そなたは」

「まあ、数多の功績を残してきた人物です。信用できぬとまでは申しませんが、誰が栄えある勇者様の指南役を務めるべきなのか、多くの者が納得できるよう公平かつ公正に再考すべきかと。勇者様に悪影響がないよう、我々がきちんと管理しなくては」

「……管理？」

不愉快そうに様子を見ていた沙月だが、その言葉にはいささか以上にイラッとしたらしい。

「あの！」

気がつけば、声を張り上げていた。

「どうなされた、サツキ殿」

フランソワは実に頭が痛そうに嘆息する。

「どうして私の同意を得ずに私の指南役を誰にするのか決めようとしているんでしょうか？　私はハルト君がいいんですけど」

それでこの問題は議論の余地もないでしょう？　と、沙月はピキッと表情を強張らせながらも、冷静さを保つべく笑みを浮かべて発言した。だが――、

「これは勇者様のためを思ってのことでもあるのです。ここだけの話。勇者様はアマカワ卿と蜜月の仲にあり、だからこそアマカワ卿を贔屓しているのだという風評も広がっているのですぞ？」

実力ではなく、色恋で指南役を選んだ。そう思われてもいいのですか？　と、グレゴリー公爵は暗に問いかける。

（よく言うわ。そんな風評が広がっているのは貴方の派閥でだけなのに）

と、冷ややかな面持ちのシャルロット。一方で――、

「……はあ？」

沙月は激情に駆られる。

「沙月さん、落ち着いてください」

と、リオは沙月の肩を掴んで呼びかけた。そして――、

「感情的にさせて冷静な判断力を削ごうとしているんです」

沙月にだけ聞こえるように、そっと囁く。

「ハルトくん……」

まだまだ怒り心頭だが、沙月はかろうじて冷静さを取り戻す。

「アマカワ卿よ。私はそなたの意見を聞きたいのだがな」

グレゴリー公爵は気に食わなさを隠そうともせずリオを睨み問いかけた。

「沙月様の意思を飛び越えて結論を出すのは反対です。管理という言葉も好きにはなれません」

沙月のことを勇者ではなく、一人の人間として見ているからこその発言だった。それを察したからか、沙月は嬉しそうに微笑む。が――、

(勇者様を盾にしおって……。自分の意見も主張できぬ主体性のないクズが。貴族の、いいや男の風上にも置けぬ)

グレゴリー公爵にはそうは見えないらしい。勇者は管理して有効活用すべき政治的な財産だと考えている。そして、勇者ならばそれを受け容れて当然だとも。

「……ふん。責任のない立場だからそのようなことが言えるのだ。そもそも貴様の態度は貴族のそれではない。平民のそれだ。勇者様を堕落させおって……」

そう言って、グレゴリー公爵は忌々しそうに舌打ちした。すると――、

「……ごめんなさい、ハルト君。最初に謝っておく」

沙月が不意に口を開く。

「……何についてですか？」

静かにキレているのが、リオにはわかった。

「私、これからキミを巻き込もうとしているから」

「構いませんよ」

「ありがとう。じゃあ、やっちゃって。完膚なきまでに」

と、沙月はリオにだけ聞こえるように告げると――、

「いいわ。そこまで言うなら公平に決める機会を設けましょうよ」

不敵に笑みを貼り付けて、グレゴリー公爵に提案した。

「……ほう？」

グレゴリー公爵としても理想の流れなのか、嬉しそうに口許を歪め――、

「では、どのような方法で決めましょうか？」

沙月が発言を撤回する前に、さっさと話を進めようとした。

「ハルト君の実力に不満があるんでしょう？　なら、そちらで用意した指南役候補とハルト君を手合わせさせて決めればいいんじゃないかしら？　まさかハルト君より弱い人を私の指南役に推したいわけじゃないんでしょう？」

今度は沙月がグレゴリー公爵を挑発する番だ。

「……もちろんですとも。ただし、勇者様を指南するのですから、分野毎の実力者を用意したく存じます」

相応の実力者達を用意する算段はあるのか、グレゴリー公爵は怯まない。

「今回、私がハルト君に求めている指南は神装の扱い方と戦闘についてなの。それ以外の分野についてまで競ってもらう必要はないわ。分野は戦闘に絞ってもらってもいいかし

ら？」

「まあ、構いませぬ」

「あとは負けたらハルト君に謝ること。それと、私の行動について今後二度と口出しをしないで頂戴。それも呑んでもらうわ」

　ここで沙月が条件を追加する。

「それは……」

　グレゴリー公爵は難色を示そうとするが――、

「クレマンよ、サツキ殿は貴様の物言いを受け容れてくれたのだ。その程度は当然に呑むべきであろうな」

　フランソワがすかさず言葉を被せ、有無を言わせぬよう凄んだ。

（存在感を示そうと焦るあまり、相手を見極めることを怠ったな、クレマンよ）

　フランソワがしばらく様子を見守っていたのは、どう転んでもこうなる展開が見えていたからだ。必要とあらば軌道を修正するつもりだったが、介入は最小限に抑えることができた。

「……承知しました」

　グレゴリー公爵は渋々首を縦に振る。

「じゃあ決まりね。いいですか、王様？」

「サツキ殿がそれで構わぬのなら、異論はない」

「ありがとうございます。ついでに公正なルールと審判の選定をお任せしても？」

「無論だ。手合わせの日時はどうする？」

「私はいつでも構いません。今日、これからでも」

　と、まずはリオが答える。

「こちらもこれだと思う候補の選定は既に済んでおります。ただ、招集する必要がございますので、三日ほどお時間をいただけないでしょうか？」

「いいだろう。では、三日後、午後の鐘が三つ鳴った後、手合わせを執り行う」

　かくして、リオはグレゴリー公爵が用意する指南役候補と戦うことが決まった。

「ふ、ふふ……。勝てるものなら勝ってみなさいよ。このハルト君に」

　よほど鬱憤が溜まったのだろう。沙月は黒い笑みを覗かせている。そんな彼女の様子を見て――、

「相当怒っているね、沙月お姉ちゃん。まあ当然だけど」

「そうね」

　ラティーファやセリアなど、グレゴリー公爵に反感を抱いていた者達は毒気を抜かれて

いた。いずれもリオの実力をよく知る者達だ。誰もリオの勝利を疑っていない。沙月が上手いことまとめてくれたので、後は見守るだけだ。

「では、この場は一度解散とする。三日後、練兵場へ集合せよ」

フランソワはそう言うと、我先にと王城へと通じる道を引き返していく。すると、去り際に目配せをされたのか、シャルロットも静かに後を追う。残ったグレゴリー公爵達もその場から立ち去り、リオ達はいったん屋敷へ戻ることにしたのだった。

数十分後。

「ただいま戻りました」

「お邪魔します」

シャルロットがお城からリオの屋敷へと戻ってきた。お城で誘ってきたのか、リーゼロッテの姿もある。エントランスホールと通じるダイニングルームの扉は開きっぱなしになっていて、ちょうど昼食の準備をしていたリオ達から歓迎される。

「シャルちゃん、お帰りなさい。リーゼロッテちゃんもいらっしゃい。ちょうどお昼ご飯ができるところなのよ。みんな待っていたんだから、ご飯を食べながら話しましょ」

そうして、一同で食事をとることになる。ゴウキとカヨコ以外のヤグモ組も屋敷で暮らすようになったので、すっかり大所帯だ。人数上の問題から全員で同じテーブルに座って食事をとるのは難しくなってしまったので、ダイニングルームにはいくつかのテーブルが置かれていて、日によってバラバラの者同士で座って食事をとるようになった。

グレゴリー公爵の一件で話を聞きたかったので、今回はリオと沙月がシャルロットとリーゼロッテと同席することになる。

「……なんといいますか、良いですね。このお家のお食事は。温かくなります」

リーゼロッテが室内を見回しながら、嬉しそうに微笑む。

住人の大半が身分社会とはかけ離れた環境で育った者達だ。食事はみんなで一緒に、というのが当たり前の光景だった。

「私もすっかりこういった食事に慣れてしまったわ。たまにお城でご飯を食べると、一人で退屈になってしまうの。お食事もこちらの方が美味しいし、健康的だし」

シャルロットが頬に手を添え、あでやかに溜息を漏らす。

「わかるわ。特に朝食から油たっぷりな料理を出されると困るのよね……。一人の食事もこの世界に召喚された頃は応えたなあ」

沙月はしみじみと共感する。

「あの頃のサツキ様は心を閉ざされていましたからね」

「まあねえ……」

この世界でひとりぼっちになってしまったと思っていた頃のことを思い出したのか、沙月は遠い目になるが――、

「って、しんみりしちゃったわね。ごめんなさい」

ちょっぴり恥(は)ずかしそうに謝罪する。

「謝るといえば、我々こそ謝らねばならないことがございます。先ほどの騒動(そうどう)について、大変失礼いたしました、ハルト様、サツキ様」

シャルロットはここで先ほど起きたグレゴリー公爵とのトラブルについて、話を切り出した。すると――、

「私からもお詫(わ)び申し上げます」

どういうわけかリーゼロッテもシャルロットに続いてリオ達に謝罪する。

「いや、二人が謝ることじゃないし……。というか、なんであの場にいなかったリーゼロッテちゃんまで？」

沙月は隣(となり)に座るリオと顔を見合わせ、きょとんと首を傾(かし)げた。

「宮廷派閥の対立も絡む問題なので、話すと少々複雑になるのですが……」

と、シャルロットの語るところによれば、つい最近までグレゴリー公爵は焦っていたのだという。

というのも、ガルアーク王国の二大貴族はクレティア公爵家とグレゴリー公爵家であるが、リーゼロッテがリッカ商会を立ち上げて以降、クレティア公爵家の影響力と存在感が一気に増した。

さらに最近は目覚ましい功績を挙げたことで名誉騎士に成り上がったハルト＝アマカワことリオが現れ、クレティア公爵家との結びつきを強めていた。

一方で、グレゴリー公爵家は目立った功績を挙げることができていない。このままではクレマンの代でグレゴリー公爵家とクレティア公爵家の影響力に大きな差ができてしまうのは容易に想像できたが、それは許せなかったのだろう。

ゆえに、グレゴリー公爵は自らの存在感を示す機会や、クレティア公爵派の足を引っ張るための材料を虎視眈々と探し続けていたそうだ。

「私が聖女に攫われてしまったせいで、グレゴリー公爵が勢いづいているようです。そのしわ寄せがお二人にいってしまいました。申し訳ございません」

リーゼロッテは再びリオと沙月に頭を下げる。

「いや、やっぱりリーゼロッテちゃんは悪くないわよ」

「ですね。それを言ったら天上の獅子団が私の屋敷を襲撃した件もグレゴリー公爵を突き動かす材料になったのでしょうし」

「そもそも、人の足を引っ張って成り上がろうって魂胆が気にくわないわ。国のため、王家のため、勇者様のためとか言いつつも、結局は自分にとって都合が良いように話を持っていこうとしているだけだし」

沙月はムスッと唇を尖らせる。

「まさしく、サツキ様の仰る通りです。だからこそ、これまでお二人の耳にこういった雑音が入らぬよう裏で対処していたのですが、今回に至ってはグレゴリー公爵派の行動を事前に押さえることができませんでした」

と、語るシャルロットとこの場にいないフランソワを擁護するのであれば、グレゴリー公爵派に対する二人の牽制が完璧すぎたということだ。そして、リオの功績が目覚ましすぎた。リオに対する度重なる恩賞が王家の贔屓だと見なされ、グレゴリー公爵派の不満がリオに向けられてしまったともいえる。

だから、つけいる隙がなかなか見つからずに焦りが募り、グレゴリー公爵も先ほどのような大胆な行動を起こすに至ったのだろう。

「立場上、少なくとも手合わせが終わるまでは公平に沙汰を下す位置にいなくてはならないのですが、遠慮せず叩きのめして構わないとお父様の了承は得ています。というわけですので、この機会に二度と舐めた態度ができないようにわからせてあげてくださいな、ハルト様」

言っていることはなかなかに過激だが、シャルロットはにこにこと上機嫌に、可愛らしくえくぼを作る。

「そうよ、完膚なきまでに勝っちゃってよね、ハルト君！」

沙月もグッとファイティングポーズをとってリオを激励する。

「……頑張ります」

リオは苦笑交じりに頷いたのだった。

◇◇◇

そして三日後。

午後の鐘が三つ鳴った時。

リオは愛剣を腰につけ、お城の練兵場に立っていた。リオの向かい側にはグレゴリー公爵が用意した沙月の指南役候補と思われる男性二人が並んでいて、すぐ傍にはグレゴリー公爵の姿がある。

「ハルトよ、クレマンから提案があった」

開幕だけはフランソワも練兵場の中央までやってきて、直々に解説した。

「何でしょうか？」

「サツキ殿への指南内容を踏まえた上で、槍術、体術、魔剣の使用有りの三回に分けて手合わせを行ってほしいそうだ」

「構いません」

そもそもリオが沙月とフランソワから頼まれた指南の内容は、精霊術の扱い方を教えることで神装の扱い方が上達するのではないかということだった。

だから、本来ならば精霊術の技量について競うべきなのだろうが、精霊術の存在についてはグレゴリー公爵には伏せているはずだ。よって、精霊術の代わりに魔剣の扱い方について指南をするとグレゴリー公爵に説明したのだろう。

「ふむ。クレマンが用意した指南役候補は二人だ。対してそなたは一人。これではそなたに不利に思える。そなたが不服であれば日を改めて戦うこともよしとしよう。代役を用意することも良しとしても構わん」

「ご配慮痛み入ります。ですが、沙月様の指導時間を確保するためにも、今日中に済ませたいと思います。私が一人で三回とも問題なく戦えますので」

「であるか」

フランソワはふふんと愉快そうに口許を緩めた。一方で、リオの向かいで槍を手にした男はちょっと不服そうな顔をしている。

「では、槍術、体術、魔剣。いずれから競い合ってもらうとしようか」

「恐れながら、私から戦わせていただきたく、伏してお願い申し上げます」

槍を手にした男が前に出た。年齢は二十代前半といったところだろうか。騎士服を着用し、精悍な顔つきをしている。慇懃な所作もなんとも様になっていた。

「此奴はウィリアム＝ロペス。王国第一騎士団の副団長を務めるほどの男で、普段は国境で警備に就いている。手にしている槍は魔剣ならぬ魔槍である」

「ご紹介に与った、ウィリアム＝ロペスだ。噂の若き黒の騎士と手合わせができるやもしれぬと聞き、対戦相手としてぜひにと名乗り出た。どうぞ、よろしく頼む」

ウィリアムは自己紹介をして、リオに握手を求める。

「ハルト＝アマカワです。こちらこそ、対戦の機会に恵まれ光栄です。どうぞよろしくお願いいたします」

リオも手を差し出し、ウィリアムと握手をする。

（あの公爵の息がかかっていると思ったんだけど……）

気難しそうな雰囲気もあるが、第一印象では実直そうで好印象の持てる相手だった。ただ、ウィリアム個人が良識のある者でも、実家がグレゴリー公爵の派閥に所属しているのであれば、その意向に従わなければならなくなる可能性も十分にありえる。第一印象だけで判断するのは危険だろう。

「魔槍の持ち主ということは、貴方が槍術と魔剣の指南役候補だと考えてよろしいのでしょうか？」

「……そうだ」

ウィリアムはもう一人の人物を一瞥してから、首を縦に振った。それでグレゴリー公爵は何か言いたそうな顔になるが――、

「であれば、初戦は魔剣か槍術か、どちらからにしますか？」

「魔剣を用いた戦いを所望する」

と、ウィリアムは迷わず魔剣を使った戦いを選ぶ。すると――、

「おい、ロペス卿」

我慢できなくなったのか、グレゴリー公爵が割って入った。

「何でしょう、閣下？」

「貴様、勝手に順番を変えおって……」

「どうかされたんですか？」

リオが首を傾げてウィリアムとグレゴリー公爵に訊く。

「万全な相手と戦いたかったまでのことだ。連戦で疲れた貴殿に勝利しても実力で勝ったとは言えない」

ウィリアムがグレゴリー公爵の代わりに答える。

「なるほど……」

だから、リオが三回とも連戦でいいと言った時に、ウィリアムは嫌そうな顔をしたのだろう。

「ロペス卿。貴様、必ず勝てよ？」

「無論です」

ウィリアムはリオを見据えたまま首肯する。

「互いの紹介が済んだのであれば、始めるとしよう。魔剣の能力は使っても構わぬが、その能力で相手に深手を負わせることは禁じる。可能な限り寸止めか、軽傷に収まる範囲で勝敗を決せよ」

「御意(ぎょい)」

リオとウィリアムは恭しく頷く。フランソワはルールの解説を終えると、審判役(しんぱんやく)は配下の騎士に任せて沙月やシャルロット達もいる観戦ゾーンまで下がった。グレゴリー公爵ともう一人の指南役候補の男性もそれに続く。

なお、この手合わせは一般(いっぱん)に開放されており、なかなかの数のギャラリーが集まっていた。ともあれ——、

「では、両者離れて。構えてください」

と、審判役の騎士が告げて、リオとウィリアムは互いの武器を構えた。

そして——、

「始めっ！」

一回戦が始まった。

両者、迷わず前進する。先に攻撃を放ったのは、ウィリアムだった。リオめがけて鋭(するど)い突きを放つ。短槍(たんそう)とはいえ、リーチでは剣に勝るので、当然といえば当然の流れだった。

しかし、剣が槍に間合いで劣(おと)る以上、初撃が先にくることなどリオも当然にわかっている。リオは槍の穂先(ほさき)に剣の切っ先を当て、突きを逸らした。穂先が外へ逸れた隙を逃(のが)さず、そのままウィリアムの懐(ふところ)に潜(もぐ)り込もうとする。

「ふっ」

槍の使い手が最も嫌うのが、小回りの利く武器を持った敵が懐に入ってくることだ。ゆえに、ウィリアムの反応は実に早かった。リオが距離を詰めてくるのと同時に槍を引き戻し、瞬時に後退を開始する。

距離を詰めんと進むリオと、剣の間合いへの侵入を防ぎつつカウンターを放とうとするウィリアム。そこから先はまさしく一進一退の攻防となった。強化された肉体で素早く駆けながら、針の間を縫うような隙の探り合いを行う。

（かなり強いな）

ウィリアムの強さを実感するリオ。流石は王国第一騎士団の副団長を務めるほどの人物だった。おそらくゴウキやアルフレッドの域には届かないが、かなりの実力者である。身体強化のみという条件で戦ったら、サラ達では勝てないかもしれない。

「ほっほっ、なかなかに良い槍の使い手ですなあ。剣と槍では槍が有利とはいえ、ハルト様の攻めを防いでみせるとは。某も手合わせしてみたいものです」

観戦スペースの一角では、ゴウキが興味深そうに唸っていた。

「ハルト様なら相手の反応すら許さず、一瞬で勝負をつけることもできると思ったのですけど……」

シャルロットが意外そうに感想を漏らす。

「槍というものは正面からだとなかなかに間合いを詰めづらい武器なのですよ。加えてあの槍の能力もわかりませんからな。相手の実力も踏まえ、勝負を急がずに様子を見ておられるのでしょう。ただ……」

と、ゴウキが解説していると――、

「くっ……」

リオとウィリアムの均衡が崩れた。リオがウィリアムを剣の間合いに捉えたことで、形勢が傾き始めたのだ。

「ご覧の通り、武の技量ではハルト様が勝っておられる。相手がこのまま能力を出し惜しみするようであれば……」

数秒とかからず、決着はつくでしょうな。

と、ゴウキが言う前に――、

「はあああっ！」

あと数合で負けることを悟ったのか、ウィリアムが魔槍の能力を発動させた。槍の石突きで地面を突く。と、氷の槍が前面に展開した。

「っ……」

リオは寸前で後ろへ下がり、氷槍の間合いから逃れる。

「流石だ、黒の騎士、噂に違わぬ……、いや、噂以上の実力者だ。見事」

ウィリアムは額に汗を流しながら、実に清々しい顔でリオを称賛する。

「光栄です」

手合わせとはいえ戦闘中なので、なんともバツが悪そうに応じるリオ。

「すまないな。貴殿はこの槍の能力を知らなかっただろうし、殺傷性の強い能力なので発動を躊躇っていたのだが、貴殿を相手に出し惜しみしていたのは失礼だったようだ」

「いえ……」

「我が家に伝わる家宝の槍だ。これより先は遠慮なく能力を使わせてもらう」

「では私も遠慮なく……」

相手が能力を発動しない状態で勝利しては後からグレゴリー公爵が難癖をつけてくるかもしれないと密かに警戒していたのだが、その必要はなくなるようだ。リオも以降は風を操ることを決めた。

「うむ。いざ、尋常に！」

リオとウィリアムは十メートルほどの距離を置いて、互いに武器を構えた。それから一瞬の後、両者は同時に地面を蹴った。

リオは前に進みながら自らの身体をつむじ風で包み込む。一緒に周辺の砂を巻き上げると、土埃を作って姿をくらませた。

「あっ、アレ！」

昨日の手合わせでリオが使っていた戦法だったので、沙月が思わず声を上げる。

「むっ！」

ウィリアムは視界が遮られるのを嫌ったのか、槍の穂先から細かな氷矢を無数に生み出して問答無用で放つ。一つ一つは矢じり程度のサイズだ。氷矢が土埃を貫いて無数の穴が空くと、観戦している者達が軽くどよめく。一方で――、

「ふん！」

ウィリアムは土埃めがけて攻撃を放っただけでは安心せず、石突きで地面をついた。すると、前方ではなく後方に、氷の槍がいくつも出現する。おそらくはリオが視界を遮ってきた時点で、死角へ回られることを警戒していたのだろう。

（うっわ、あの一瞬で後ろに回られることを読んだんだ。すごいな）

昨日、リオと手合わせした時に解説してもらったからこそ、沙月はウィリアムが初見でここまでの対応をしてみせたことに驚く。実に勉強になる攻防だった。実際、リオはウィリアムの背後に回り込んでいたが、氷槍の壁によって接近を拒まれている。

「そこか！」

ウィリアムは振り向きざまにすかさず槍を振るい、リオめがけて無数の氷矢を放つ。しかし、氷矢がリオを捉えようとしたところで――、

「何っ⁉」

ウィリアムの視界からリオが姿を消した。

（縮地？）

と、沙月は思ったが、遠目から見て移動速度はかなり緩やかだった。それでも人が全力で走るくらいの速度は出ているだろうが、沙月が知る縮地本来の速度からすれば軽く十倍から二十倍は緩やかな速度だ。描く軌道も直線的ではなく、弧を描いていた。

それでもウィリアムから見てリオが前触れもなく消えたように見えたのは、リオが身体の筋肉を一切使わず、風に身を任せて移動したからだろう。弧を描いて移動したリオはいつの間にかウィリアムの懐に潜り込んでいた。

「本当にお見事ですなあ……」

まるで桜の花びらのように揺らめいて、なんと流麗な間合いの詰め方だったろうか。ゴウキはリオの移動術にまじまじと見惚れて、心酔するように独り言ちた。

（移動の予備動作もなく一瞬でこの位置に……！）

ウィリアムが視界の隅にリオの姿を見つけた時には、既に遅い。リオはウィリアムの鳩尾に寸止めで剣を突きつけていて――、

「……私の負けだ。参った」

ウィリアムは反応すらできず、降参の声を上げたのだった。

第一回戦が終わり、練兵場は歓声に包まれた。傍から見ていて見事と言うしかないほどに熱い名勝負で、それでいて文句がないほどにリオの完勝である。重く静まり返っているのは、グレゴリー公爵派の貴族達が集まる区画だけだった。

そんな中で――、

「くそっ！　ロペス、貴様！」

グレゴリー公爵がいてもたってもいられず、手合わせを終えて練兵場の中央から抜け出してくるウィリアムのもとへ駆け寄った。

「黒の騎士にまつわる数々の逸話は嘘ではなかった。彼の実力は私が保証しましょう。残りの手合わせをするまでもなく、アマカワ卿であれば何の憂いもなく勇者様の指南もお任

せできると存じますが？」

と、ウィリアムは負けて悔いる様子もなく、堂々とリオを称賛する。

「貴様、それでもっ……！」

グレゴリー公爵の顔は瞬く間に真っ赤になった。

「……閣下がアマカワ卿をどう思っているのかは存じませんが、少なくともそこにいる得体の知れぬ男よりは遥かに信用が置けると愚考します」

そう言って、ウィリアムはグレゴリー公爵の背後に立つ男を見た。この男こそ沙月の指南役候補としてグレゴリー公爵が用意した二人目の人材である。

年齢はおそらく三十代半ばだろう。仕立てのいい戦闘服を着ているのだが、騎士服ではない。生粋の騎士であるウィリアムと比べてしまうとずいぶんと軽薄そうに見える。陰気というか、不気味な影を持つ男だった。

「ぐっ…………、こうなったらジルベール！　次はお前だ！　此奴は当てにならん！」

グレゴリー公爵はウィリアムを見限ったのか、残るもう一人の男に勝負の行方を託そうとする。

「と、仰いましても、前もってお伝えしている通り私の本命は魔剣のナイフも用いた徒手格闘術です。段取りも狂ってしまったので……。まあ、最善は尽くします」

ジルベールと呼ばれた男はひょいと肩をすくめて、リオが待つ練兵場の中央へと歩いていった。

（くそっ、このロペスが私との取り決めを破って真っ先に魔剣での勝負を選択しおったから……。挙げ句、無様に負けおって）

本来ならば初戦と二戦目は槍術か体術で、リオが疲弊しているであろう三戦目に魔剣を用いた手合わせを行わせるつもりだったのだ。一戦目と二戦目の戦い振りを見て、見所のある方に魔剣を用いた三戦目を任せようと思っていた。

それをウィリアムが勝手に初戦から魔剣での戦いを選んでしまい、段取りが狂ってしまったというわけだ。少なくともグレゴリー公爵の中ではそれが真実だった。

（このジルベールは先払いで法外に高い金を払って雇ったんだ。これで万が一負けるようなことがあれば、払い損ではないか！　本当に大丈夫なんだろうな……）

グレゴリー公爵は支払った対価に見合わない結果を恐れているのか、ジルベールの背中までをも恨めしそうに睨む。一方で――、

「あの服、あの男の人は国の騎士ではないんでしょうか？」

観戦していたセリアが疑問を口にした。

「おそらくはグレゴリー公爵の私兵ですが、見たことはない顔ですね。グレゴリー公爵の

配下に優秀な戦士がいるという話は聞いたことがありませんけど……」

　どうやらシャルロットもジルベールという男については何も知らないようだ。

「お初にお目にかかります。私、ジルベールと申します」

　ジルベールは仮面のようににこやかな笑みを貼り付け、ぺこりとお辞儀した。

（……家名がない？　貴族じゃないのか？）

　と、リオは一瞬考えたが――、

「ハルト＝アマカワといいます。どうぞ、よろしく」

　すぐに一礼を返す。

「お察しかもしれませんが、私は貴族ではございません。実力を買われ、グレゴリー公爵とは古くからお付き合いをさせていただいておりまして、今回のお話を頂戴しました。一目でも勇者様を拝見したくもありましたので」

「そうなんですか？」

「こう見えて私、六賢神様の敬虔な信徒でして。こういった仕事を受けることはあまりないのですが、指南役になれずとも勇者様にお目通りできるのならばぜひに、と」

　ジルベールはもう少し自分の素性について語ると、観戦している沙月がいる方へ視線を向けた。

「なるほど」

「六賢神様の使徒とも目される勇者様。一体どのような御方かと思いましたが、存外、年相応の少女にしか見えないのですね。こういう言い方は失礼なのかもしれませんが」

「我々と変わらない、一人の人間ですよ」

と、リオが沙月について語ると――、

「そうですか……」

ジルベールは少し落胆したような顔になる。リオはその理由がわからず、不思議そうに小首を傾げた。

「二試合目を開始します。アマカワ卿は連戦ですが、本当に問題はありませんね？」

審判役の騎士がリオに最終確認をする。

「ええ」

「では、体術の手合わせでは純粋に体術のみで互いの強さを競い合ってください。武器と魔法の使用は一切を禁じます。よろしいですね？」

「はい」「了解しました」

対戦者二人の返事が重なる。ちなみに、リオの愛剣は一試合目が終わった時点で審判の一人に預けてある。

「それでは、両者適切な距離を取って構えて……」

リオとジルベールは五メートル程度の距離を保って互いに構えた。といっても、いかにも力んで拳を構えているわけではない。緩慢に呼吸し、軽く構える程度で、どちらも実に泰然自若としているのがわかる。

それから、数秒後――、

「始め！」

審判の合図と共に、手合わせが始まった。

「…………」

互いに構えを保ったまま、どちらからともなくゆっくりと距離を詰めていく。

素の身体能力のみに頼った格闘戦は魔剣を用いた戦いと比べてしまうと、どうしても地味なものになる。ギャラリーのほとんどがそう思ったはずだ。が――、

「ふっ！」

いざ接近して攻防が始まると、二人の動きは実に卓越していた。といっても、派手に動き回ったわけではない。脚の動きといえばどちらかが前に踏み込めば、どちらかが後ろに下がる。その程度だ。

目にも留まらぬ速度で動いていたのは、お互いの両手だった。だが、派手に殴り合いを

開始したわけではない。決め手となる一撃を叩き込もうと、そして迫りくる相手の腕を捌こうと、二人揃って黙々と手を動かし続けている。

なんとも静かな攻防だった。だが、スピーディだった。それゆえに、観客達も静かに息を呑む。リオとジルベールが互いに互いの両手を退かし合って、するすると衣類が擦れる音だけが響いていく。

だが、やがてリオの拳が先に相手の防衛網をかいくぐった。

「っ……！」

ドンという音と共に、ジルベールの身体が後ろへ吹き飛んでいく。だが、しっかり両腕でガードしていたし、威力を逃がすために自ら後方へジャンプしていた。ダメージは特にないはずだ。

「いやはや……。アマカワ卿、でしたか？　年齢にそぐわぬ技術をお持ちのようで」

ジルベールはニイッと口を歪める。

「……貴方こそ、相当お強いですね」

対するリオは少々警戒の眼差しを向ける。

短い攻防だったが、妙な違和感を抱いたのだ。

「ふうむ、カヨコよ、あの男……」

観戦していたゴウキも何かを感じ取ったのか、眉間に皺を寄せていた。

「はい。なんとも血腥い。あまり品の良い仕事をしている男とは到底思えません」

「であるか。まあ、ハルト様であれば心配はいらぬだろうが……」

主君の戦いを見守るサガ夫妻。そうこうしている間に――、

「私としてはそろそろ終わらせたいのですが……、もう少々、お付き合いいただきましょうか」

ジルベールはスッと前に歩み出た。リオも前進して迎え撃つ。そうして、二人は攻防を再開した。

脱力して予備動作を極力減らし、人の意識や呼吸の隙間を縫って攻撃を仕掛けようとする。それを察知し、相手の攻撃の軌道を逸らす。二人の戦闘スタイルは似ているようで、異なっていた。

ここぞと攻撃するタイミングではしっかりと拳や蹴りを放ち、相手の人体を破壊しようとするのがリオの体術だ。対して――、

（……やっぱりそうだ。この人の体術は明らかにナイフみたいな武器の使用を前提にしている。暗殺術がベースにでもなっているのか？　いや、どこかの国の軍隊格闘術？）

ジルベールの体術は得物を使って素早く効率的に人を殺すことだけを目的として磨かれ

た技術であるように思えた。すれ違い様に人の身体にスッと拳を潜り込ませて、手にしたナイフで急所を突く技のようにも思える。

例えば、するすると手を動かして攻撃を仕掛けてくるくせに、掴み技を使ってくる様子がない。人の急所付近を狙って執拗に手を潜り込ませようとしてくる。打撃を叩き込もうとするのならわかるが、素早く確実に狙った場所を攻撃しようとするだけで、打撃の威力を相手の体内に叩き込もうとする気概が感じられない。それに、リオの打撃を捌こうとする手の動きもナイフを持った敵の腕を弾こうとするそれだ。

（……本当に暗殺術なのか？　なら、この人は現役の暗殺者？）

仮にこのジルベールという男が指南役に決まったとして、グレゴリー公爵は沙月に暗殺術でも叩き込もうとしているのだろうか？　勝てれば良いと考え、職種は問わずに実力だけで選んだのかもしれないが、だとしてもなかなかに節操がない。

「……申し訳ございませんねえ。手癖が悪いもので」

ジルベールがいったんリオから距離を置いて、不気味な笑みを覗かせながら意味深なことを告げる。

「貴方は……」

リオも足を止めてジルベールと向かい合う。

「ネタがわかってしまった以上、私ではもう貴方に勝てませんね。これ以上、技を見せたくもありません。とはいえ、雇い主の命もございますので……」

ジルベールは観戦スペースに立つグレゴリー公爵へちらりと視線を向けると――、

「できれば痛くない形で私を倒していただけると助かります。私、痛いのは嫌いなので」

実質上の降参を宣言する。

「やる気のない相手を一方的に攻撃する気はありません。戦う気がないのなら降参を宣言してください」

リオはにべもなくジルベールの要望を一蹴した。

「やれやれ。それでは……」

ジルベールは億劫そうに溜息を漏らすと、唐突にリオに向かって突進した。そのままリオの心臓めがけてナイフでも突き出すように、一直線に拳を放つ。

だが、リオはジルベールの腕を掴み取ると、そのまま一本背負いで綺麗に地面へと投げ飛ばしてしまう。

「ああ、貴方は優しいですね」

投げ飛ばされる瞬間、ジルベールがそう呟いた。さらには――、

「貴方様に六賢神様の思し召しがありますように」

ジルベールは地面で仰向けになったまま、リオにそう告げる。

「……そこまで！　勝者はアマカワ卿です」

審判が終了を宣言し、二回戦もリオの勝利で終わった。

さらにその後、リオはウィリアムと槍術で競い合うことになったが、こちらもリオの勝利で終わる。かくして、リオを沙月の指南役から引きずり下ろすというグレゴリー公爵の目論見は、完膚なきまでにご破算となったのだった。

だが、ここで終わっていれば、グレゴリー公爵にとって今日という日が人生で最悪な一日になることはまだなかったのだろう。

「ハルトよ、実に見事であった」

三回戦が終わったところでフランソワが練兵場に入り、勝者であるリオを称えた。

「恐れ入ります」

「やはりサツキ殿の指南役はハルト以外には考えられぬ。それが証明された。そうであるな、クレマンよ？」

「…………はい」

クレマンは擦れるような声を漏らし、ただただかろうじて首を縦に振る。三戦三敗という事実を突きつけられたのだ。反駁はしたいが、その余地は微塵もない。クレマン＝グレゴリーという人物は必要とあらば恥知らずに振る舞うこともできるが、今ここで騒げば恥知らず以前の醜態を晒すだけであることは理解できる男だった。

「では、今後サツキ殿の指南役はハルトに任せる。指南の仕方もその一切をハルトに任せることとする」

フランソワは声を張り上げ、観戦していた者達にも聞こえるよう高らかに宣言した。すると、そこへ――、

「陛下！」

慌てた騎士が駆け寄ってくる。

「……どうした、沙汰の最中であるぞ」

「も、申し訳ございません。ですが、緊急事態にございます」

駆けつけた騎士の息は上がっている。

「……申してみよ」

フランソワが問いかけると、報告に来た騎士は傍に立つグレゴリー公爵の顔を気の毒そうに一瞥した。

果たして――、

「グレゴリー公爵領の領都が陥落したとの連絡が入りました。代官を務めるご子息も人質

に取られているとのことです」

「……なっ、はあああ!?」

グレゴリー公爵の悲鳴が、練兵場中に響き渡った。

【第六章】　静かなる侵攻

時は三本勝負が行われた日の昼過ぎまで遡る。

グレゴリー公爵領が位置するのはガルアーク王国の最北部だ。

南の国境を守護するクレティア公爵家、北を守護するグレゴリー公爵家。有史以来、そうやって二つの公爵家が南北から国を支えてきた。しかし、今日これから有史以来の事件がグレゴリー公爵領で起きることになる。

聖女エリカ率いる一行が、グレゴリー公爵領の領都グレイユに滞在していた。平民街にある宿の一室に、エリカは一行を集合させていた。

「皆さん、昨日一日この都市を回ってみて、いかがでしたか？」

エリカは同行者達の顔を見回し、にこやかに問いかけた。

「どう、と言いましても……」

同行者達は戸惑いがちに顔を見合わせる。

「我々はこれよりこの都市を占領し、ガルアーク王国への侵攻の足がかりとします。皆さんと一緒に占領する都市なのです。私がそうしようとしているからではなく、自分で考えた上で行動を起こしてほしい。だから、皆さんの目で見て、足で立って、歩いて、感じたことを聞きたいのです。そのために昨日は都市の様子を見てもらいました」

　エリカは力説し、再び同行者達の顔を確認する。

「……とても大きな都市ですね。我が国の首都とは比べものにならないほどに。地方都市でこんなに大きいのですから、王都はさらに……」

「……こんな大きな都市を、本当に我々だけで占領できるんでしょうか？」

　やがて一人の青年がぽつりと呟いた。そして、その近くに座る同年代の女性が不安そうに続く。一行の人員はエリカを含めても十人。たったの十人だ。

　エリカはともかく、他の九人は身体能力を強化してもせいぜい騎士並みの能力しか持ち合わせていない。そんな自分達がこんな巨大な都市をどうやって攻め落とし、占領するというのか？　不安になっているのだろう。一方で――、

「何を弱気になっているんだ。我々にはエリカ様と大地の獣がついているじゃないか」

「そうさ。神獣様が暴れてくれればこんな都市なんか！」

　都市の占領に強気な者達もいる。その根拠がエリカと大地の獣だ。が――、

「皆さん、誤解してはいけませんよ。確かに我々はこの国へ侵攻しに来ました。ですが、

我々の敵はこの国の支配者である王侯貴族であって、この土地に生きる罪なき民衆ではないのです。都市の中で大地の獣を呼び出せばとてつもない被害が発生することでしょう。この地に暮らす民から徒に犠牲者を出すことはできません」

エリカは都市の占領にあたって大地の獣を呼び出すことに難色を示す。

「では、神獣様は使わずにこの都市を……？」

「ええ」

「それでは我々だけでいったいどうやって？」

たった十人で都市を占領するというのだろうか？

「エリカ様がいらっしゃれば貴族の兵達など怖くもないだろう」

「ああ、神獣様が出てこなくとも簡単に占領できるさ」

「とはいえ、我々はたった十人だぞ？　都市の住民に被害を出さないように戦うとなるとエリカ様もお力を発揮しきれないかもしれないし、我々の首都を襲ってきたような強い奴がいたとしたら……」

「むっ……」

エリカの強さを信じて楽観的だった者達が口を噤む。大地の獣と対等に戦っていたリオの話を思い出したのだろう。あんな戦士が出てきたとしたら、エリカとて同時には何人も相手にできないはずである。

「確かに、負けるつもりは毛頭ありませんが、彼のような戦士が出てくると少々厄介ですね。ですが、これは真正面から総力をぶつけ合う全面戦争ではありません。敵地に潜り込み、先手はこちらが打てる局地戦です。やりようはいくらでもありますよ」

「おお……」

一同はなんとも頼もしそうにエリカを見る。

「我々は何をすべきなのでしょうか？」

「まずは味方を増やすことでしょうか」

「味方、ですか？　では、祖国に救援の要請を？」

「いいえ、味方ならばこの都市の中にもたくさんいるではありませんか」

「……我々以外にも別働隊がいたのですか？」

そんな話は聞いていなかったので、一行は目を丸くする。

「違います。この都市に暮らす、民衆です」

「この都市の、民衆……」

九人は「その発想はなかった」と言わんばかりの顔になる。

「先ほども言った通り、我々の敵はこの国の支配者である王侯貴族です。この土地に生きる罪なき民衆まで敵に回す必要はありません。彼らもまた、この国の王侯貴族達に虐げられている被害者なのですから、我々と手を取り合えるはずです」

そう言って、エリカは聖女然とした笑みを覗かせた。

「まったくですね……」

「ああ、その通りだ！」

「彼らを味方につけよう！」

続々と賛同の声が上がる。自分達がそうであったように、この都市に暮らす者達もまたエリカの教えに賛同してくれるはずだと信じ切っている。

「侵攻の緒戦にこの都市を選んだのにもちゃんと理由があります。国境付近に位置しているおかげで、この都市はとても守りやすいように造られている。加えて、国で有数の大貴族が治める都市ですから、規模が大きい。暮らしている民衆の数が多いということは、それだけ我々にとって潜在的な味方も多いということです。上手くいけば強力な拠点と味方の両方を一気に獲得することも夢ではありません」

問題はそう簡単に上手くいくのかということだ。だが、幸か不幸か、この場にいる者達のエリカに対する信頼は極限まで振り切っている。

「………………」

皆、勝算が見えてきたのだろう。不安そうな面持ちをしている者はいつの間にかいなくなっていた。

「かつて我が国に蔓延っていた少数の王侯貴族達も、圧倒的多数である民衆の力には敵いませんでした。仮にこの都市に暮らす民衆のすべてが我々の味方となったら、ガルアーク王国が強力な刺客や軍勢を送ってこようが、対抗できるとは思いませんか？」

「……はい！」

全員の声が重なる。

「では、この都市で貴族に苦しめられている同胞達を救うべく、まずは彼らを味方に引き入れましょう」

◇◇◇

エリカ達一行は勇んで宿を出ると、都市のメインストリートと通じる巨大な広場に足を運んだ。ただ――、

「相変わらず凄まじい人通りですね……」

田舎の小国から出たことのないお上りさんばかりだからだろう。神聖エリカ民主共和国

の首都とは比べものにならない人通りと活気を目の当たりにしてしまうと、やはり気後れしてしまうらしい。

「臆することはありません」

エリカだけは微塵の萎縮も見せず、堂々と広場を突き進んでいく。そんな彼女の後ろ姿を見て、一行も頷き合ってから決然と後を追う。エリカは広場にある噴水の前で立ち止まった。人が集まる広場へわざわざ足を運んで、何をするのかといえば――、

「皆さん！」

勧誘だ。エリカは広場の喧噪に負けないほどに声を張り上げ、行き交う通行人達に呼びかけた。

「…………」

周囲を歩いていた者達が足を止め、しんと静まり返る。何事だろうかと、声を発したエリカに視線を向けた。彼らからの注目が霧散してしまう前に――、

「皆さんは、おかしいとは思いませんか？」

エリカはすかさず、言葉を続ける。そして――、

「我々は王侯貴族にたくさんの税を支払っている。なのに、彼らは何もしてくれない。それどころか、彼らは税を払っている自分達のことを当然に見下してくる。薄汚い平民だと

思っている」

と、近くにいる者達の顔を見回しながら、なかなかに過激な内容の問いかけをした。見も知りもしない女性がいきなり街角で演説をし始めたのだ。声の大きさゆえに注目を集めたが、胡散臭そうな眼差しが向けられる。だが――、

「王侯貴族は我々平民が納めた税のおかげで立派な屋敷に住み、良い服を着て、美味しいものを食べて、暖かい服を着て、柔らかなベッドで眠ることができている。なのに、我々は狭い家で粗末な生活を強いられている」

エリカは民衆からの胡乱な眼差しを気にせず、持論を展開するのを止めない。演説内容は王侯貴族至上主義の身分社会においては、なんとも過激なものであった。

しかし、民衆の生活に寄り添った内容だからだろうか、胡散臭そうに見つめながらも耳を傾ける者は多かった。王侯貴族が怖いから口にできないだけで、高い税を納めなければならないことを不満に思う者は多いのかもしれない。

「我々は王侯貴族に絶対服従を強いられる。どんなに理不尽な命令でも従わなければならない。怖い王侯貴族に目をつけられないよう、怯えて生きなければならない。私達は皆同じ人間なのに……。私達と王侯貴族とで何が違うのでしょうか？」

と、エリカが問いかける頃には、自分が口にできないことを代弁してくれたことを面白

がっているのか、あるいは共感したのか、近づいてくる者も多かった。だが――、

「でもなぁ」

一人の老人がぽつりと言った。

「なんですか、おじいさん？」

「お貴族様には逆らえないよ、お嬢さん。気持ちは痛いほどわかるが、悪いことは言わない。この辺りで止めておきなさい。すぐに兵隊さん達が来てしまう」

と、老人はエリカを気遣うように呼びかける。

身分社会においては、平民が権力者階級を批判する自由など持たないのだ。王侯貴族の反感を買えば問答無用で制裁を受けかねない。

「お優しいのですね」

エリカは老人と目線を合わせ、優しく微笑む。

すると、騒ぎを聞きつけたのだろう。

「何事だ!?」

「何をしている!?」

老人が危惧した通りに、兵隊達が駆けつけた。彼らはグレゴリー公爵に雇われている私兵達であり、警察の役割も果たしている。領内の治安を保つのは領主の仕事なのだ。

「ひっ！」

集まった人だかりの反応は早かった。兵隊達の姿に気づいた途端、怯えた顔で蜘蛛の子を散らすようにエリカから距離を置こうとする。が――、

「きゃあっ！」

悲鳴が上がった。逃げようとする人波に押されてしまい、まだ小さい女の子が転んでしまったのだ。

「痛い……」

転んだ拍子にすりむいたのだろう。少女の膝からは血が流れていた。

「まあ」

エリカは迷わず少女に近づいた。そして、右手に神装を顕現させ、その先端を少女の傷口へと近づける。先端から治癒の光が溢れ、少女の傷を塞いでいく。

「おおっ……」

どこからともなく立派な杖が現れ、普段はおよそ目にすることのない治癒の光景を目の当たりにし、ちりぢりになった観衆達は大きくどよめいた。兵隊達と揉め事を起こして周囲には距離を置かれたが、今のエリカは先ほどまで以上に広場中の注目を集めていた。

「さあ、行きなさい」

「う、うん。ありがとう、お姉ちゃん」

少女はぺこりと頭を下げてから、恐る恐る駆けだした。

「…………おい、貴様、何だその杖は？」

駆けつけた兵隊も呆気にとられていたが、エリカに杖のことを尋ねる。だが、すぐ傍に立つ別の兵士がハッとして——、

「つかぬことをお訊きしますが、もしや貴方は貴族でしょうか？」

と、丁寧な言葉遣いでエリカの素性を確認した。というのも、魔術が込められた魔道具など、貴族か超一流の冒険者でもなければ普通は持っているはずもない品だ。着ている服もいかにも高価な生地ではないが、小綺麗ではある。仮にエリカが貴族だとしたらまずい。そう思ったのだろう。

ちなみに、グレゴリー公爵のような領地持ちの貴族となると、爵位を持たない家臣も多い。領都に勤める兵隊達は大半がそういった家臣の家で生まれ育った倅達だ。準貴族として一般の平民よりも良い暮らしが保障されている。

「いいえ、私は貴族ではありません」

「では、名のある冒険者の方で？」

冒険者も一流になっていくと高位の貴族との繋がりがある者もいるので、一介の兵隊達

からすると下手には扱うことができない存在であったりする。だが――、

「違います。私はこの場にいる大勢の方と何ら変わらない、ただの民衆、その一人です」

そのいずれでもないと、エリカは臆さずに自分の身分を打ち明けた。

「何……？」

てっきり相応の社会的地位を持つ人間だと思ったので、肩透かしを食らった兵隊達は顔を見合わせた後――、

「その杖をどこから出した？　いや、なぜそんな物を持っている？　治癒の魔術が込められた魔道具なんて見たことがないぞ」

一人の兵隊が露骨に態度を豹変させ、杖についてエリカに尋ねた。

「これは私の所持品ですが、何か？」

エリカは不思議そうに首を傾げる。

「その杖をどこで手に入れた？」

「なぜ、そのようなことを知りたがるのですか？」

「その杖が見るからに貴重な品だから訊いているのだ。一介の平民が持ち合わせているはずがないだろう」

「……もしや、これが私の品ではないと思っているのですか？」

「そうだ」

「これは私の品です」

「では、それを証明してみろ」

「どうやって？」

「それがわからないから証明しろと言っているんだ」

　馬鹿か、お前は？　とでも言わんばかりの顔で兵隊は嘲笑した。傍から見ていてもどうにもお前の物ではないと決めつけているような態度だった。

「仕方がありませんね。では、このように私の意思で自由に出したり消したりできることは証明にはなりませんか？」

　そう言って、エリカは神装の杖を消したり出したりする。

「…………」

　兵隊達は言葉に詰まる。

　なかなかに証明力は強かったのだろう。だが――、

「……駄目だ」

　と、否定の言葉を口にする。

「何が？」

「代官様に判断してもらう必要がある」

「何をですか？」

「お前以外でもその杖を出したり消したりできるかもしれないだろうが。それをだ」

と、兵隊は上ずった声で言った。

「では、試してみますか？」

どうぞと言わんばかりに、エリカは兵隊に杖を差し出す。

「…………」

兵隊の一人は恐る恐る杖を受け取った。それから、見惚れたようにまじまじと見つめ、ごくりと息を呑む。この杖が自分達に支給された鉄の棍棒などとは比較にならないほど、武器として上等な品であることがよくわかったからだ。

「…………これはどうやって出したり消したりするんだ？」

杖に視線が釘付けのまま、兵隊が尋ねた。

「別に。私が念じれば自由に出し入れできますよ？　出したい、消したい、と」

「なんだと……？」

杖を持つ兵隊は「むむっ」と唸る。おそらくは「消えろ」と念じているのだろう。しかし、杖が消える様子は一切ない。やがて――、

「できないじゃないか！」

杖を持った兵隊が顔を赤くして怒る。

「それは貴方がその杖の持ち主ではないからですよ」

エリカは失笑するように鼻を鳴らした。

「くっ……、やはり代官様に判断してもらう必要があるな。これは我々が預かろう」

「貴様も付いてこい」

と、兵隊達はエリカに宣告する。

「嫌です。私は付いていきたくありません」

エリカはきっぱりと断った。権力者側の立場に立つ兵隊に対してはっきりと自分の意見を口にする姿は見ていて気持ちいいのか、周りの野次馬達はなんとも興味深そうに様子を眺めている。

「なんだとっ？」

人は予想を裏切られることで怒りを抱く生き物だ。エリカが逆らってきたことで、兵隊達は堪らずムッとする。

「その杖も返してください」

エリカがそう言うと、兵隊が手にしていた杖が消えてしまった。

「お、おい、返せ！」

杖を失った兵隊が慌てて叫ぶ。

「人が貸した所有物を返せとは、おかしな話ですね」

「お前の所有物かどうかは証明できていない！」

と、兵隊が暴論を吐く。すると――、

「皆さん、私とこの兵隊達、どちらが間違ったことを言っているのでしょうか？　希少価値が高そうな品を持っているというだけで平民の財産が奪われようとしている。おそらくは貴重な杖を持ち帰ることで手柄になる、適当に理由をでっち上げて没収すればいい、という下心もあるのでしょう。これは理不尽だとは思いませんか？」

エリカは一部始終を見ていた野次馬達に意見を求めた。

「だ、誰もそんなことは言っていないだろうが！」

下心があると指摘され、兵隊は泡を食って反駁した。

「そうですか。まあ貴方がそう言うのなら、貴方にとっての真実はそうなんでしょうね」

エリカは冷ややかに兵隊を見つめる。

「貴様、なんと無礼な……。もういい、早く杖を返せ！」

「お断りします。というより……」

感情的な兵隊達とは裏腹に、エリカの口調は終始落ち着き払っていた。

「そもそも、私が杖を消した証拠はあるんですか？」

「お前がさっき言ったんだろうが！　所有者である自分が消えろと思えば消えると！」

「おや、では私がこの杖の所有者だと認めてくださるんですね？」

「違っ……！　それは、言葉の綾だ！」

兵士はしまったという顔で叫ぶ。

「では、私が消えろと思えば消えるんですか？　なら、それを証明してください。杖の所有者でもない私が消えろと思えば杖が消えることを」

これは先ほどエリカに証明を要求してきた兵隊達に対する意趣返しだろう。一部始終を目撃していた者達は瞬時にそれを理解し——、

「ふはっ！」

野次馬の中からいかにも痛快といった面持ちで哄笑する者が現れた。

「そんなものっ……！」

公衆の面前で恥を掻かされた。兵隊は顔を真っ赤にし、感情任せに反論しようとした。

しかし、言葉は続かなかった。

咄嗟には言葉が思い浮かばなかったのだろう。

やがて――、

「もういい！　公務執行妨害で貴様を拘束する！」

言い合いでは勝てる気がしない。そう思ったのか、兵隊は鎮圧用の棍棒を手に取り、無礼なエリカを取り押さえようと臨戦態勢に入る。

「ふふっ」

エリカはほくそ笑み、兵隊達との戦闘を開始した。

◇　◇　◇

軽く十分以上は経っただろうか。

エリカはいまだに兵隊達と戦いを繰り広げていた。だが、今エリカと対峙している兵隊は最初にエリカに絡んだ者達ではない。彼らならば、広場のどこかに転がっている。一帯にはエリカの手により戦闘不能となった兵隊達が五十人以上も倒れていた。広場の隅には祖国からエリカに付いてきた一行がいて、興奮しながら戦いを見守る野次馬達もいる。

「ふふふ」

倒しても、倒しても、断続的に援軍の兵隊達が駆けつけてくる。だが、エリカは実に涼

しい顔をしていた。一方で――、

「くそっ！」

「代官様の直属部隊はまだなのか⁉」

エリカを取り囲む兵隊達の顔色は悪い。これだけの味方がなぎ倒されているのだ。逃げ出したいのが本音だろう。

（しょせんはこの程度ですか。やはり彼のような人物はそうはいないのですね）

と、エリカは尻込みする兵隊達を一瞥しながら思う。リオのような強さを持った者が現れるのかと警戒していたが、今のところ脅威と思う相手はいなかった。

するとーー、

「こちらです！」

新たに広場へ駆けつけてきた一団がいた。

人数は三十人程度で、誰もが馬に乗っている。

（おや、他の兵隊達よりも少しは強そうですね）

増援に気づき、エリカはそちらに視線を向ける。一般の兵隊達よりも明らかに良い装備を身につけている手勢だった。格好は王国軍所属の騎士に近い。いずれもグレゴリー公爵に仕える私兵であるが、選りすぐりの精鋭部隊だ。

「おい、領主様の部隊だぞ！」

「代官様もいる！」

「あの姉ちゃん、大丈夫か？」

　グレゴリー公爵に代わって都市を治める代官まで出張ってくる事態となり、野次馬達がざわざわと騒ぐ。

　精鋭部隊はある程度エリカから距離を保ったところで下馬し、地に足をつけた。ただ、一人だけ馬に乗り続けている者がいる。

　彼こそがグレゴリー公爵の息子で、次男のマクシム＝グレゴリーという。なお、長男は王都に勤めていたりする。まあ、それはともかく――、

「おい、女！　貴様だな、この騒ぎを起こしているのは」

　マクシムは馬上からエリカを睨み、質問した。

「その表現は正確ではありません。騒ぎを引き起こしたのは貴方の配下にある二人の兵隊なのですから。この広場のどこかに転がっているはずです」

　エリカは三十人もの精鋭部隊を前にしても、実に堂々と受け応えする。

「…………よくもまあ、これだけ派手に暴れてくれたものだ。何がどうなってこうなったのかは知らんが……」

マクシムは広場の惨状を一瞥し、辟易した顔になる。貴族に仕える兵隊を相手にこれだけ暴れ回ったのだ。主である貴族の顔に泥を塗るのと同義である。エリカにどんな事情があるにせよ、断じて許すことはできない事態だった。

「半殺しにしても構わん。身体能力を強化して取り押さえろ」

「《身体能力強化魔法》」

マクシムの命を受け、精鋭部隊の面々が一斉に呪文を詠唱する。そうして、戦闘準備が整ったところで――、

「捕らえろ！」

エリカの捕縛命令が下った。直後、まずは三人の戦士がエリカに接近し、ぐるりと取り囲んできた。三人とも鎮圧用の棍棒を手にしている。

精鋭部隊まで出てきてしまった。これはもう駄目なのではないか。広場にいた野次馬達の大半がそう思った。しかし――、

「っ…………！」

予想は裏切られる。エリカが左から右へと振るった一撃で、三人はまとめて薙ぎ払われてしまった。

「ぐおっ……」

死んではいない。だが、軽傷でもない。薙ぎ払われた男達が悶絶して転がっている。その光景を目の当たりにし――、

「なっ……？」

マクシムは唖然と息を呑む。

だが、すぐにハッと我に返って声を張り上げた。

「全員っ！」

突撃、とマクシムが言う前に、エリカの方から精鋭部隊めがけて突っ込んできた。そのまま部隊の懐に潜り込む。

そこから先は一方的な蹂躙だった。同士討ちを恐れて萎縮してしまった部隊を相手に、エリカは遠慮なく杖を振り回し始める。手にした棍棒で杖を受け止めようとする者もいたが、魔法で身体能力を強化した程度ではエリカの膂力には敵わない。

「お、おお……」

エリカが連れてきた九人の配下達も、この都市に暮らす野次馬の民衆達も、領主の部隊が力尽くでねじ伏せられていく様を固唾を呑んで見つめていた。怖いと思っていた貴族達が怖くない。

「た、倒せ！　倒せ！　倒せ……！」

と、マクシムは馬上から部隊に指示を出し、自らは馬を下がらせエリカから距離を置いていく。しかし、そうしている間にどんどん無事な配下の数が減っていく。

人々が創作物に求めるのは、平凡で退屈な日常ではない。

現実離れした非日常の物語だ。

例えば、悪い貴族達を成敗して英雄となる誰かが現れるような……。

勧善懲悪の物語が良い。

そういう単純でわかりやすい話でいいのだ。

それで、民衆の心を掴むことはできる。

やがてグレゴリー公爵の息子以外の騎士と兵士がすべて倒れると――、

「……うおおおおお！」

野次馬達はざまあみろと、エリカを称える歓喜の雄叫びを上げた。

「っ！」

マクシムの決断は実に素早かった。慌てて手綱を操り、馬を方向転換させて逃走を開始する。しかし――、

「逃しませんよ」

エリカが杖の石突きでトンと地面をつく。すると、マクシムの前方数メートルにいきな

り土の壁が隆起した。

「ヒヒーンッ！」

と、馬が驚き転倒する。

「ぐっ……！」

落馬したマクシムが転がって呻く。そんな彼に、エリカが歩いて近づいていく。

「ひっ……！」

マクシムは尻餅状態で後ずさりをした。

「そう怖がらないでください。確認したいことがあるのです。素直に答えてくれるのなら手荒な真似はしません」

「わ、わかった」

「では、貴方は都市の代官である。間違いはありませんか？」

「そ、そうだ」

「つまり、領主は不在であり、今この都市のトップは貴方であると？」

「あ、ああ。父上に代わって、次男の私が都市を任されている」

「そうですか。では、貴方にはやってもらいたいことがあります」

エリカはニイッと口許を歪ませてから、甘く微笑む。

「な、何を……？」

「聖女エリカの名において宣言します。今この瞬間より、この都市を神聖エリカ民主共和国の飛び地とします。これはガルアーク王国に対する宣戦布告です。ガルアーク国王へ、貴方からそう伝えてください」

今この瞬間、ガルアーク王国内に神聖エリカ民主共和国領が誕生する。リオがウィリアムやジルベールとの手合わせに勝利する、少し前のことだった。

【第七章】 ✤ それぞれの思惑

場所は再びガルアーク王国城へと移る。

「ふざけるなあああ！」

王城の会議室に、グレゴリー公爵の激しい怒声がこだました。

「落ち着け、クレマン」

王座に腰を下ろしたフランソワが、嘆息して宥める。なお、室内に居るのはフランソワとグレゴリーだけではない。クレティア公爵や他にも国の主立った貴族達が集結し、各自が席に腰を下ろしている。

また、室内にはリオ、リーゼロッテ、そして沙月の姿もあった。三人ともフランソワの背後に控え、並んで立っている。

「落ち着いてなどいられますか！　私の領都が、領都が奪われたのですぞ！　そやつらのせいでっ！」

グレゴリー公爵は国王であるフランソワに対しても感情むき出しで応じ、その背後に立つリオとリーゼロッテを指さして睨んだ。

「なぜハルトとリーゼロッテのせいになる？」

「そもそも、そのふざけた聖女との間に諍いを引き起こしたのは、クレティアの娘ではありませんか！」

「で？」「っ……」

フランソワは淡々と続きを促す。その反応が予想外だったのか、グレゴリー公爵の顔が引きつってしまう。

「そこのアマカワ卿は、いいやアマカワは聖女の国まで乗り込み、状況をより悪化させて帰ってきたと言えるのではありませんか？　クレティアの娘を救出したこと自体はなんともご立派なことですがな。実に中途半端な仕事をしてくれたものです。結果として私の領都は奪われてしまったというわけだ！　まったく！　揃いも揃って、この無能が！」

と、今度はリオを激しく糾弾するグレゴリー公爵。すると――、

「まず、聖女との間に諍いを引き起こしたのがリーゼロッテであるかのように断定しているようだが、それは異なるな。聖女は初めから我が国との間で争いを起こすつもりであったのだろうよ。国の重要人物が治める都市であればどこでもよく、たまたまアマンドが狙われた」

　フランソワは落ち着き払った態度で、グレゴリー公爵の主張を一蹴する。

「ぐっ……、ですが、アマカワの件はどうです？　陛下は仰いましたな。聖女はアマカワの手によりおそらくは死んだものと思われると。それがどうですか⁉　聖女は生きていたのではありませんか！」

「死体の確認は済んでいないが、とも前置きしたはずだがな」

「だとしても、クレティアの娘を奪還すれば、聖女の怒りを買って更に厄介な禍根が残ることは容易に想像できたはず！　だからこそ、きっちり始末すべきだったのです！　にもかかわらず、本当に中途半端な仕事をしてくれたものだ！」

「そなたは是が非でもリーゼロッテやハルトのせいにしたいようだが、ならばなぜ今、聖女との諍いとは無関係であるそなたの領地が襲われたのだ？　そなたの言が正しいのであれば、まず私怨で報復されるのはアマンドか、ハルトの屋敷になるのが筋であろうよ。そもそも聖女に襲われたこと自体を非難するのであれば、そなたの領都が襲われたこともまた、非難の対象となるはずだが、どう思う？」

「ぐぬっ……、それは、詭弁です」

「ハルトは聖女の心臓を貫いたのだそうだ。脈が止まっているのも確認した。これでも中途半端な仕事だったと考えるのか？」

「……本当に、聖女の心臓を貫いたのですかな？　アマカワが嘘をついている可能性も」

グレゴリー公爵は苦し紛れに、それはもうとても恨みがましそうにリオを疑る。

「此奴はそのような嘘をつく男ではない」

と、わずかな躊躇も見せずに言ったのは、フランソワからリオに対する最上級の信頼の表れといえよう。

「っ……」

血管がはち切れそうなほどに目を見開き、言葉を呑み込むグレゴリー公爵。国王であるフランソワが相手だから言い返せないだけで、不満がありありと積もっているのは傍から見ていても丸わかりだった。

「今はそれよりも奪われたグレイユについて話し合う場だ。我が国の要所を神聖エリカ民主共和国の飛び地とするなど、断じて看過できぬ事態である。そこで、まずは都市内部の様子を探るべく、偵察部隊を送り込もうと考えている。その上で聖女の姿を確認できるのであれば、討伐を試みる」

という、フランソワの意見に物申すのは――、

「何を悠長なことをっ！　偵察隊などと言わず魔道船の艦隊で軍勢を送り、都市を一気に占領し返すべきです！」

またしてもグレゴリー公爵だった。

「いや、聖女の力を侮るな。ハルトから伝え聞く聖女エリカの力は脅威だ。本当に生きているのだとしたら、下手に兵を突撃させるのは下策である」

「大地の獣……ですか？　ふん、本当にそのような怪物がいるのかどうかも私は怪しいと思っているのですがな。どうもそやつの話は胡散臭い」

グレゴリー公爵はとことんリオを疑っているらしい。そして、嫌っているらしい。正確には、嫌っているから、信じたくないのだろう。

「……そなたがハルトを嫌い、焦っているのもわかるがな。これはそなたの領地内の問題であるのと同時に、国家の緊急事態でもあるのだ。私情を持ち込んで判断を誤るというのであれば、王として看過はできぬな」

いっそのことグレゴリー公爵の領主としての役割を罷免できれば楽ではあるが、それが簡単にできれば苦労はしない。

王といえども従わなければならない貴族達との取り決めが存在するのだ。王が貴族から領主の地位を奪おうとする場合、その貴族が相当な重罪を犯すなど、領主としての資格を失ったと判断できるだけの客観的で明確な理由が必要だ。

それを破って一方的に領主の任を罷免するような真似をすれば、国内の貴族達から総スカンを食らって最悪、国が空中分解する事態になりかねない。

今回、グレゴリー公爵がリオを嫌っているから、というだけでその客観的な理由としてしまうのは不可能であった。

とはいえ――、

「……別に嫌っているわけではございませぬ。陛下がそこまで仰るのであれば、異論もございませぬ。ですが二つ、要望を聞き入れてはもらえないでしょうか？」

多少は冷静になったのか、グレゴリー公爵はいったん感情を切り離して頷いてみせた。もちろん、リオへの恨みを捨てたわけでもないのだろうが……。

「なんだ、申してみよ」

「まずは一つ。都市内部の地理を把握している者も必要なはず。偵察部隊の人員には私の配下を加えてもらいたい」

「まあ、妥当な主張であるな。ただし、余が推薦する人員も部隊に加えるゆえ、そこは含みおけ」

推薦される人員にどうせリオの名が挙がるのだろうと、グレゴリー公爵は忌々しそうにリオを見る。だが、それを言葉にすることはせず――、

「……御意。では、もう一つ。聖女討伐が済んだ後、速やかに都市を奪還できるよう、軍

勢の派遣もお願いしたく存じます」

　次の要求を口にすることにした。こちらも領主としては当然のリクエストではある。フランソワとしては大地の獣が出てくる可能性を踏まえると被害は出したくないが、まったく兵を送らないという選択もできなかった。ここで派兵を断れば断られた領主だけでなく、他の領主達からも不信感を抱かれかねない。

「…………よかろう。では、千の兵を派遣することとする」

　フランソワはいざという時に機動力を確保できる数字を提示した。が——、

「千、ですか……？」

　たったの、という言葉が省略されているのは、気のせいではない。

「聖女がそこまでの人員を引き連れて乗り込んできたとは思えん。都市を制圧するには十分な数字であろう？　数を増やせばその分だけ準備にも時間がかかることになるからな。今日中に必要な人員と物資を手配し、明日には出発して事態の解決を急ぎたい」

　早期解決はグレゴリー公爵にとっても悪い話ではない。それに、魔道船であればわずか数時間で王都からグレゴリー公爵領にたどり着くことができる。状況次第で増援を求めることもできるだろう。ゆえに——、

「御意。感謝いたします」

グレゴリー公爵は大人しく引き下がることにしたのだった。

一方で、場所はグレゴリー公爵領、グレイユ。

エリカは堅牢な砦として造られた領館の占領を完了していた。

グレゴリー公爵の次男であるマクシムを人質に取っているのだ。兵隊達の武装解除をさせることも容易かったし、魔道通信具でグレイユの占領を行ったことをガルアーク王国城へ通告させることも簡単だった。

ただ、次男が人質に取られているにもかかわらず反抗してきた者もいた。グレゴリー公爵の三男と、その取り巻き達だ。彼らはエリカがマクシムに魔道通信具で王都へ宣戦布告させた直後、人質の命を顧みず襲いかかってきた。が――、

「貴方は弟さんからの人望がないのですね」

エリカは執務室の応接椅子に腰掛けながら、向かいに座るマクシムをくすりと笑う。

「…………」

マクシムは複雑な面持ちで床を見つめている。そこには彼の弟である三男が魔封じの首

輪をつけられ拘束された状態で転がっていた。兄が人質に取られるという大失態を犯した現状でエリカを退治すれば、自分が代官に繰り上がることができる千載一遇のチャンスだと思ったらしい。もっとも、容易く返り討ちにあってしまったわけだが……。

「……都市を奪い返すべく、私もそうしていたはずだ。貴族としては正しい」

「そうですか。とはいえ、別の誰かにまたこのような愚かな真似をされても面倒です。そこで、貴方に新たな頼みができました」

「……なんだ？」

「貴族街に暮らす住民達をこの都市から追放してください」

と、エリカはさらりと要求を口にするが——、

「なっ……、そんな真似できるはずがない！　いったいどうやって⁉　どれだけの住民がいると思っている？」

マクシムからすればとんでもない要求だった。

「どれだけの住民が暮らしているのですか？」

「千人以上だ！」

「なるほど。ですが、貴方から命じられれば出て行くしかないのでは？　それとも、弟からの人望がなかったように、家臣達からの人望もないのでしょうか？」

「なんだとっ……!?」

「出て行くように命じてください」

エリカは無慈悲に指示する。

「だから、それはできない！　それこそ人望を失うではないか！」

「理解できませんね。その千人以上が碌に税も払えないような貧民だったとしたら、貴方は躊躇うこともなく私の指示に従っているのでは？」

「…………」

マクシムは否定しなかった。確かに、貧民なら都市から追放したところで、大して問題はない。一時的に都市周辺の治安は荒れるかもしれないが、この状況では看過できるデメリットとして要求を実行しただろう。

「貧しい者達は平気で追い出せるのに、貴族である家臣達は追い出すことができない。本当に妙な話です」

「何も妙な話ではない！　皆、グレゴリー公爵家に仕える者達なのだ。追放を命じればグレゴリー公爵家は信頼を失うことになる」

「グレゴリー公爵領に暮らす千人以上の貧民は失っても構わないのに？　貧民も、貴方の家臣も、同じ領民なのでは？」

「同じなものか！　そもそも薄汚い下民と、我が公爵家のために働く家臣達とでは比較の対象にすらなりもしない！」

「そこが間違いなのです」

「……何？」

「ここはもう、私の国なのです。グレゴリー公爵とやらの領地ではありません。私の国に特別な身分を持つ人間は必要ないのです。彼らが貴族の家臣としての身分を捨てるというのであれば話は変わりますが」

　と、エリカは実に淡々と語る。

「……そんなこと、父上は認めぬぞ。国だって黙っていない」

　マクシムは苦虫を噛み潰したような顔で、精一杯の反抗をした。しかし——、

「そうですか。では、貴方ではなく、貴方の弟さんに頼むとしましょうか。貴方を殺せば弟さんが代官に繰り上がるのでしょう？　貴方さえいれば三男はいらないと思っていたのですが、すぐに殺さなくて良かった」

　エリカは立ち上がり、床に転がる三男の猿ぐつわを外してやった。すると——、

「や、やる！　やります！　やらせてくれ！　俺が家臣共を説得してみせる！」

　三男はあっさりと頷いた。何度も首を縦に振り、エリカに従うと誓う。

「愚か者めっ！　命が惜しいといえど、貴族として最低限の矜持すらないのかっ！　貴様はグレゴリー公爵家の一員では、いいや、貴族ですらない！」

マクシムがたまらず激昂して三男を怒鳴るが——、

「きょ、矜持だと？　ふざけるなっ！　たった一年、たった一年遅く産まれただけで、三男の俺は次男のお前より劣った人生を送ることを余儀なくされてきたんだ！　父上からも劣った扱いを受け続けてきた！　俺も次男ならその矜持を手に入れられただろうよ！」

三男もマクシムを罵倒し返した。

「な、なんだと……」

弟が何かと反抗的な態度を取ってくることには気づいていたが、胸の内に秘めていた想いをここまでぶつけられたことはなかった。ゆえに、マクシムは呆気にとられてしまう。

「まったく、いけませんね。貴族の悪しき因習は。人は産まれながらにして平等だというのに、産まれた順番に価値を見いだしてしまう。なんとも愚かなことです。可哀想に、貴方も貴族社会の被害者なのですね」

エリカは甘い言葉で三男の境遇に同情する。

人を唆す、魔女の言葉だ。だが——、

「そう、そうなのだ……。産まれた順番が遅いと言うだけで、父上は俺の能力を見てくれなかった」

　その言葉は三男の心にしかと響いたらしい。

「では、協力してくれますね。私も同行しますから、貴方が貴族街の住民達に命じてください。ここはもう貴方達の国ではないから、出て行くように、と。拒否する者がいれば私も一緒に説得しましょう」

「ああ……」

　三男はこくりと首を縦に振る。

「そんなこと、認められるはずがない……」

　というマクシムの呟きも虚しく、エリカは武力をチラつかせた強引な説得も行い、都市の占領に邪魔な貴族街の住人達をその日のうちに追放する。

　貴族街に暮らしている住民達が追放される様は格好の見世物となり、平民街中で騒ぎになった。そして、都市から追放された貴族街の住民達は近隣の都市へ難民として押し寄せることとなり、その情報は翌朝には王都にいるフランソワ達のもとへと届く。

　かくして、神聖エリカ民主共和国の飛び地は曲がりなりにも誕生したのだった。

翌日のお昼過ぎ。

グレゴリー公爵領の領都グレイユから五キロほど離れた湖の畔に、王都ガルトゥークから派遣された約千人の部隊が野営地を築いて駐屯していた。

立ち並ぶ天幕の一つで、リオは国王フランソワと対談することになる。天幕の中にはリオの同行者としてアイシア、美春、セリア、ラティーファ、沙月、サラ、オーフィア、アルマに、ゴウキ、カヨコが控えていて、他にもシャルロット、クレティア公爵、リーゼロッテ、アリアの姿もある。

「本当によいのか、ハルトよ。そなたにも偵察部隊に加わってもらい」

「私から討伐に協力させてほしいとお願いしたのです。本当に聖女が生きているのなら、グレゴリー公爵が仰った通りです。これは彼女を仕留めきれなかった私の不始末が導いた事態と言えます」

「……それは違うぞ、ハルトよ。本来ならば名誉騎士であるそなたには国のために尽くす義務はないのだ。にもかかわらず、そなたは今日に至るまで国のために力を貸してくれている。余はそれを嬉しく思っている。だがな、だからこそ改めて確認しておきたい。本当によいのか、と」

　フランソワは相手の覚悟を見定めるような眼差しをリオに向けた。

「何を、でしょうか？」

「そなたの実力は信用している。そなたの力を借りることができたらどれほど心強いだろうかとも思っている。だから、そなたが名乗り出てくれたことは嬉しい。しかしな、これは国が解決するべき問題なのだ。討伐といえば聞こえはいいが、汚れ仕事だ。リーゼロッテの救出とは訳が違うのだぞ？　国のために責務を負う立場にないそなたが背負うべき業ではないし、あえて首を突っ込むべき問題でもない」

　それでもいいのか？　と、フランソワはリオに覚悟の程を問う。

「……存じた上での決断です。もし本当に聖女が生きているのなら……、早期解決のためにも……、殺すしかありません。彼女は決して野放しにしてはいけない存在です」

　温厚なリオがここまで言いきるのも珍しかった。そんな物騒な発言をリオは今、美春やセリア達もいる前で口にした。

　彼女達がそれをどう受け止めているのかと思うと怖くはある。だが、自分が必要とあらば人を殺せるような人間であることを、そしてこれから人を殺す作戦に参加しようとしていることを、リオは今さら彼女達に隠したくなかった。隠してしまうと、きっと一生、後ろめたさを感じることになってしまうだろうから。

「確かに、私はガルアーク王国の問題に首を突っ込もうとしているのかもしれません。ですが、これは私の問題でもあるのです。私は私の傍にいる大切な人達を失いたくはありません。だから、その人達を守ることも人任せにしたくはありません」

だから、必要なら汚れ仕事だってやるのだと、リオは決然と告げる。

「そうか……。であれば、今回も協力を申し出てくれたそなたの力をありがたく頼りにしたい。これは王としての命令ではなく、依頼である。今この場において、改めてそなたに要請しよう。余はそなたに聖女エリカの討伐に協力してほしい。頼めるだろうか？」

「はい。最善を尽くすことを誓います」

リオは胸元に右手を添えて力強く宣誓する。

「感謝する。クレマンも私兵を出すが、そなたのことは疎ましく思っているはずだ。奴の息がかかった私兵共と足並みを揃えるのが難しいようであれば、そなたの独断で動いて構わぬ」

「聖女の探索は霊体化したアイシアに行ってもらいますから、緊急時を除いてあちらの指示には従うつもりです。聖女の生存を確認した後にどうなるかは正直未知数ですが、場合によってはお言葉に甘えさせていただきます」

「うむ。作戦後にクレマンとのいざこざが生じたとしても、余がそなたの味方に付くことは保証しよう。存分にやってくれ」

「……はい！　ですが、陛下やシャルロット様までこんな戦場にいらっしゃって本当に良かったのですか？　もしも大地の獣が暴れ始めたとしたら、都市から離れたこの場所も絶対に安全だとは言い切れませんが……」

「曲がりなりにも勇者を相手取って討伐を行おうとしているのだ。後々、この事実が国の将来を左右することになるかもしれぬ。王である余が戦いの行く末を見届けずして、誰が見届ける？　それに、それを言うのであれば、そなたこそ良かったのか？　この場にいる者達を連れてきて」

フランソワはそう答えてから、美春やセリア達の顔を見回した。

「私も危険だとは言ったのですが……」

リオもつられて一同の顔を見る。

「みんな自分にもできることがあると思って、覚悟を決めてここにいるんですよ、王様。だから私もこの国の勇者として同行しているんです」

と、沙月。この辺りのことは昨日、リオはみんなと散々話し合った。リオと一緒に大地の獣と戦えるのはアイシアだけかもしれないが、自分達にだってできる役割はあるのだと力説されてしまった。

「皆さんにはこの本陣で陛下達の護衛についてもらうことにしました。いざという時はサラさん達も使役している精霊を出してくださるそうです」

「そうか、戦闘員の大半はこの本陣を離れることになるからな。それはとても心強い」

と、フランソワが語るように、ここ湖付近の本陣に残るのは非戦闘員が主になる。

今回、派兵されている約千人に及ぶ部隊の内訳はこうだ。

まずはリオを含む少数精鋭で構成される偵察部隊である。この部隊の役割は占領された領都の内部に潜入し、聖女エリカの生存を確かめることだ。そして、場合によっては聖女の討伐を行うことを視野に入れている。

続いて、王国第一騎士団の副団長であるウィリアム＝ロペスが指揮を執ることになった占領部隊がある。占領部隊の役割は聖女エリカが不在、あるいはエリカが討伐された際に速やかに都市の占領を行うことだ。偵察部隊が情報を持ち帰るまでは、本陣があるこの湖と領都の間に陣取って待機する流れになっている。

最後に、野営地を設置したここ本陣だ。ここにはフランソワとシャルロット、そして沙月を始めとする要人と、その他の非戦闘員が待機することになっている。

すると――、

「陛下」

天幕の外から、見張りの騎士が入ってきた。

「なんだ?」

「グレゴリー公爵がいらっしゃいました。偵察部隊の作戦会議の件についてです」

「うむ。では、ハルトだけ残ってくれ」

と、フランソワが指示し、リオとフランソワ以外の者は天幕から出て行く。入れ替わりにグレゴリー公爵と偵察部隊を構成する彼の私兵が入ってくる。

「ふん。戦場にぞろぞろと女を連れてきて、良いご身分なものだ」

彼女達がどれほど強いのかなどは度外視し、すれ違い様、グレゴリー公爵が侮蔑の表情を浮かべる。だが、その呟きが聞こえた者はいない。

「よく来たな、そやつらがそなたの推薦する偵察部隊の人員か」

「はい。私直轄の兵の中でも選りすぐりの精鋭です、陛下」

フランソワから水を向けられ、グレゴリー公爵は誇らしげに自分の私兵を紹介する。ちなみに、人数は四人で、その中にはリオが昨日手合わせをしたジルベールも含まれていた。リオと目が合うと、ジルベールは無言のままぺこりと一礼する。

それから、作戦会議が始まると――、

「私は領館こそ本丸だと考えます！　難民達からも聖女は私の息子を連れて領館に籠もっ

ていると情報が届いておりますので、その前提で暗殺を行うべきかと！」

開口一番、グレゴリー公爵はぐいっと身を乗り出し、フランソワの決断を急かした。領都から追放された貴族街の住民が近隣の都市へ難民となって押し寄せたという魔道通信は早朝の内に王都へ届いていた。それもあっていっそう焦っているのだろう。が――、

「そう急くな、クレマンよ。討伐を行うにしても、情報収集も必要だからこその偵察隊であろう？」

あくまでも慎重に事を運ぼうとするフランソワ。グレゴリー公爵は不服そうに顔をしかめた。

「情報なら十分なほどに揃っているではありませんか！　難民となった我が家臣達が見たという女の特徴も、伝え聞く聖女の特徴と一致しております。家臣達はあの女が我が領館に立てこもったとも言っていた。これ以上、どういった情報が必要であると⁉」

「だとしてもだ。聖女が領館にいるとしても、当然、身の回りの守りは固めていることが予想される。他にどの程度の敵兵が都市に紛れ込んでいるのかもわからん。大地の獣のことがあるのだ。万全を期すのであれば、下調べは必要ではないのか？」

と、フランソワに諭されるグレゴリー公爵だが――、

（……何が大地の獣だ。山のように巨大という話だが、そんな怪物、どこから呼び出すと

いうのだ。今この瞬間も我が領都に影すら見えんではないか）

不満はありありとしていた。だからだろう。

「…………ではいっそのこと、人質を取って聖女をおびき寄せるというのも手なのですかな？　聖女という女は民衆を大事にしているのでしょう？　おお、これは存外名案かもしれない」

グレゴリー公爵はギリッと歯を噛みしめてから、実に芝居がかった物言いで思いつきを口にする。感情的になって半ばヤケクソで口にしているように聞こえるが、どこまで本気で言っているのかはわからない。

だが、仮に勢いで口にしてしまっただけだとしても——、

「…………」

リオは珍しく顔をしかめた。いくら聖女が相手とはいえ、無関係の民衆を人質に取るような作戦であるのなら加担したくもない。

「……領地を取り戻すため、自らの領民を人質に取ると申すか。それではどちらに大義があるかわからぬな」

フランソワもリオと似たことを思ったようだ。グレゴリー公爵が口にした作戦に難色を示す。

(何を甘いことを！　今は聖女の討伐が最優先ではないのか！)

と、面と向かってフランソワを非難せず、恨みがましそうに唇を噛んで自制したのはグレゴリー公爵なりの最後の理性だ。とはいえ――、

「……では、どうするのが良い作戦なのですかな？　ぜひとも陛下のお考えを聞かせて頂きたいものです」

と、皮肉たっぷりに質問することまで抑えることはできなかった。

「貴族街と平民街。人員を二手に分けて偵察を行ってみてはどうかと考えている。領館を拠点にしているのなら貴族街の警備は厳重であろうが、ハルトであれば魔剣を使って上空から貴族街に侵入できそうであるしな」

「ではアマカワを、貴族街に……？」

「そうだ。土地勘のあるそなたの配下には平民街での聞き込みを任せたい」

「…………承知しました」

グレゴリー公爵はたっぷり押し黙ってから、なんとか頷いてみせた。

(間違いない。陛下は領館にいる聖女をあわよくばアマカワに討伐させるつもりで部隊を二手に分けようとしている)

世襲の地位ではあるが、伊達に公爵ではないのだ。グレゴリー公爵もただの馬鹿ではな

い。この作戦におけるフランソワの意図がわからないわけではなかった。だが、それを指摘したところでのらりくらりと躱されるのが目に見えていることもわかる。

（なんとかせねば、なんとか……）

これでリオが聖女を討伐するようなことがあったとしたら？　この事態を解決した功績はリオのものとなり、グレゴリー公爵は今後一生リオに頭が上がらないだろう。そんな屈辱は絶対に嫌だった。

（…………私の領地なのだ。アマカワに事態の解決などさせてたまるものか……）

こうなったら結果を出してフランソワを納得させるしかない。かつてハルト＝アマカワという男がそうやってフランソワからの信頼を勝ち取ったように……。グレゴリー公爵はめらめらとリオに対抗心を燃やしながら、そう結論を下したのだった。

その後、作戦会議が終わり――、

「では、我々はこれで。こやつらに出発の準備をさせます」

グレゴリー公爵がジルベールを含む配下四人を引き連れ、早々に天幕を後にする。天幕の中にはリオとフランソワだけが残った。

「ハルトよ。わかっているとは思うが、領館に聖女がいるのであればクレマンには連絡せず、そなたが独自に処理して構わぬ。余がそなたにそう命じたと証言しよう」

と、フランソワはリオに呼びかける。一方で――、

「おい、貴様らに話がある」

グレゴリー公爵がジルベールと私兵の三人を呼び止めていた。

【第八章】 暗殺

作戦会議からおよそ一時間後。

リオとジルベールを含む偵察部隊の五人は、領都グレイユへの潜入に成功していた。というより、旅人を装うことで堂々と門から街に入った。

「……存外、簡単に入れてしまいましたね」

リオが門を入ってすぐの通りを見回しながら、意外そうに呟く。

一応、門には武装した素人と思しき男性達が見張りとして立っていたが、軽い聞き込みを受けただけで素通りできてしまったのだ。

敵から奪いとった都市なので、門を閉ざして外部からの立ち入りは禁止されている可能性もあると思っていただけに、なんとも拍子抜けだった。

「門番の連中が着ていた服は公爵家の隊服ではありませんでした。占領されているのは間違いないのでしょう。ずいぶんと杜撰ではありますが……」

「門番の連中、素人にしか見えませんでした。あれでは占領している敵もたかが知れてしまいますな」

など、同行しているグレゴリー公爵の私兵達がリオに言う。五人の中ではリオが最年少だが、身分はリオが一番上だ。主人であるグレゴリー公爵とは因縁のある相手だが、敬語を使わねばまずいと考えているのだろう。

（自由に入れたということは、自由に出て行けるということだよな？　普通に人が出歩いているし、敵国の占領下にある都市とは思えないけど……）

敵から奪った都市なのに、守るつもりがないように思える。聖女が大地の獣を操れるとしても、無防備すぎやしないだろうか？　なんだか誘いこまれているようにも思えてしまい、リオは薄気味悪く思ってしまう。ともあれ――、

「……一目瞭然ですが、あれがグレゴリー公爵の領館ですよね？」

リオは都市の奥にそびえる立派な砦を指さしてグレゴリー公爵の私兵に尋ねた。都市部で最も大きな建物であり、頑強な造りをしている。

「ええ、その通りです」

（アイシア、先に領館の様子を見てきてくれるかな？）

（わかった）

リオに指示され、アイシアが霊体化した状態で単独行動を開始した。その傍らで――、

「この分なら思っていたよりも簡単に作戦を遂行できそうだな」

「ああ」

グレゴリー公爵の私兵二人が小声で囁き合っている。

「……なんとも薄気味悪いですね」

ジルベールがぽつりと呟く。

「何がですか？」

隣に立つリオがその呟きを聞いて尋ねた。

「いえ。いくらでも忍び込んでくれ、とでも言われているような気になりましてね」

「罠みたいに思えますか？」

「ええ、まあ。とはいえ、子供のお使いではないのですから、このまま帰るわけにも行きませんね。自分の仕事をするだけです」

「……ですね」

ジルベールもリオと似たようなことを思っているらしいが、現状は罠だとわかっていても潜入しなければならない状況だ。

「では、ここから先は別行動で。都市の鐘が二回鳴ったら、この先にある広場で集合しましょう。アマカワ卿は貴族街にある領館の調査をお願いします。我々は市場にでも行って聞き込みをしてみますので」

「ええ。では……」

リオは四人と別行動を取ることになる。貴族街まで空を飛んで移動しようと、人通りの少なそうな路地を探すべく立ち去っていった。それから、リオの背中が完全に見えなくなったところで――、

「では、我々も仕事を果たすとしよう」

四人はリオとは対照的に、人通りの多い広場を目指して移動を開始した。

◇　◇　◇

リオは路地裏から精霊術で上空に躍り出ると、そのまま領館を目指した。それから一分とかからず貴族街の上空へたどり着き――、

(住人を追放しただけあって、貴族街はガラガラだな)

平民街と比べて閑散としている街並みを見下ろした。もともと貴族街に暮らしていたグレゴリー公爵の家臣団は都市から追放されているので、住民の姿は当然見当たらない。

(けど、見張りの兵までまったく見当たらないような……)

リオは貴族街の家屋や通りをしらみつぶしにチェックしていく。が、本当に人っ子一人見当たらない。平民街と貴族街を繋げる門は閉ざされているようだが、これでは地上からでも簡単に侵入できるだろう。

（本当に侵入し放題じゃないか。まさか聖女はこの都市から出て行ったのか？）

警備の人員まで見当たらないとなると、いよいよおかしいだろう。占領した都市を既に放棄して立ち去ったと言われても納得できる異常具合だ。

（……アイシア、領館にはもう入っている？）

リオは霊体化して先に調査を開始しているアイシアに連絡を取る。と――、

（うん）

すぐに返事が戻ってきた。

（貴族街にまったく人がいない。領館はどう？）

（まだ全部の部屋を確認していないけど、こっちもほとんど誰もいない）

（ほとんど……ということは、何人かはいるの？）

（人質っぽい家族五人が部屋に閉じ込められていて、扉の外に見張りが二人いた。聖女の姿はまだ見当たらない）

どうやら領館ももぬけの空になっているようだが、人質が閉じ込められているというこ

とはまだ聖女はこの都市を出て行っていない可能性が高い。

（人質になっているのはグレゴリー公爵の息子かも……。それだけ手薄なら俺も領館に入れそうだね。すぐに行くよ）

（うん。私は残りの部屋を全部確認してくる。屋根で待っていて）

（わかった）

かくして、リオは高度を下げて領館を目指す。

屋根に着地し、一分も待っていると——、

「春人」

アイシアが実体化して現れた。

「聖女はいた？」

「ううん。さっき言った人質と見張り以外に屋敷の中に人はいない」

「そうか……」

リオは口許に手を当て、どうするべきかとしばし思案する。そして——、

「なら、見張りに幻術をかけて取り調べをしてみよう」

と、決断した。

「わかった。じゃあ私が霊体化して幻術をかける」

「ありがとう」

二人で段取りを決めると、屋敷へと侵入する。実体化したアイシアに屋敷の中を案内してもらい、すぐに目当ての部屋がある通路の角までたどり着いた。そこでアイシアはいったん霊体化した。

（あの二人が見張りか）

（そう）

などと、念話に切り替えて確認する。

侵入者などやってこないと思っているのか、見張りの二人は通路に運び出した椅子に並んで腰をかけて、呑気に会話をしていた。なんとも気が緩んでいるのがわかる。

（じゃあ幻術をかけてくる。いい？）

（うん、頼むよ）

（幻術にかかったら呼ぶ）

そう言い残して、アイシアは早々に行動を開始した。

数秒後――、

「んっ……？」

アイシアは並んで腰掛ける二人の背後に前触れもなく実体化し、両手でそれぞれの頭部

に触れた。そして、二人の目がうつろになっていき――、

「春人、幻術にかかった」

アイシアは通路の角にいるリオを招く。

「ありがとう」

「春人のことを外から戻ってきた仲間だと思い込んでいる、はず」

「そっか、じゃあ……、聞きたいことがあるんだ」

と、リオは見張りの二人に語りかけた。

「なんだ、戻ってきたのか」

「どうした？」

アイシアが言った通り、二人はリオのことを外から戻ってきた仲間だと思っているらしい。二人とも俯いていたが、リオに声をかけられると顔を上げて返事をした。

「えっと、エリカ様はどこに行ったんだっけ？」

どういう口調で尋ねるのが正解か悩んだリオだが、仲間という設定を踏まえてちょっと砕けた感じで語りかけてみた。

「エリカ様なら都市の視察だろ」

「……都市の？　どこに？」

「そこまではわからないけど、旧平民街じゃないか？」

「……そうか。じゃあ、いつ戻ってくる？」

「さあ、夕方までには戻ると言っていたけど」

「なるほど……」

領館にいる可能性が高いと思っていたが、どうやら無駄足を踏んだようだ。ただ、せっかくなので――、

「中にいる人質は誰なんだ？」

ついでに情報を収集しておくことにした。

「この都市の代官だった貴族の家族だろ。確か、グレ……」

「グレゴリー公爵だ」

「そう、それ」

（やっぱりグレゴリー公爵の息子か……）

今すぐに助けるべきかどうか、一瞬だけ悩む。が、今助けてしまうと、幻術が解けた後に人質がいなくなったと見張り達に気づかれてしまう。人質を連れた状態では機動力も制限されるから、調査を続けるのに支障が出るだろう。

「……人質を今後どうするのか、エリカ様は何か言っていたっけ？」

すぐに殺される危険がないのなら、この状況で急いで助ける必要はない。そう思ってリオは人質の処遇について質問した。

「この王国の軍隊がやってくるかも知れないらしいからな。当面は生かしておくんじゃないのか？」

「そうか……」

ならば、すぐに助ける必要はない。

「他にも聞きたいことがある。俺達と一緒にやってきたメンバーだけど……」

警備の数が少なすぎるのも気になっていたので、聖女側の戦力についてなど、リオはもう少しだけ、情報収集を継続することにした。

◇◇◇

一方で、十分ほど時間は遡る。

エリカはお供を七人引き連れて、平民街の住宅地区を訪れていた。

何をしているのかと言えば、怪我人や病人の治癒だった。日常生活で骨を折ったり、腰痛を持っていたり、他にも具合が悪い者達を集めて、無料で治療をしているのだ。空き家を臨時の治療所とし、長蛇の列ができている。

今、建物の中では――、

「おお……」

作業中に屋根から転落して脚の骨を折ったという男性が、神装の先端から溢れる神々しい光を眺めていた。

「さて、そろそろいいでしょう。立てますか？」

エリカが言うと、

「はい……」

男性はまずは折れていない方の脚に力を込めて立ち上がり、折れた脚も地面につけて恐る恐る体重を預けた。すると――、

「………っ⁉」

来るかもしれないと怯えていた痛みがないことに気づいたのだろう。

「い、痛くない！　痛くないぞ！」

男性は折れていた脚にぐっ、ぐっと、体重をかけた。そしてそのまま室内を歩いて歓喜する。

「よかったねえ、あんた！」

妻と思しき女性も喜び、ドンドンと男性の背中を叩く。

「あ、ああ。でも痛ぇよ。今度は背中の骨が折れちまう」

「なに言ってんだい！」

女性はさらに男性の背中を叩く。

「だから痛ぇって！　ったく……」

しょうがねえなと、男性は口許をほころばせる。

「ほら、聖女様にちゃんとお礼を言わないと」

「ああ、ありがとう、聖女様！」

「元気になって何よりです」

エリカはにこりと貼り付けた笑みを男性に向ける。

「でも、本当にいいのか、お代は？」

男性が不安そうに尋ねる。

「最初に言った通り、構いませんよ。次回からは少しだけ銅貨を頂戴するかもしれませんが、今回は住民の皆さんとの交流が目的ですから。無料です」

「そうか。いやあ、本当に助かる」

「今度の領主様はすごいねえ。魔法で治癒してもらうと金貨が必要になるって聞いたことがあるのに」

「当分の稼ぎをどうしようかと思って絶望していたところだったからなあ」

この世界には就業不能保険という制度はないので、一家の稼ぎ頭に何かあればその時点で路頭に迷いかねない。

「午前から多くの方を治療しましたが、家計の苦しい家は多いようですね。近々、住民の皆さんに給付金を支払おうと思っていますから、少しでも家計の足しにしてください」

と、エリカが告げると――、

「ん？　なにかをくれるのか？」

「ええ。お金か、処分価値の高い財産を住民の皆さんへ無償で差し上げるつもりです」

「……領主様から、なんでそんなものがもらえるんだ？」

領主に税を納めるのならばともかく、領主からお金をもらったことなんて一度もなかったのだろう。夫婦は不思議そうに首を傾げる。

「新たにこの都市を治めることになった私から皆さんへのプレゼントです。これまで支払った税の一部が還ってくるのだと思ってください」

「…………いいのか？」

「ええ。詳しくは後日話します。次の方の治療もあるので、今日はもう帰ってください」

「ああ……」

夫婦は戸惑いがちに家から出て行こうとするが――、

「ありがとう、聖女様！」

玄関から出て行く前に顔を見合わせると、揃って振り返り嬉しそうに礼を言う。エリカはにこりと微笑みかけて夫婦を見送ると――、

「さあ、お次の方どうぞ」

玄関に向けて呼びかけた。次の患者が入ってこようとする。が――、

「大変、大変です！」

元気に息を切らした男が入ってくる。エリカが祖国から連れてきた部下ではない。おそらくは都市の住民だろう。

「どうしたのですか？」

「広場で貴族が！　聖女様を呼べって！」

「来ましたか」

エリカは呟き、にやりとほくそ笑む。そして――、

「参りましょう。急ぎ案内してください」

そう言って、騒ぎが起きている現場へと急行することにした。建物を飛び出し、配下の

護衛達も引き連れて駆けていく。野次馬の住民達も後を追い、住宅街はかなりの騒ぎとなった。そして、そんな様子を物陰から眺めている男がいる。

（……あれが聖女？）

グレゴリー公爵が雇った暗殺者、ジルベールだ。聖女の顔は知らなかった彼だが、伝え聞いた特徴と一致するエリカの姿を目視すると――、

（領館にいるのかと思えば、存外近くにいたか。グレゴリー公爵は運が良い）

野次馬に交ざり、エリカの後を追いかけたのだった。

◇　◇　◇

騒ぎが起きている広場は、エリカが臨時の治療所を設置していた住宅街から走って数分の位置だった。

グレゴリー公爵の配下三人が、若い母親と娘を人質にとっている。そんな彼らを、都市の住民達が遠巻きに人垣を作って眺めている。やがて人垣が割れて広場に聖女が入ってくると――、

「……おい」

三人の視線が駆けつけたエリカの方向へ吸い寄せられた。

「ああ、なんとむごいことを……」

エリカは捕まっている親子を見て、なんとも痛ましそうに口許を押さえる。

「貴様が聖女か！」

グレゴリー公爵配下の一人が叫んで誰何した。

「ええ、皆からはそのように呼ばれています。お願いですから、その母子を解放してあげてください」

と、エリカはグレゴリー公爵配下の三人に向けて呼びかける。

「ふん。いいか、お前達！　この女は聖女ではない！　魔女だ！」

男は広場中に聞こえるよう高らかに叫んだ。が、無力な母子を人質に取っている者が口にする台詞ではない。どちらが悪役に見えて、非難の目がどちらに向けられているのかは明らかだった。

しかし、人質を取っている彼らからすれば、いくら民衆の反感を買おうと構わないのだろう。聖女を殺してしまえば、民衆など後からいくらでも黙らせることができるのだから……。

「歴史ある領都を奪われ、王国は黙ってはいない！　その魔女を討伐するため、都市の外には王国軍が押し寄せている！　我々の報告によって、軍はこの都市を占領するだろう！　グレゴリー公爵はお怒りである！　貴様ら愚民共が閣下のためにこの都市を聖女から奪い返そうとしないことを、嘆いている！　事と次第によっては貴様ら愚民にも容赦はしないと仰っていた！」

　と、グレゴリー公爵配下の男はエリカを糾弾しつつ、広場にいる住民達を脅すようなことを言う。すると、住民達の表情が明らかに強張った。

「だが、お優しい閣下は貴様ら愚民にチャンスを与えてくださるそうだ！　反逆者と見なされたくなければ、今すぐにその女を貴様らの手で殺せ！　それで貴様らをお許しになるとのことだ」

　男は民衆が怯えたのを見逃さず、すかさず捲し立てた。

「…………」

　広場に居る住民達の視線がエリカへと吸い寄せられる。皆、強張った顔つきをしていた。祖国から付いてきた者達はエリカを守ろうと彼女を取り囲む。すると――、

「私は……、私は、魔女なのでしょうか？」

　誰に向けての言葉なのか、エリカはしんと静まり返った広場でそんなことを言う。

「そうだ！　貴様は魔女だ！　だから貴様ら、早くその女を殺せ！」

と、グレゴリー公爵配下の男は断言する。

「…………」

すぐにエリカを殺そうとかかる者はいなかった。王国軍は怖い。だが、自分の手を汚すのも嫌なのかもしれない。あるいは、王国軍への反発もあるのか。

いずれにせよ――、

(……面倒な茶番だ)

ジルベールは億劫そうに一連の出来事を眺めていた。今、彼はエリカの背後に群がる群衆に紛れ、いつでも暗殺を実行できるように待機している。この状況であれば暗殺はそう難しくはない。

では、なぜ面倒な段取りに付き合っているのかといえば、グレゴリー公爵が働きに応じた手柄をチラつかせたことで、配下の三人が抜け駆けを嫌ったからだ。ここでジルベールが段取りを無視してエリカを殺せば後で面倒な言いがかりをつけてくる恐れがある。

段取りでは誰かがエリカを殴り始めたところでジルベールがどさくさに紛れて暗殺することになっているが、なんとも焦れったかった。

(聖女と群衆の仲違いを見せつけたいのだろうが、あえて汚いものを見せつけようとする意味がわからない)

人は汚い生き物なのだ。だからジルベールは暗殺業を生業とし、数え切れないほど人を殺してきたことでその価値観を一つの真理として捉えていた。それは六賢神の使徒である勇者であっても変わるところはない。勇者は特別な存在なのではないかと淡い期待を抱いて沙月の指南役に立候補はしたが、その沙月もただの人間と変わりはないのだという。行き着くところは汚い存在なのだろうと、ジルベールは落胆していた。

（さっさと本性を出してしまえばいいものを）

そう考え、ジルベールは広場に群がる群衆を冷ややかに見回した。王国軍に蹂躙されたくなければエリカを殺害するしかない。皆、そう思っているのだろう。だが、自分の手を汚すのは嫌だというきまりの悪さがあって誰も動かない。広場にはそんな雰囲気が漂っていた。そんな中で――、

「皆さんが手を汚す必要はありません！」

エリカが叫んだ。そして――、

「私が、私が死ねばその親子を解放してくれるのでしょうか？」

と、人質を取る配下三人に尋ねる。

「ああ」

「私が死ねば、この都市に暮らす皆さんが外にいる王国軍に殺されることもないのでしょ

うか？」

「ああ、そうだ！　いっそのこと、自殺してみるか？　本当にこの愚民共のことを思っているのであればな！」

そんな真似ができるはずもないと、見透かして煽ったのだろう。

だが――、

「いいでしょう」

エリカは不意に神装の杖を具現化し、両の手で逆手持ちした。そのまま杖の石突きで自分の心臓に狙いを定めると――、

「っ！」

躊躇いなく、自分の胸を突き刺す。

「なっ…………!?」

これにはグレゴリー公爵配下の三人だけでなく、野次馬の群衆達も絶句する。野次馬に紛れたジルベールも、任務のことなど忘れて唖然としていた。

「ふふ」

エリカは膝をつき、両手で杖を握ったまま天を仰いだ。その姿はさながら神に祈りを捧げる彫像のようにも見えた。

「っ、エリカ様！」

神聖エリカ民主共和国から同行してきた護衛の者達は、慌ててエリカに駆け寄る。

「ああ、ああ、なんてことをっ……！」

「誰か、誰か、治癒の魔法が使える者はいないか⁉」

「頼む！　頼む！　誰か、聖女様を助けてくれ！」

本当にエリカが死ぬと思っているのだろう。彼らは演技などではなく、この世の終わりのように取り乱している。

その光景を目の当たりにして――、

「ふ、はは……、なんと、素晴らしい！」

歓喜したように笑みを漏らしている人物がいた。

ジルベールだ。人は誰かから理不尽に殺されようとしている瞬間にこそ、最も醜くなる。

そう思っていた。

だが、どうだろうか？

（なんと美しい……！　これほど美しい死の瞬間があるのだろうか？　彼女は魔女ではなかった！　そう、聖女だ！　真なる聖女！）

エリカはよく知りもしない群衆のためを思い、躊躇わずに自ら命を絶った。人の美しさを信じているかのように、死にながら杖を握って祈りを捧げている。

（ああ、六賢神様よ。この瞬間に立ち会わせてくださったことを、心よりお礼申し上げます！　私は、私は間違っていた！　人は醜い生き物なのだと、思い込んでいた。だから暗殺という業に生涯を捧げてきた。だが、人は美しいのだ！　彼女は私にそれを教えてくださった！　そんな彼女を聖女と言わず、誰を聖女と言おうか⁉）

ジルベールは自らも祈りを捧げるように、天を仰いだ。

それから——、

「さあ、来て確かめてください！　彼女は確かに死んでいる！」

ジルベールは膝をつくエリカの傍まで歩いてから、グレゴリー公爵の配下三人を招き寄せた。

「…………」

三人は顔を見合わせてから、人質にしている母娘を連れたまま恐る恐るエリカへ近づいていった。

「……本当に自ら心臓を突き刺したのか？」

「馬鹿な……」

「いったい何を考えてこんな真似を？」

三人はなんとも薄気味悪そうな眼差しで、膝をつき祈りを捧げているエリカを見下ろしている。

「貴方達にはわからないのでしょうね」

ジルベールは男達を嫌悪するように呟く。そして、周囲にいる者達の目に留まらぬほどの速度で素早く右手を横に振り払った。直後――、

「っ……？」

三人は奇妙な感覚に襲われた。視界が揺らぎ、かと思えば落下するような感覚に襲われる。遅れて、頭部に痛みが走った。同時に、ごとりという音が三つ重なった。そして視界がめまぐるしく変わっていき――、

「っ⁉」

男達は自分達の頭がごろごろと転がっていることに気づく。そして、自分達の顔を軽蔑して見下ろすジルベールと視線が重なる。両手には何も手にしていなかったが、ジルベールが自分達にこんなことをしたのだと直感で悟った。

――貴様っ、なぜ……⁉

と、口を動かすが、声は出ない。絶命した彼らの代わりに、人質となっていた母娘の息を呑むような「ひっ」という悲鳴だけがごくわずかに響いた。

「彼女は、聖女は、人の美しさを我々に教えようとしてくださった！　見ず知らずの者達のために、自分の命を差し出すことで……」

ジルベールは両手を広げてくるりと広場を見回し、一帯にいる群衆に聞こえるように声を張り上げた。すると――、

「そう、そうなのだ……！」

「聖女様は、エリカ様は……！」

神聖エリカ民主共和国からエリカについてきた者達には、その言葉がすとんと胸の奥深(おくふか)くに突き刺さったらしい。膝をついて動かぬエリカにしがみつきながら、号泣(ごうきゅう)して彼女の死を嘆いている。

「皆、許せるのか⁉」

ジルベールは人が変わったように叫んだ。

いや、本当に変わったのだろう。

「私は、私は自分の醜さが許せない！　だから、私の罪を告白しよう！　私はグレゴリー公爵に雇われた刺客(しかく)として、この都市へ潜入(せんにゅう)していた者だ！　そう、私は聖女である彼女を殺すために、私が首を切り落としたこの三人と共にこの領都へ潜入したのだ」

ジルベールは先ほどの熱がいまだ抜けきっておらず、自らが暗殺者であることを打ち明

けた。そして――、

「だが、私は気づいた！　気づいたのだ！　聖女様が自らの命を差し出してまでこの場にいる皆を守ろうとしたことで、己の間違いと、己の醜さに気づいた！　私は、間違っていた……！　私は、私は……、自分が許せない……」

ジルベールは忸怩たる面持ちで、自らの過ちを咎め続ける。

「いや……！」

と、声を張り上げて、エリカにしがみついていた青年が立ち上がった。

「あんたは悪くはない！　本当に醜いのは王侯貴族なんだ！　今回だって……！　エリカ様を殺したのは、守るべき民衆を人質に取った王侯貴族だ！　そうだろう⁉」

青年は泣きながら叫び、この場にいる都市の住民達に問いかける。

「…………」

否定の声も、肯定の声も上がらない。だが、心情的には青年やジルベールの言う通りだと思っているのだろう。皆、バツが悪そうに俯いている。

「皆、許せるのか⁉　奴らはいつだって私達を権力で押さえつける！　脅して、意のままに従わせようとする！　私は、私はそれが許せないっ！　エリカ様はそういった理不尽と戦うためにこの都市へやってきたのだ！　なのにっ……！」

そうやってひとしきり叫ぶと、青年は静かに項垂れる。

やがて――、

「……弔い合戦だ」

と、誰かが呟いた。

「ああ、そうだ……！」

「戦おう！　都市の外にいる王国軍の連中と！」

神聖エリカ民主共和国からエリカに付いてきた者達が、続々と弔い合戦に参加すると主張し始める。都市の住民達にもエリカを信奉する者達の熱が伝播し始めているのか、覚悟を決めたような表情をする者が増え始め――、

「……そうだ、俺も戦わせてくれ！」

「俺もだ！」

「あいつらがしたことは許せねえよ！」

「武器を取ってこい！」

住民達は堰を切ったように、溜まっていた感情を吐き出し始める。

だが、そこに別の声が上がった。

「……いけません」

死んだはずのエリカが、不意に喋ったのだ。

「っ⁉」

エリカの声を聴いた付近の者達がどよりとざわめく。瞬間、エリカの胸に突き刺さっていた杖が、霧散して消滅した。

エリカの全身が光に包まれていく。胸にぽっかりと空いた風穴が、急速に塞がっていく。現実離れした光景がなんとも神々しくて――、

「お、おお……」

誰もが絶句する。ジルベールなどはエリカの復活を目の当たりにして、喜びに打ち震えるように声を漏らしていた。

「私が、私が戦います。これは聖戦なのです。勇者として、聖女として、私は皆さんを守らなければならない。だから……！」

エリカは再び杖を実体化させ、右手で構えた。石突きで地面を突いて、ふらふらと立ち上がる。奇跡の復活を果たし、ふらついた状態で戦おうとする彼女の姿を見て、心を突き動かされない者はいなかった。そして――、

「私が皆さんの代わりに戦います！　私には、そのための力がある！　いでよ、大地の獣よ！」

と、エリカは杖を高く掲げて叫ぶ。その数秒後——、

「オォオオオオオオッ！」

破壊を振りまく怪物の雄叫びが、グレゴリー公爵領中の大気を震わせたのだった。

第九章 聖戦

大地の獣が領都グレイユの外周に現れる。

領都から離れた平野部に展開していたガルアーク王国軍本隊、その後方にある湖のほとりに設置された本陣、さらには近隣の都市や村にも届くほどに、その咆哮が響き渡って大気を揺らす。

「陛下より伝え聞いた大地の獣。半信半疑であったが……」

ガルアーク王国軍本隊の指揮を務める王国第一騎士団副団長、ウィリアム＝ロペスはその存在感に戦慄していた。魔槍を持ち、経験豊富な彼をしても心臓が凍り付いて金縛りに遭いそうになる。だが――、

「撤退する！　撤退だ！　全軍撤退！　湖の本陣まで下がれ！　転進！」

ウィリアムは優秀な指揮官だった。事前に国王フランソワから指示を受けていた通り、がなり立てるように撤退の号令を飛ばす。

部隊を構成するのは全員が職業軍人だ。練度は高い。いざという時の機動力を確保する

ため、フランソワの判断で部隊の規模を最小限に抑えていたのも幸いした。

だが、機動力確保のために騎兵のみによって部隊を構成したのが裏目に出ている。軍用に育てられた勇敢な馬やグリフォンでも怯えきってしまって、言うことを聞かない。中には落馬している者もいて、部隊は混乱に陥った。

都市の中にいる住民達もまた、小高い丘のように巨大な大地の獣の出現を目の当たりにして、戦慄していた。

「…………」

大地の獣が都市の外に立ち、住民達に背中を向けていなければパニックを起こしていたかもしれない。いや、このまま大地の獣に関して何の説明もないままであれば、いつパニックが起きてもおかしくはない。だが――、

「皆、アレこそがエリカ様が引き起こした奇跡だ！」

「大地の獣である！　我々の味方だ！　安心しろ！　味方だ！」

「エリカ様は聖女であり、勇者様なのだ！」

　神聖エリカ民主共和国からやってきた者達は大地の獣のことを知っている。大地の獣が味方であることを、真っ先に主張して住民に呼びかけた。

「大地の獣は私の指示に従います！　その証拠に私の指示を待ってまだ動かない。これより私は大地の獣に指示を出します！　この場にいる皆さんを守護するべく、外にいるガルアーク王国軍を掃討せよ、と！」

　エリカもここぞとばかりに大地の獣が無害であることを強調した。

「皆さんは許せますか⁉」

　エリカは民衆に問いかける。

「人の話を聞かず、皆さんを反逆者と決めつける。人から税を巻き上げておいて、いざという時は真っ先に切り捨ててくる。臭い物扱いされて、蓋をされる。そんな仕打ちをしてきた王侯貴族を、皆さんは許せますか⁉」

　エリカは煽るように問いかける。そして――、

「私は許せない！　人に優劣をつけ、自分達が人よりも上位の存在だと思い込む王侯貴族はこの世の許されざる悪です！」

　断言する。

「そんな連中は、この世界から消え去ってしまえばいい……！　だから、もう一度訊きま

す。皆さんはいま都市の外にいる王侯貴族達を、許せますか⁉」

　そんなエリカの切なる演説に心を打たれた者は多かったのか――、

「許せない！」「そうだ！」

　という声が続々と広場に上がり始めた。

日常的に抑圧されてやり場のなかった不満。

それを解放してもいいのだと言われた気がした。

だから、爆発した。しかし――、

「だが、人は憎しみで戦ってはならない！　なぜならば、憎しみで戦うことで人は悪になる！　怒りで人を攻撃してはならない！」

　ここでエリカは理想を語る。

「そう、悪に裁きを与えることは、この世で神だけに許された特別な使命です！　皆さんは神ではない！　だから、皆さんは善なる存在でいなくてはならない！」

　エリカは民衆に呼びかけ続ける。

　悪に落ちるなと、呼びかけ続ける。

「復讐するは我にあり。我、これに報いん。皆さんの怒りは、私の怒り！　だから、勇者であるこの私が、神の代理人として、皆さんの代わりに裁きを与えましょう！」

と、エリカが高らかに宣言すると――、

「うおおおおお！」

「勇者様！」

「聖女様！」

「公爵なんて怖くない！　王国軍なんて怖くない！」

「エリカ様と大地の獣に続くぞ！」

「戦う意思のある者は立ち上がれ！」

「エリカ様が我々を勝利に導いてくださる！」

「聖戦！　そう、これは聖戦だ！」

広場中で歓声(かんせい)が響き渡る。

群衆のテンションはマックスだ。

聖女が言っていることは理解しきれない部分もあった。

だが、気持ちは伝わった。

なのにエリカはほんの一瞬、冷めた眼差しで群衆を見つめる。だが――、

「悪なる存在に、天誅(てんちゅう)を下す！　皆さん、これは聖戦です！　いざ、大地の獣よ！」

エリカは満を持して、大地の獣に指示を出そうとした。

しかし、番犬のように都市の外を睥睨していた神獣の頭上で、剣を振りかぶっている黒衣の青年がいた。リオだ。直後、リオが剣を振り終えると――、

「っ!?」

光の斬撃が放たれ、巨大な頭部を呑み込んだ。四つ足で立っていた大地の獣の巨体もずんと沈み込む。

「やはり、彼も生きていましたか」

エリカはニイッと口角をつり上げながら、上空のリオを見つめていた。

◇　◇　◇

リオ達が大地の獣出現に気づいたのは、エリカの配下二人の取り調べを終えて領館を出ようとした時だった。

「オォオオオオオオオッ！」

領館の分厚い壁越しでも大音量で聞こえてくる雄叫びに――、

「……………最悪だ」

リオは苦虫を噛み潰したような顔で呟いた。建物内にいるので目視しているわけではな

いが、こんな雄叫びを上げられる存在に心当たりは一つしかない。取り調べでせっかく収集した情報も、もはや何の役にも立たなくなったことが確定した瞬間だった。

(見てくる)

アイシアはすかさず霊体化する。

壁をすり抜けて外に出るつもりなのだろう。

(俺もすぐに外に出る)

リオも既に駆け出していた。建物上階のバルコニーの窓を乱暴に開けて飛び出し、そのまま上空へと急ぎ飛翔する。

「やっぱり……！」

高さだけでも何十メートルもある怪物だ。

見つけるのは簡単だった。

(まだ暴れていないみたい)

と、霊体化して先に外に出たアイシアが報告する通り、どういうわけか大地の獣は立ち尽くしていた。そんな獣が見据える遥か先で、ウィリアムが指揮するガルアーク王国軍の部隊が慌ただしく後方へ引き返そうとしている様子も見えた。都市に背を向けているので後方の上空で浮遊するリオに気づいている様子もない。

（まだ最悪の状況にはなっていない。とにかく急ごう）

リオはアイシアの返事を待たずに、大地の獣へと近づき始めた。

（……うん）

アイシアは何か気になるのか、少し遅れて生返事をする。

というのも、霊体化している状態でアイシアの視界に映る世界は、実体化している時に瞳に映るそれとは異なる。今のアイシアには実体化している時には気配として感じ取ることしかできない霊的な気配を、波動的な視覚情報として捉えることができていた。それを見ていると――、

（私は、何を忘れているの？）

また、何かを思い出しそうになっている。

大地の獣を目にする度に、その感覚は強まっている。本当にあと少しで何かを思い出せそうな……。

すると、そこで――、

（アイシア？）

リオに霊体化しているアイシアは見えないが、先ほどの生返事もあって何か違和感を覚えたのかもしれない。窺うようにアイシアの名前を呼んだ。

(……何?)

少し間は空いたが、アイシアは普段通りの口調で返事をする。リオはアイシアが呆けている間に、エリカ達が集まっている広場の上空まで移動していた。

ちょうど広場の住民にエリカが演説をしているところだった。エリカが演説をしているからか、あるいはエリカの指示がまだないのか、大地の獣は動いていない。いずれにせよエリカがあの獣をコントロールできることは確かだろう。

(広場に聖女がいる。あと一緒に潜入した三人が死んでいる。ジルベールという人は生きているけど……)

(あの人達が、聖女に何かをした?)

(たぶん。それで今は住民を焚きつけているみたいだ。今のうちに俺が大地の獣に先制攻撃を仕掛ける。アイシアは本陣にいるみんなと陛下にこの状況を報告してきてほしい。俺達のことは構わず逃げろって)

(わかった)

(じゃあ、魔力を溜める)

リオは剣を抜く。エリカと大地の獣、どちらを先に攻撃するかは悩んだが、いざ動き出した時により大きな被害を発生させるのは間違いなく大地の獣だ。エリカを戦闘不能に追い込んで大地の獣が消滅する確証もない。

（私も行ってくる）

アイシアは霊体化した状態で移動を開始する。本当は実体化して加速した方が速く飛べるのだが、大地の獣に気配を感じ取られてしまうかもしれない。だから、リオが大地の獣に攻撃を仕掛けたところで実体化して一気に加速することにした。

「勇者であるこの私が、神の代理人として、皆さんの代わりに裁きを与えましょう！」

地上では今まさにエリカの演説がクライマックスを迎えていた。住民達は興奮し、雄叫びを上げ始める。

（よし……）

リオも必要なだけの魔力を練り上げることができた。剣から微塵も魔力が霧散しないように凝縮する。

「悪なる存在に、天誅を下す！　皆さん、これは聖戦です！　いざ、大地の獣よ！」

と、エリカが喋っている間に、リオは数百メートルの距離を詰めて、大地の獣の頭上に肉薄していた。そして――、

「っ！」

頭部めがけて会心の一撃を叩き込む。大地の獣の顔は光に包み込まれ、四肢がバランス

を崩してがくんと姿勢が下がった。

（まだだ！）

リオは空中で剣を構え直すとすかさず転進し、大地の獣の臀部へ肉薄していく。そして今まさに光の砲撃を放とうとしていた蛇顔の尻尾三本めがけて、同じく光の斬撃を放ってまとめて薙ぎ払った。

その後も魔力を練り上げ続け、巨大な光の砲弾を続々と作っては尻尾の根本や胴体めがけて一斉射出していく。と――、

「グアアアアッ！」

大地の獣がいきなり真上に跳躍し、背中の上を浮遊するリオを吹き飛ばそうとした。

「っ⁉」

リオは風を操って葉っぱのようにふわりと避ける。跳躍した大地の獣はピンピンしていて、リオに対する敵意をむき出しにしていた。リオからの攻撃でダメージは負ったようだが、尻尾を含め傷がみるみる修復して消えているのも見える。

（……やっぱりあの時、首を斬られて動かなくなったのは死んだフリだったか）

どれほどの攻撃を与えれば倒せるのか、いまだに見当がつかない。だが、それでもやるしかない。

一方で、都市から少し離れた上空で、アイシアが実体化していた。すると——、

「ッ！」

大地の獣がハッとしたようにアイシアがいる方角を見る。敵意むき出しの瞳でアイシアの後ろ姿を捉えると、三本の尻尾の先にある蛇の頭が一斉に口を開いた。そこに魔力を集中させて砲撃を放とうとするが——、

「ッア⁉」

リオが大地の獣の腹部めがけて、風の斬撃をぶちかました。胴体の長さが軽く百メートルはある大地の獣が、空中でぐらりと揺れる。

「お前の相手は俺だ」

言葉が通じるとは思っていないが、リオが大地の獣に告げた。

「グウウゥァアアッ！」

大地の獣はリオを睨み、忌々しそうに雄叫びを上げる。かくして、リオと大地の獣の戦いが再び始まったのだった。

実体化したアイシアは五キロ離れた湖の畔まで、わずか数十秒で移動した。天幕の外に美春達がいるのを見つけたので、そちらへ降りていく。

セリアや沙月にフランソワなど、誰もが顔を強張らせながら大地の獣を眺めていた。そんな中で――、

「アイちゃん！」

美春がまっさきにアイシアへと声をかけた。すると――、

「精霊の少女、アイシアよ。アレが大地の獣なのか？　誰か戦っているように見えるのは……」

フランソワが張り詰めた顔で尋ねた。

「そう。春人が足止めをしている。本隊がこちらに引き返してきているから、戻ってきたらすぐに魔道船で逃げて」

「やはりか……。うむ、わかった」

アイシアが続けて何か言おうとする。と――、

「それと……」

「アレが大地の獣なのか⁉　アマカワが戦っているだと⁉」

フランソワの傍にいたグレゴリー公爵がわめいた。

「今そう答えていたであろう」

「いや！　ですが、まさかあんな化け物がいるなんて……！」

「ふん、そなたは大地の獣の存在を端から信じていなかったようだからな。だが、今は貴様の相手をしている場合ではないのだ。少し待て、クレマンよ」

フランソワは鬱陶しそうにグレゴリー公爵を一蹴した。

「私も一緒に戦ってくる。逃げる時は私達のことは気にしないでいい」

「……うむ、すまぬな」

「待て！　アマカワがあの化け物と戦っているのか⁉　聖女の討伐はどうした⁉　まさか、アマカワがしくじったのか⁉」

グレゴリー公爵は空気を読まずアイシアに質問する。

「違う。春人と私が領館に潜入している間に目覚めた。貴方の部下三人が広場で死んでいるのが見えた。たぶん、貴方の部下達が何かをした」

アイシアは事実の列挙と、そこから導き出される推測を口にした。

「……クレマン、貴様、配下に何を指示した？」

フランソワもグレゴリー公爵が怪しいと思ったのだろう。

「なっ…………、わ、私は知りませんぞ！　その女の戯言です！　そもそも、なぜ勝手に領館に潜入を！　というより、貴様がなんで偵察に加わっている⁉」

グレゴリー公爵は焦り顔で喚き立てた。が――、

「いい加減にせよ、クレマン！　これ以上この場を乱すのであれば、余への逆心と取るぞ？」

「っ……！」

フランソワの常ならぬほどに苛烈な怒りを浴び、さしものグレゴリー公爵も真っ青な顔で口を噤んでしまう。

「火急の事態である。そなたも撤退の準備を進めろ。よいな」

「……御意。申し訳、ございませんでした」

焦りや不安や怒りや恐怖、それら複雑な感情を奥歯で噛みしめながら、グレゴリー公爵はその場を立ち去った。

「じゃあ、私は戻る。聖女も生きているから、倒さないといけない」

アイシアはグレゴリー公爵のことは興味もなさそうに語って踵を返した。そのまま再び飛び立とうとするが――、

「お待ちくだされ、アイシア様」

ゴウキが呼び止めた。

「何？」

「聖女の討伐は某とカヨコで行います。お二人は存分に大地の獣を討伐してくだされ。こちらもすぐに出発しますゆえ」

「わかった。ありがとう。聖女は都市の広場にいた。けど、もしかしたら外に打って出てくるかもしれない」

「御意」

「じゃあ」

それでアイシアは今度こそ飛び立っていく。

「そういうわけだ。ゆくぞ、カヨコよ」

「ええ、御前様」

主君のために動くのは当然のことなのだろう。

カヨコは何の異論も口にせず、粛々と頷く。

「なら、エアリアルに乗っていってください。私も同行します」

オーフィアがエアリアルによるゴウキ達の輸送を申し出る。

「感謝しますぞ。では、早速ですが参ろうと思います。開けた場所へ行きましょう」

ゴウキはぺこりと頭を下げる。それから、エアリアルを実体化させやすい場所へと移動

しようとすると――、

「お待ちください」

セリアと一緒に並んでいたリーゼロッテ。

その背後に控えていたアリアがゴウキ達を呼び止めた。

「お二人はあの女の顔を知らないでしょう。僭越ながら、私も同行して構わないでしょうか？」

アリアはゴウキとカヨコに同行の許可を求めた。そして――、

「リーゼロッテ様、アマカワ卿には大恩がございます。そして聖女エリカには借りがございます。私の定めし主君は貴方様ですが、大恩と借りをお返しするべく、何卒」

主人であるリーゼロッテにも許可を求めた。

「ええ、行ってさしあげて。そして生きて帰ってきて。……私の配下の中で最も腕の立つ子ですので、邪魔にはならないと思います。よろしいでしょうか？」

リーゼロッテはアリアの意思を尊重し、助っ人として彼女を推薦した。

「……では、ありがたく。行きましょうぞ」

ゴウキはカヨコ、アリア、オーフィアを連れて立ち去っていく。

「私達は本陣の守りを固めましょう。大地の獣の攻撃が飛んできたら防がないといけませ

んから」

「ヘルとイフリータにも出てもらう必要があるかもしれませんね」

などと、サラとアルマ。さらには――、

「なら、実体化する魔力は私が供給するから言ってね。二人は魔力を温存して」

と、美春も精霊への魔力供給を申し出たのだった。

リオは大地の獣に肉薄し、接近戦を仕掛けていた。

「グァアッァ！」

大地の獣は身体の周りでうろちょろと飛び回るリオを鬱陶しそうに追い払おうと暴れている。これだけの巨体がジャンプして地上に着地すれば地震が起きて都市に被害が出かねないが、エリカの指示で都市に被害が生じないようにしているのか、着地の瞬間に生じる衝撃は驚くほどに小さい。

「ウアッ⁉」

リオは隙を見つける度、剣の刀身に光や風を纏わせ、長さ二十メートル程度の斬撃を大地の獣の身体にぶちかましている。

一見すると接近するのは危険に思えるが、大地の獣の最も厄介な攻撃手段は口から放つブレスと、三本の尾から放つレーザーのような砲撃だ。リオはあえて張り付くことでそれらの攻撃を封じ込めることに成功していた。

と、状況だけでいえばなかなか押しているようにも見える。だが――、

（ダメージを負う度にすごい速度で回復している）

攻撃自体は通じているようだが、どれだけ有効なのかがまったくわからない。回復量に限界はないのか？　どれだけダメージを与えれば致命傷になるのか？　このままダメージを与え続ければやがて倒せるのか？　まったくわからない。

（時間だけは稼げているけど……）

と、そこで――、

「グウウウッ」

大地の獣はリオを振り払おうとするのを止めて立ち止まった。

（……何を考えている？）

なんだか嫌な予感がした。

現在進行形でリオは攻撃を加え続けているが――、

「ウウウウウッ」

大地の獣はじっと堪(た)えている。

というより、効いていないようにすら思える。

だが、ややあって――、

（何⁉）

リオが斬撃を放ったところで、大地の獣が身体を捻(ひね)った。かと思えば、リオが放った斬撃を利用して、自ら三本の尻尾を分断させてしまう。

「アアアアッ！」

尻尾は自ら意思を持っているかのように飛翔を開始した。そして、まだ撤退している最中のガルアーク王国軍本隊がいる方向を見据えて急加速する。その先には、美春達がいる本陣もある。

「っ！」

リオは慌(あわ)てて尻尾を追おうとする。と――、

「グアッ！」

リオが背中を向けた瞬間、大地の獣が本体の口からブレスを放ったのだった。

エリカ達がいる都市の広場からだと、大地の獣が放ったブレスがリオを呑み込んだように見えた。それで——、

「おおおお！」

住民達が歓声を上げる。いきなり現れたリオが大地の獣を相手に互角の戦いを繰り広げ始めたので怯えていたが、明らかに緊張が弛緩した瞬間だった。

「は、はは！」

「吹き飛んでいった！」

「ひとたまりもないぞ！」

などと、住民達は脅威が去ったことを喜んでいる。

「見ましたか！　大地の獣の前には彼の攻撃など通じません！　しかし、その逆は成立しない！　彼こそが敵国で最強の戦士だったはず！　今こそが出陣の時！　いざ、参ります！」

エリカはここぞとばかりに広場の先にある都市の門に向かって駆けだした。

「……エリカ様に続け！」

「エリカ様の後に続けば勝てる！」

「王国の軍隊だってひとたまりもないぞ！」

「突撃だぁぁああ！」

「うおおおおおおおぉ！」

住民達は完全に高揚感に浮かされていた。

広場にいた住民は武器など持っていない者が大半だったが、丸腰のまま都市の外へ通じる門へと駆けだしていった。

◇◇◇

一方で、リオは咄嗟に横へ超加速し、背後から迫ってきたブレスの攻撃範囲外へ逃れた。しかし、そのせいで大地の獣の尻尾が遠くへ飛び去ってしまう。リオは飛んで離れていく尻尾を追いかけようとするが――、

「グアッ！」

「くっ！」

大地の獣の本体が再びブレスを吐いて、リオが尻尾を追いかけるのを邪魔する。リオが

追わずとも尻尾が湖本陣に襲いかかるのはアイシアが阻止してくれるだろうが、王国軍に被害が出てしまうかもしれない。が――、

「ッ！」

湖の方角から、極太の光線がいくつか跳んできた。飛翔する蛇頭の尻尾三本へ立て続けに命中し、空中で大きく弾き返される。

（アイシア！）

リオはその先に術を放ったアイシアの姿を捉えた。アイシアは立て続けに巨大な光球を生み出しては高速で射出し、的確に命中させていく。一つ一つが着弾する毎に凄まじい爆発が起こり――、

「ッシャアッ！」

三本の尻尾はひとたまりもなく爆発に呑み込まれていった。

「グウウウウッ！」

「させるか！」

大地の獣本体はアイシアを邪魔しようとブレスを放とうとする。しかし、リオが首の根っこをすかさず深く切断して、狙いを定めさせない。そうしている間に尻尾はどんどん吹き飛ばされていき、その形状を保つことができなくなっていった。やがて精霊が霊体化し

て消えるように霧散してしまう。

「遅くなってごめんなさい」

アイシアがリオの傍まで急加速して合流した。

「いや、ナイスタイミングだよ。ありがとう」

助かったと、リオが言いかけたところで——、

「グゥウウッ！」

大地の獣本体が大きく口を開けて、攻撃のための魔力を溜め始めた。だが——、

「はぁっ！」「邪魔」

リオとアイシアが先に精霊術を発動させる。二人で示し合わせたように特大の火炎球を創り出すと、大地の獣の口へ叩き込んだ。

「ッア……！」

口の中で大爆発が起こり、強制的に黙らされる。その間に——、

「聖女のことはゴウキ達が任せてくれって言っていた。春人と私は大地の獣の相手に専念してくれって」

と、アイシアが報告する。一瞬、リオはこの危険地帯にゴウキ達が来ることを避けたそうな顔になったが、どれだけ攻撃を加えても即座に再生してしまう大地の獣を相手にそん

な余裕はない。ならば、リオにできることは一つ。

「そうか。なら……」

「うん、私達はこれを倒そう」

倒せなくとも、他に被害を与えないよう完全に押さえ込む。リオとアイシアは早速、二人がかりで大地の獣に攻撃を加えることにした。大地の獣は今こうしている間にも本体と尻尾がくっついて完全な姿で急速再生しているが——、

「ウウウッ！」

リオとアイシアがその全身に特大の光球を浴びせ、再生を阻害する。本体と三本の尻尾。リオ一人ではそのすべてを一度に攻撃しきることができずに押さえ込むのが難しかったが、アイシアが共に戦ってくれるのならば話は変わる。

（俺は上半身を集中的に攻撃する）

（なら、私は下半身と尻尾をなんとかする）

（ありがとう！　尻尾からの攻撃を気にしなくてよくなったのはありがたい）

などと、高速飛翔している間も念話で意思の疎通を図る。回避に神経を割く必要性が薄まり、役割分担もすることで、リオは一気に戦いやすくなった。

（再生能力にも限界があるかもしれない。このままこいつの近くを飛び回りながら、波状

攻撃で抑えてみよう！）

（わかった）

実力が同等、かつ、連携も最高の二人がカバーし合うのだ。時折、大地の獣が尻尾を振り回したり、なんとかブレスを放ったりして反撃を試みるが――、

「グァァァゥ！」

攻撃のすべてが空振りになる。かくして、二人は瞬く間に大地の獣を圧倒し始めたのだった。

◇　◇　◇

一方で、エアリアルが遥か上空を飛翔していた。背中にはゴウキ、カヨコ、アリア、そしてオーフィアの姿がある。リオとアイシアが大地の獣を圧倒する様は、この四人からはよく観察できた。

「いやはや、あのお二人が協力して戦うと実に凄まじい」

遠目に眺めていると大地の獣が憐れに思えてくるほどだ。ただ、そんな感情を抱きながらも、ゴウキはしっかりと戦線を観察していた。

「むっ、都市から飛び出してくる集団がいるな」

ゴウキは身体強化で高まった視力で地上を走る軍勢を発見する。

「……集団の先頭、それよりもさらに先を一人で進んでいるのが聖女エリカです」

アリアが聖女を特定し、ゴウキとカヨコに教える。

「それは重畳。なんともわかりやすい」

ゴウキはニイッと口許を緩める。そして――、

「では、いきましょうか、御前様」

「うむ……！」

二人はちょっとした台から飛び降りるように、エアリアルの背中から飛び出した。そのまま地面めがけて落下……、もとい見えない足場を作って駆け抜けていく。

「……なんと凄まじい」

アリアが飛び降りた二人を見下ろしてぽつりと呟く。現在の高度は軽く三百メートルはあるだろうか。魔剣で身体強化をしても落下すれば死ぬ。

そうして、置いてきぼりをくらったアリアに――、

「あはは、高度を下げるのでそこから降りてください」

と、オーフィアは苦笑して告げた。

先頭を突き進むエリカの前に――、

「待たれい」

ゴウキとカヨコが降り立った。

「おや、貴方達は……？」

エリカは黒髪の壮年夫婦を物珍しそうに見据えた。地球でいう日本人に似ていると思ったのだろう。ただ、この場で日本人と遭遇したからといって――、

「まあ、いいでしょう。貴方達は何者でしょうか？」

今のエリカにはどうでもよかった。

「誰でもよかろう。あの怪物を操るお主を主に代わり伐ちにきた、とだけ言っておこうか」

そう言って、ゴウキは腰から愛刀カマイタチを抜く。

「ええ、ここから先へ通すわけにはいきません」

カヨコも腰から小太刀を抜いた。

「まあまあ、まるでお侍さんとくノ一みたいですね。面白いわ」

エリカは言葉とは裏腹に、なんとも感情のこもっていない空虚な笑みを浮かべる。

「……なるほど、虚ろな目をしておるわ」

ゴウキは見定めるようにスッと目を細めた。

「病んでいる女の目ですね」

カヨコがぽつりと言う。すると――、

「聖女エリカ！」

ここでアリアが遅れて空から舞い降りてきた。

十数メートル上空をエアリアルが横切り、そのまま飛び去っていく。

「おや、貴方も来たのですか」

エリカはちゃんとアリアのことを覚えていたらしい。

「心臓を刺されても生きていたと聞いて。今日こそ息の根を止めに来ました」

アリアも魔剣を抜いて構える。

「ふふ、貴方にできるでしょうか？」

エリカは不敵に笑って、神装の杖を構えた。

「あいにくと一対一で戦ってやるつもりはありませんが？」

「まああ、三対一だなんて卑怯なこと」

「ぜひもあるまい？　ここは戦場ぞ。宣戦布告もなしに攻め込んできた敵の首魁が目の前におるのだ」

流石は数多の戦場をくぐり抜けてきた歴戦の武士というべきか、ゴウキはさらりとエリカの挑発を流す。

一人一人が一騎当千の実力の持ち主だ。その三人が協力して一人を倒そうとする。というより、殺そうとする。容赦なく、完全にエリカを殺しにかかっている。

「背後にお仲間がたくさんいるようですからね」

カヨコはエリカを追って都市から出てきた群衆を見据える。が――、

「他の人達は私が近づけさせないので、存分に戦ってください！」

オーフィアがエアリアルに乗りながら、弓を使って威嚇射撃を放つ。すると、一条の光の砲撃が無数に枝分かれしていき、群衆の眼前に次々と着弾した。

「うおっ！」

「ひっ……！」

群衆は堪らず足を止める。

（民兵……、いや、武器すら碌に持ち合わせていないではないか）

つまり、エリカは非武装の人間を戦場に連れてきたのだ。ゴウキは住民達の格好を見て

驚愕する。

「……正気の沙汰とは思えぬな。お主、武装もさせずに住民をそのまま外に連れ出したのか。何を考えている?」

「私は彼らを連れ出した覚えなどありませんよ? 彼らは自分の意思で戦場に足を運んだのです」

エリカは心底不思議そうに首を傾げた。

「貴方が言葉巧みに煽動した結果でしょう?」

アリアはわかりきったように言う。だが――、

「いいえ、私の言葉は彼らには響いてなどいません。響いているのであれば、私の後を追ってくることなどないのですから」

「……何を言っている?」

「人は本当に愚かで、悪なる存在だと言っているのです。きっと彼らは死んでもわからないでしょう」

エリカは蔑むように嘲笑を刻んだ。

「ふむ。まあ、お主を倒せば事が解決するということはわかったぞ。後ろの軍勢はお主とあの化け物が倒されれば戦意を失う」

と、ゴウキは指摘する。実際、オーフィアが放った攻撃で早々に戦意を喪失し始めているのが見て取れている。

「ええ、そうでしょうね」

「となれば、そろそろ頃合いであるな」

ゴウキはエリカの討伐を行おうと、半歩前に出る。と——、

「むっ」

群衆の中からナイフが飛んできた。狙いは的確で、ゴウキの心臓へと吸い込まれるように突き進んでくる。しかも、恐ろしいほどに速い。だが、ゴウキは愛刀を振ってなんなくナイフを弾き飛ばす。

「……聖女よ」

群衆の中から一人の男が飛び出してきた。男はかなりの速度でエリカに近づいたかと思えば、なんとも流麗な動作でエリカにこうべを垂れる。

「おや、貴方は……」

「ジルベールと申します」

「ええ、覚えておりますよ。改心してくださった方ですよね」

と、エリカはジルベールの顔を見て言う。

「もったいなきお言葉です。聖女よ。貴方様は憎しみで戦ってはならぬと仰った。悪に裁きを与えるのは、神だけに赦された役目だと。なればこそ、私は貴方様をお守りするために戦いたい。もともとは貴方様を殺そうとしていた私ですが、貴方様のために戦うことを認めてはいただけないでしょうか？」

ジルベールはすっかりエリカに陶酔しているかのように、こうべを垂れた。

「……あ奴はハルト様と共に都市へ潜入した男ではなかったか？」

「どうやら寝返ったようですね」

ゴウキ達は少々面倒くさそうに見つめている。

「貴方の献身に感謝します、ジルベール。どうぞ、私を助けてください」

「私は人を殺すことしか能のない卑しい人間でございます。数多くの罪を犯してきた。ですが、だからこそこの場においてはお役に立てることでしょう。お供いたします、どこまでも」

「では三人の内一人をお願いします。私は残りの二人を」

「御心のままに」

かくして、ジルベールがエリカの仲間に加わる。

すると――、

「……私があの男の相手をしましょう。貴方達は聖女の相手を」

カヨコがジルベールの相手をすると、ゴウキとアリアに伝えた。

「ふふ、三対二になってしまいましたね」

エリカは不敵に微笑んだ。

「貴方がここで死ぬ運命に変わりはありません」

アリアは冷ややかに告げる。

「貴方達は私を殺してくださるのでしょうか？　期待しています、本当に」

と、あたかもそれを望んでいるかのように、エリカは言う。と――、

「では、始めましょう」

エリカは高らかに杖を振りかぶり、地面へと叩きつける。直後、ゴウキ、カヨコ、アリアに向かって無数の土槍が襲いかかった。

「………」

三人は当然のように反応して後方に跳んで避ける。土槍は障害物となり、エリカとジルベールから見て三人の姿を隠した。

だが、すぐに土槍の向こうからアリアとカヨコが左右に展開して駆けだしてきた。ということは、ゴウキは土槍の向こう側にまだいるのだろう。

（二人とも素早い。魔剣持ちだろうか）

同じ魔剣持ちとして、ジルベールは全員が手強いことを瞬時に察する。そして――、

「私のお相手は貴方ですか」

自分へ接近してくるカヨコめがけて、外套から投げナイフを取り出して右手で放った。そのまま左手でもナイフを握り、カヨコとの間合いを詰める。

「っ！」

カヨコは左手で持った小太刀を振るい、投げナイフを弾く。それでいて、速度は一切緩めずにジルベールへと接近する。

二人は互いを間合いに収めると、目にも留まらぬ速さで互いの左手を振るった。キン、と小太刀とナイフが弾かれ合う音が響く。

「お見事」

と、ジルベールはニヤリと笑う。下げられた右手にはいつの間にか投げナイフが握られていた。というかカヨコの喉をめがけて眼下から投げナイフを放っていた。

「………」

カヨコは右手に持った小太刀を振るい、眼下から飛んできた投げナイフをノールックで弾き飛ばす。

「驚きました。初見の相手は大抵コレで殺せるんですが」

ジルベールは後退し、わずかに目を見開く。

「人の意識の隙間を狙って攻撃する芸が得意なのはハルト様との手合わせでわかっていました。そういう手癖の悪い暗殺者の対処法を心得ているまでのこと」

「ほう、同業者には見えませんが、要人の警護でもしていたのですかね」

と、ジルベールが推察する通り、カヨコはかつて王族だったリオの母アヤメを警護していた経歴を持つ。暗殺者から要人を守るために、自らも暗殺術を習得して対処法を学んだことがあった。

「ずいぶんとお喋りがすぎる暗殺者ですね」

「今はもう、暗殺稼業からは足を洗いましたので」

「手癖の悪さは治っていないようですが」

そう言っている間にもう一本、意識の隙間を縫うように投げナイフが飛んできた。カヨコは鬱陶しそうに薙ぎ払う。

「仕方がない。貴方は近づいて殺すのが最も確実そうだ」

ジルベールはそう言うや否や、左手でナイフを構え、右手で投げナイフを取り出して再び駆けだした。同時に、アリアと戦っているであろう聖女をちらりと横目で窺うと——、

「おお、聖女よ！」

衝撃的な光景に、ジルベールは堪らず立ち止まってしまった。

時はわずかに遡る。隆起した土槍を避けたアリアは、カヨコと反対方向に飛び出してからエリカに真っ向から迫った。

膂力ではエリカが勝るが、技術はアリアに大きく天秤が傾いている。万全な状態で真正面から戦えば、時間の問題でアリアが勝つのが当然の流れではあった。

だが、まったくの戦いの素人が、武術の達人に真っ向勝負で勝ちうる方法が一つある。

それは、すなわち――、

（この女、やはりダメージ覚悟でカウンターを仕掛けるつもりか）

敵から攻撃を食らう前提で、相打ち覚悟で捨て身の攻撃をすることだ。といってもそう簡単な話ではないし、およそ常人がとれる戦法ではない。

攻撃を食らうのがまったく怖くなくて、どんな攻撃を食らっても耐え抜く自信がなければ捨て身などできるはずもない。そして、そんな人間はまずいない。だが、おそらくエリカはその両方を持ち合わせているのだろう。

「ふふ、貴方の方が強いのに、ずいぶんと私のことを警戒してくれるのですね」

エリカは挑発的な笑みを刻んだ。

「心臓を刺されても死んでいないと知っている以上、多少の警戒はします。ただ……」

エリカの狙いがわかっている以上、対処法はある。例えば……。

「理屈はわかりませんが、貴方はその異常なタフさを過信しすぎだ。無防備すぎる」

と、アリアは告げる。そして、エリカに向かって真正面から突進する。

「おや？」

カウンターを警戒しておいて真っ向勝負を挑んでくるのが少し意外なのか、エリカは不思議そうに杖を構えた。しかし――、

「……おや？」

エリカの視界が反転した。いつの間にか、ゴウキがエリカの傍らに立っていて、刀を振り終えている。こちらに仲間がいる状況で、一対一を前提としたカウンター戦法をとる相手にわざわざ真っ向勝負を挑む必要はないのだ。もう一人の仲間が、意識外からの攻撃で仕留めればいい。

「お若いのが言った通りだ。本当に素人なのだのう。隙だらけだな。後味が良いものでは

ないが……」

ゴウキはヒュッと風切り音を立てて、血糊の付いた剣を振り払った。エリカの首が地面に転がっている。さらに――、

「二対一だと言ったでしょう？」

アリアがエリカの心臓に真正面から剣を突き刺した上で、そう告げた。心臓を刺しても死なない相手ならば、首を斬る。その上で心臓も刺す。

そうして、アリアが切っ先を抜くと――、

「おお、聖女よ！」

ジルベールがエリカの惨状を目の当たりにし、絶叫するように声を張り上げた。慌ててエリカのもとへ駆けつけようとするが――、

「貴方の相手は私ですが？」

カヨコが割って入って阻止する。

「くっ、どけ！　この醜女がっ！」

「…………」

ジルベールが怒髪天を衝く勢いで叫ぶが、対照的にカヨコの表情からは温度が失われていく。すると――、

「大丈夫ですよ、ジルベール」

転がっていたエリカの首が消えていた。かと思えば、分断されたはずの胴体とくっついていて、エリカが心臓を刺されたままジルベールに呼びかけた。

「っ⁉」

アリアは咄嗟に後退してエリカと距離を取る。

「なんと、面妖な……」

ゴウキも飛び退く。

本当に人か？

と、まじまじとエリカを見つめる。

「これでも死なないのですか……？」

アリアが愕然と呟く。

「不思議でしょう？ 私も試してみたことはあるのよ。首を切り飛ばした状態で引き離しても、私の身体か首のどちらかが消えて、どちらかにくっつくの。最初は死んだ後に意識を失っていたのだけど、最近はそれもなくなったわ」

エリカはくっつき具合を確かめるように、コキコキと首の骨を鳴らす。

「……本当に人間ですか？」

「私もそう思うわ」

アリアからの問いに、エリカはさらりと頷く。

「おお、聖女よ！　勇者よ！　貴方はやはり神の代理人なのだ！　私は改めてそれを確信した！」

と、ジルベールはエリカの復活に歓喜して叫んだ。

「そう、私は神の代理人です。だから、神以外に知りえない答えを提示してやることこそが、私の使命です。その使命を達成するまで、私は死ぬことができません」

エリカは本気でそう思っているのか、あるいは聖女という存在を演じているのか、なんとも仰々しく宣言する。

「馬鹿な……！」

「むう……」

ゴウキとアリアは人ならざる相手と対峙していることを実感したのか、焦燥の声を漏らす。

「愚かな人間達よ。もう一度訊きましょうか。貴方達は私を殺してくださるのでしょうか？　貴方達に、私を殺せるのでしょうか？」

「…………」

ゴウキにもアリアにも答えることはできない。

「どうか、私を殺してください。殺せるものならば」

と、語るエリカの身体から溢れる魔力が、いっそう膨れ上がっていく。

（なんという……。まだ力を秘めているというのか）

ゴウキは面食らって圧倒されそうになる。だが、主君であるリオのためにも引くことはできない。負ける気も毛頭ない。

かくして、聖女との戦いは再開したのだった。

◇◇◇

カヨコとジルベールの戦いも再開する。

「ふはははは！」

ジルベールは人生で最も大きく声を出して哄笑していた。聖女エリカの二度にわたる復活、そして彼女という至高の存在に今日出逢えたことに感謝していた。

「…………」

カヨコは実に不愉快そうに二本の小太刀を振るう。対するジルベールは柄の長い左手のナイフと、柄の短い右手の投げナイフを振るう。

身体強化の度合いは同程度だろうか。

互いに攻撃を捌き合う。最中——、

「………」

ジルベールは右手をだらんと下げた状態で、再び投げナイフを投げた。手首のスナップだけで投げているので、予備動作がほとんどない。

手の動きを目視していなければ反応すらできないはずだ。しかし、最初にカヨコに仕掛けた攻撃と同じパターンである。

「…………」

芸がない、とでも言わんばかりの顔で、カヨコは眼下から迫る投げナイフを弾いた。

「ふふ」

ジルベールは口角をつり上げながら、左手で握ったナイフをカヨコの胴体へと放つ。蛇のように腕をうねらせ、軌道を変えようとする。が——、

「……」

カヨコは右手の小太刀で、軌道が変わる前に迫ってきたナイフのエッジを弾いた。

「これは手強い！　だがっ！」

ジルベールは左手のナイフを弾かれた姿勢で後退した。右手の投げナイフを失ってしまったので、体勢を整えなければ隙だらけだ。あたかもそう見えた。

「……」

カヨコは追い打ちをかけるべく、前に踏み込む。ジルベールは返す刃で左のナイフを振るい、牽制しようとした。が、カヨコは右手の小太刀を振るってナイフをいなし、ガラ空きになったジルベールの鳩尾へと左手の小太刀を突き出す。

「くっ」

ジルベールは咄嗟に突きを躱そうと、苦しそうな声を漏らしながら右肩を前に突き出した。必然的にナイフを手にした左手が後方に下がる。代わりに、カヨコの左手に握られた小太刀が虚空を貫く。直後――、

「……ん？」

ジルベールがニイッと口角を歪めた。だが、甲高い金属音が眼下から聞こえてきて、ハッとして目を丸くする。すぐに眼下に視線を向けると――、

「本当に手癖が悪い」

カヨコが右手に握った小太刀を滑り込ませ、ジルベールが右手で持っている何かを防いでいる。何か、というのは、ソレが目では見えないものだからだ。そして、この目では見

えない何かこそ、ジルベールが扱うナイフ型の魔剣だった。

「……見えているのですか？」

　ジルベールは驚愕して尋ねた。

「いいえ。目に見えない武器は想定外でした。ですが、右手で何かしてくることさえ想定していれば、対処のしようはあります。手癖の悪い暗殺者の対処法は心得ていると言っているでしょう？」

　と、カヨコは容易く言うが、目に見えないナイフだ。初見殺しにはもってこいの武器である。それをさも当然のように防いだカヨコがおかしい。

「いやはや、手強い。初めてですよ。この魔剣の初撃を防いだ相手は。そして返り討ちに遭うのも……」

　カヨコが左手で握った小太刀が、ジルベールの心臓を貫いていた。カヨコは小太刀を抜いて素早く後退する。直後――、

「おお、聖女よ……」

　ジルベールがエリカを見ながら、その場で頽れる。

「ようやく静かになりますね」

　カヨコは億劫そうに嘆息すると、ゴウキ達に視線を向けた。

◇　◇　◇

頽れたジルベールの姿がエリカの視界に映る。すると、戦いの最中、エリカはゴウキとアリアを無視してジルベールのもとへ駆けつけた。

「貴方の献身に感謝します、ジルベールよ」

と、エリカに礼を告げられ――、

「もったいなき、お言葉……」

ジルベールは満足そうな顔で目を瞑った。

「どうか今は安らかに眠ってください」

エリカは黙祷し、杖の石突きでトンと地面を刺す。何秒かすると地面が隆起し、ジルベールの身体を包み地面へと呑み込んでいく。すると――、

「……いくら心臓を刺されても死なないとはいえ、少々舐めすぎでは？」

というカヨコの声がエリカの背後から響く。かと思えば、エリカの背中から心臓を貫いて鋭い水の刃が生えた。攻撃したのはカヨコだ。手にした太刀から精霊術で数メートルの水の刃を作り、エリカの胸を突き刺している。

「………埋葬すら認めてもらえないなんて、悲しいですね」

エリカは心臓を貫かれた状態で、嘆かわしそうに溜息をつく。傷口から大量の血が滴って、ジルベールが埋葬された地面を濡らしていく。

「大地の獣を操り仲間ごと巻き込んで攻撃していたと聞きました。そんな女が戦いの最中に味方の埋葬などと、どういう風の吹き回しかと思ったもので」

カヨコは鋭い眼差しで背後から語りかける。

「出逢って間もなくはありますが、この方は私の言葉と真摯に向き合っていたように思えたので。慈悲を施すに値すると思ったまでのこと。ですが……」

エリカは石突きを地面に突いたまままたたずんでいるが、次の瞬間、ゴウキ、アリア、カヨコの足下から土槍が隆起した。

「っ⁉」

全員、一斉に飛び退く。

「貴方達にかける慈悲はありませんよ？」

エリカは虚ろな瞳で三人に告げる。

「……やれやれ。あまり気分が良いものではないのう。突いても斬っても死なぬ相手と戦うというのは」

ゴウキは戦いながらに後味の悪さを覚えているのか、なんともきまりが悪そうに顔をしかめた。

「ですが、それでも殺すしかありません。蘇るというのであれば、何度でも」

カヨコが淡々と告げる。

「幸いこの女は戦いの素人。いくらでも仕留めようはあります」

そう言って、アリアが剣を構える。

「ふふふ。さあ、どうぞかかってきてください」

エリカが悠々と杖を構えた。直後——、

「ふん」

ゴウキの姿が消える。沙月が命名したリオの移動術、縮地でエリカへと迫り、すれ違い様に愛刀を振り抜いた。

「まあ……」

エリカの胴体が分断される。だが、時間でも巻き戻しているかのように、吸い寄せられてくっついていこうとする。そして、それを阻止すべく——、

「…………」

カヨコが膝蹴りを当てて、エリカの上半身を吹き飛ばした。

「《魔力砲撃魔法》」

　アリアがエリカの半身を猛追しながら、呪文を詠唱する。と、差し出した左手の先に魔法陣が浮かび上がった。アリアは魔法発動までのタイムラグの間に跳躍し、エリカの上半身に追いつくと――、

「はあああっ！」

　ゼロ距離から魔力砲をぶちかました。

　極太の光がエリカの上半身を呑み込んだ。しかし――、

「……中級の攻撃魔法を間近で浴びても当然のように堪えますか」

　アリアは忌々しそうに眉をひそめる。

「気は済んだでしょうか？」

　下半身が転がっていた場所から、エリカの声が響く。いつの間にか無傷の状態で、エリカが立ち上がっていた。が――、

「ふっ！」

　ゴウキが心臓を、カヨコが頭部と喉をそれぞれの得物で突き刺す。

「こんな短時間にこれほど死んだのは初めてです」

　そう言いながら、エリカが杖を振るう。ゴウキとカヨコはすかさず飛び退いて攻撃を避

ける。と、エリカが杖を振り終えたところで――、

「…………」

杖を握るエリカの腕を、アリアが切り飛ばした。そして返す刃でそのまま胴体も袈裟斬りする。

「いい加減、学べばいいのに」

エリカは辟易した顔で言う。

「誰にも私を止めることはできないのだと」

エリカは杖を掲げた。

すると――。

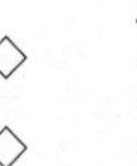

リオとアイシアからの集中攻撃を食らう中で――、

「アアアッ！」

大地の獣が一斉に大きく口を開いた。瞬く間に光が収束し、エリカ達が立っている場所を狙おうとする。

「っ！」

リオは以前に似た攻撃をされたから、大地の獣がエリカごと巻き込んでゴウキ達を攻撃しようとしていることがわかった。だから、反応も早かった。アイシアもほぼ同時に反応する。照準を定めるべく静止している顔を狙い——、

「させるか！」

リオは魔力の砲撃を放った。アイシアは特大の光球三つを作り、蛇の頭めがけて一斉射出する。かくして——、

「ツァ⁉」

合計で四つの大爆発が起きた。一瞬、世界を白く埋め尽くした後、凄まじい轟音が鳴り響く。爆発の威力で、大地の獣の頭部は内側から粉々に吹き飛んでいく。ただ、この程度で倒せるはずもないということはよくわかっている。この程度のダメージはもう数え切れないほどに与えたのだ。その度に大地の獣は超再生している。

「…………」

リオもアイシアも大地の獣が次にどのような行動を起こすのか、注視して身構えていた。すると、吹き飛ばされた頭部が、急速に再生して象られていく。だが——、

「ウウウウウッ」

なんだか妙に静かだった。先ほどまでは今にも暴れ出しそうなほどの狂気と暴力をその瞳に孕ませていたが、今はわずかな理性が宿っているようにすら見える。

「……なんだ？　急に大人しくなったような……」

リオは様子がおかしいことに気づき訝しむ。

「暴れてスッキリした？」

「……いや、まさか」

そんなはずないだろうと思ったが、大人しくなっているのも確かだ。

（……どうする？）

この隙に攻撃することはできるが、無駄に攻撃をし続けたところで倒せないことはわかっている。大地の獣が何か攻撃を仕掛けようとしているようにも見えなかったので、もう少し様子を観察してみることにした。

「グウウウ」

大地の獣は静かにたたずんだまま、エリカを見下ろしている。続けて、どういうわけかアイシアを一瞥した。そして、最後に遠方を見据える。湖のある方角だった。大地の獣はその三つを見比べるように、もう一度、視線を動かす。そして――、

「消えた……？」

精霊が霊体化するように、大地の獣はその場から消え去った。

一方で、大地の獣が消える少し前。

「ふははっ、ハルト様のおかげで命拾いしたようだ」

ゴウキは大地の獣が自分達を狙っていることに気づいたが、リオ達がすかさず対処してくれたことを察し、愉快そうに哄笑する。

「まったく、彼にはあの時に死んでもらいたかった」

エリカはリオ達を見上げながら、煩わしそうに溜息をついた。

「カヨコ、気づいているか。先ほどから殺せば殺すほどに、傷の治りが早くなっている」

ゴウキはエリカを注視したまま、傍にいるカヨコに語りかける。

「ええ、動きもどんどん速くなっていますね。これ以上、速度が上がってくるようだと、少々厄介です」

「……このままだとこちらの魔力もつきかねません」

と、アリア。

「ふうむ、どうしたものか……」

現状では時間稼ぎ以上の役目を果たせていない。だが、このままでは稼げる時間には限りがありそうだ。何か打開策はないかと、ゴウキが唸る。

「ふふふ、まだまだ力も溢れてきます。これならば大地の獣がいなくても……」

と、エリカが言った時のことだ。

「なぜ、大地の獣が……？」

大地の獣が姿を消していく。使役しているはずのエリカにとっても想定外のことなのか、不思議そうに目を見開いていた。直後――、

「うああああっ!?」

今までどれだけ攻撃を食らっても平然としていたエリカが、頭を抱えていきなり絶叫し始めた。

第十章 誰がための戦い

「うあああああっ!?」

エリカが両手で頭を押さえ、悲鳴を上げて苦しみ始める。

突然の絶叫に、一瞬だけ呆気にとられるゴウキ達。

「むっ!?」

エリカを取り囲んで守るように、地面から隆起して土の槍が生え始めた。半径百メートルほどを埋め尽くすように、凄まじい速度で広がっていく。ゴウキ達が咄嗟に跳躍して躱すと――、

「乗ってください」

オーフィアがエアリアルと一緒に降りてきた。

「かたじけない!」

ゴウキ、カヨコ、アリアは一斉に跳躍してエアリアルの背中に飛び乗る。一方で、オーフィアに牽制されて戦況を見守っていた民衆達は、土の槍に恐れおののき蜘蛛の子を散ら

すように都市へと引き返していく。

「大丈夫ですか⁉」

リオとアイシアが上空から降りてきた。

「はっ、皆無事でございます！」

ゴウキは畏まって簡潔に答えた。

「……いったい何があったんでしょうか？」

苦しむエリカを見下ろしてリオが尋ねる。

「それが突然、聖女が苦しみだしまして……。数え切れないほどに殺しても平然としていたのですが……」

ゴウキも困惑してエリカを見下ろした。

と、その時のことだ。

「………………」

エリカの悲鳴が止まった。

頭を抱えたまま俯いていたが、のそりと顔を上げる。そして——、

「っ！」

エリカを中心に地上に生える土槍が地面から分離して、かと思えば上空めがけて一斉に

飛んできた。一本一本は下級の攻撃魔法程度の威力だろうが、空を部分的に覆い尽くすほどの数がある。これだけの土槍を操作するとなると並大抵の難易度ではない。それらを操作しているのは明らかにエリカだった。

　リオとアイシアがエアリアルを庇うように高度を下げる。ただ、飛んできた土槍の大半がアイシアを狙っているように思えた。

「……皆さんはこのまま上空へ避難を！　オーフィアさん！」

「はい！」

　リオに指示され、オーフィアはすかさずエアリアルの高度を上げて退避する。その一方で――、

「…………」

　土槍の軌道が自分を狙っていて、かつ、軌道もエリカが自在に操れることを見抜いたのだろう。アイシアが飛翔して土槍を引きつけようとした。

「っ、アイシア！」

　リオは剣に魔力を流し込み、土槍を薙ぎ払っていく。一振りでは薙ぎ払えきれないほどの量なので、何度でも剣を振るう。

「俺とアイシアが戦います！　そのまま陣地に引き返してください！」

直感的にまずいと思ったのか、リオは頭上のオーフィアに指示した。オーフィアは言われた通りにエアリアルと飛び去っていく。そうして、上空に残ったのはリオとアイシアだけになった。そして、地上には聖女エリカがいる。エリカはしばし無感動に土槍が飛び交う空を見上げていたが――、

「ふ、ふふ、ふふふ……」

「ふは、ふははっ！」

笑い声が重なった。声の発生源はいずれもエリカだ。同じ人物が喋っているはずなのに声質が違う。片や女性で、片や男性の声だった。女性の声がエリカのものであることはわかるのだが、男性の声がわからない。

（なんだ……⁉）

リオは剣を振って土槍を薙ぎ払いながら、不気味そうに地上を見下ろす。

「……」

アイシアは土槍を引きつけながら魔力を練り上げていたのか、周囲に数百もの光の球を展開した。そして、それらを地上に立つエリカめがけて一斉に放った。だが――、

「ふん」

エリカは無手のまま、軽く腕を薙ぎ払う。

すると、アイシアが放った光球が一斉にかき消えた。

「なっ……」

リオが絶句する。直後――、

「ふっ！」

エリカがアイシアめがけて跳躍した。凄まじい速度である。リオがこれまでに見てきたエリカとは比べものにならない身体能力である。エリカはアイシアとの距離を一瞬で詰め切ろうとするが――、

「させるか……！」

リオが間に割って入った。

「邪魔だ！」

エリカの口から、苛立たしそうな男の声が聞こえた。エリカは鬱陶しそうに拳を振り払う。リオは剣を振るって、そんなエリカの腕を切り落とそうとした。しかし――、

「っ……!?」

斬れない。

(馬鹿な……？)

リオとエリカは空中で剣と腕をぶつけ合った。

が、圧倒的な膂力に押し負けそうになってしまう。リオは風の精霊術による推進力も使って全力で押し比べを試みた。すると——、

「なぜ邪魔をする！　竜の王よ！」

エリカはリオを睨み、男の声で怒鳴った。

「何を言って……⁉」

「その女は我々を裏切った！」

「だからっ……」

いったい何を言っているのか⁉

リオにはわからない。訳がわからなかった。だが——、

「その女は殺さねばならない！」

「殺させるものか！」

リオは声を張り上げながら、必死にアイシアの盾となる。

「なぜだ⁉」

エリカが怒鳴ると、瞬間的に爆発的な力が生まれた。

「ぐっ！」

リオはとうとう力負けして、後ろに吹き飛ばされてしまう。が、ここが空中だったのが

幸いだった。風の精霊術ですぐに減速して後退する距離を最小限にすることで、アイシアのすぐ傍まで後退する。と――、

「うっ…………」

アイシアがいつの間にか、苦しそうに頭を抱えていた。

「っ、アイシア⁉」

リオが慌ててアイシアの名を呼ぶ。

「くそ、こんな依り代に押し込められているせいで本来の力が出せぬ。それにあやつらのせいで記憶が……！」

エリカも頭が痛いのか、何やら忌々しそうに額を押さえている。そして、苦しむアイシアを睨んだ。

リオはその隙を狙って、エリカに風の斬撃をお見舞いしようとした。が――、

「竜の王よ、どういうわけか私以上に力が弱まっているな？　だが、貴様も奴らのせいでそんな依り代に宿っているのであろう？」

エリカは右腕にとんでもない魔力を集め、リオの剣を受け止める。

「貴方が何を言っているのか、まったくわからない」

リオは冷や汗を流しながら言った。何が起きたのかはわからないが、今のエリカは大地

の獣以上に強い。それだけはわかった。

「記憶も私以上に失っているのか？　いや……、その女の中に貴様の力が宿っている？　それに、その女の魂は……？　どういうわけだ？」

エリカは訝しそうにリオとアイシアを見比べる。

「私は……、私は……」

アイシアはとても苦しそうに頭を抱えていた。

「……やはり、その女の魂が二つある？　いや、この女は抜け殻か。あちらから感じる魂の方がより濃く奴らの気配を感じる」

エリカはここで不意に湖のある方角を眺める。そして――、

「竜の王よ、よもや貴様も裏切ったというのではあるまいな……？」

リオを疑うように睨んだ。

「だから、何の話かわからない！　貴方は誰なんだ!?　聖女エリカはどうした!?」

リオは焦れったそうに叫ぶ。と――、

「止め、なさい！　貴方は、貴方は誰!?」

エリカが、エリカの声で叫んだ。

「私？　私は聖女よ。聖女エリカ」

エリカは再び苦しそうに頭を抱えだす。

「いいや、私はっ！」

エリカが男の声になる。

「これは私が始めた戦いなの！　邪魔をしないで！」

エリカは女性の声で、誰かに叫んだ。いや、エリカの中に誰かがいるのだろう。その人物はどうやら男であるらしい。

「愚かな。自分が依り代にすぎないとも知らず。これは貴様の戦いなどではない」

エリカの中の男が、本物のエリカに向けて言う。だが——、

「違う！」

エリカが叫ぶ。

「これは、私の聖戦よ！」

必死に叫ぶ。

「私を止める権利は、貴方にはない！」

叫び続ける。

「関係ない！　私は、私は！」

エリカの中の男がそうであるように、本物のエリカもひどく混乱しているようだ。

「貴様は神の代理人などではない！　この世界に、神などいない！　いや、神は去った！　それを受け容れられなかった愚か者共があの半人半神だ！」

「そうよ、この世界に、神なんていない！　だから私は神になろうとした！　神として、天罰を与えようとした！」

「貴様はまがい物の神以下だ！　いや、まがい物の神の操り人形だ！」

などと、エリカは本人の声と男の声で怒鳴り合う。

「くそっ、私が私でいられる時間は少ないというのに、ああ、忌々しい！　ただでさえ竜の王も邪魔をしているというのに、こうなれば……」

エリカの中にいる男は何やら焦っているようだ。

湖がある方角を睨む。と――、

「なっ……」

急加速して、その場から立ち去ってしまう。

「駄目だ！　アイシア……！」

リオは叫んで、エリカを追いかけようとする。だが、うずくまって苦しんでいるアイシアを見て足を止める。だが――、

「ごめんっ。先に行って……！」

アイシアはリオを促す。

「……わかった！」

リオは一瞬でトップスピードまで加速し、飛翔してエリカを追いかけた。

領都グレイユから五キロほど離れた湖で。ウィリアム＝ロペスが率いる本隊が、ガルアーク王国軍の本陣へと帰還していた。

「大地の獣が消えて数分といったところか……」

フランソワは魔道船の甲板上から、領都グレイユの方角を眺めていた。すると、乗組員が駆け寄ってくる。

「陛下、人員の搭乗が間もなく完了します」

「……そうか」

大地の獣が消えた以上、戦いが終わった可能性はある。ただ、どちらが勝利したのかはこちらから使いを送るか、リオ、アイシア、そして聖女を討ちにいったゴウキ達が戻ってこないとわからない。フランソワは搭乗が完了次第出発するよう命じておくべきか逡巡し

た後——、

「…………人員の搭乗が完了したらまた知らせよ」

と、伝えた。戦闘が終わったのであれば誰かが戻ってくるかもしれない。人員の搭乗が終わるまでは結論を先延ばしにして様子を見ておきたかった。

「はっ！」

報告に来た乗組員は機敏に引き返していく。すると——、

「戻ってきましたよ！　あそこ！」

甲板上にいた美春が指をさして叫ぶ。その先にはエアリアルに乗るオーフィアやゴウキ達の姿が見えた。

（全員が無事。ということは……）

勝利したのだろうか？　だが、リオとアイシアの姿が見えない。とりあえず何が起きたのかゴウキ達から早く話を聞きたかった。しかし——、

「っ！」

エアリアルを追い抜いて、現れた者がいた。

「むっ、聖女エリカ……っ⁉」

そう、エリカだった。飛翔して空中にいきなり現れたエリカを、誰もが絶句して見上げ

ている。

「………ここにいたか。裏切り者の片割れよ。竜の王といい、なぜ人の器に魂を宿しているのかは知らぬが……」

エリカの姿をした誰かが、看板上にたたずむ一人の少女を睨んでいた。視線の先にいるのは――、

「…………………?」

美春だった。

なぜ睨まれているのかわからず、戸惑いの表情を浮かべている。

「……今ならば容易く殺せそうだ」

エリカは美春に向けて手をかざした。

直後、美春めがけて一条の破壊の光が伸びる。すぐ傍にはセリアやラティーファもいる。

到達すれば巻き込むのは必至。

到達まではほんの一瞬で――、

「はああっ！」

リオが割り込んだ。剣にありったけの魔力を込めて、破壊の光線を弾き飛ばして軌道を逸らす。

「なぜ邪魔をする、竜の王よ」

エリカの中にいる誰かが、頭上からリオを見下ろす。

「なぜ、殺そうとする？」

リオは美春、セリア、ラティーファを背に、眼前の敵を射殺さんばかりの冷淡さで睨みつける。

「それを答えようとした時、私は私でなくなる。そういう制約をそこにいる女が我々に課した。周囲に魔族がいないのがせめてもの幸いだったが……」

「……制約、魔族？　いったい何を……？」

「どの道時間がない。それもそこにいる忌々しい女のせいだ」

エリカはもう一度、美春に向けて破壊の光を放とうとした。だが――、

「っ！」

リオが飛翔の精霊術で眼前まで迫って発動を阻止する。エリカを魔道船の頭上から引き離そうと、風を纏わせた斬撃でエリカを斬りつけた。というより、叩きつけた。生身の人間であれば木っ端微塵になるほどの破壊力が込められているが――、

「………………」

エリカは涼しい顔で攻撃を受け止めた。衝撃でわずかに後退しただけだ。

ならば、と――、

「俺が引きつけます！　逃げてください！」

リオが叫びながら、エリカに猛攻を仕掛ける。

「っ、発進急げ！」

フランソワがすかさず指示する。

だが、どんなに急いでも発進まで数分はかかるだろう。

「逃がすと思っているのか？」

エリカはリオが振るう斬撃を両腕で防ぎながら、涼しい顔で言う。かと思えば、リオの眼前から一瞬にして姿を消した。いつの間にか大きく横に移動している。そして――、

「…………」

無言で魔道船に右手を向け、破壊のエネルギーを放出しようとする。徹底して船に乗る美春を狙うようだ。しかし、リオも風の精霊術でエリカの速度についていき、剣を振るって妨害する。

「……速度だけはかなりのものだ。ならば」

エリカは煩わしそうに顔をしかめると、力強く手を横に払った。次の瞬間、数々の戦いをくぐり抜けてきたリオの剣が――、

「っ……」

砕け散る。

「はあっ！」

リオは刀身を失った剣を即座に放棄すると、徒手空拳でエリカに肉薄した。拳や蹴りに精霊術を込めて叩き込む。

「鬱陶しい」

エリカはリオを振り払おうとするが、リオはそれを見きって捌く。

リオの攻撃は凄まじい。およそ人間の領域を超えているといっていい。その猛攻に眼下から見上げている誰もが圧倒されている。だが——、

「本当に弱くなったのだな、竜の王よ」

エリカには通じていなかった。

「くっ、はああ！」

リオは一本背負いでエリカを地面へと投げつけた。そして自らも急加速して降下し、地上へ落下していくエリカの腹部を踏みつける。地面には軽いクレーターができたが——、

「ふん」

エリカは仰向けのまま手をかざし、リオに向けて凄まじい速度の光弾を放った。大きさ

はほんの二十センチ程度だが、あまりの速度に避けきれない。加えて、とんでもない魔力が圧縮されていた。

「っ⁉」

リオはかろうじて両腕を構え、魔力の障壁を展開してガードを試みた。そうして、直撃した瞬間——、

「ぐっ……！」

リオは激しくノックバックして吹き飛んでいく。

「…………」

エリカは後退するリオに向けて追加で何発か同等の光弾を放って命中させた。リオは爆発に呑み込まれ、更に遠くへ吹き飛んでいく。

「ハルトさんっ！」

一転して立て続けに反撃をくらったリオを見て、少女達が悲鳴を上げる。

一方で、エリカはリオから視線を外し、美春が乗る魔道船を見た。すると、ゴウキ、カヨコ、アリアが三方から一斉に迫って、渾身の一刀を振るう。だが——、

「っ！」

エリカはその白くか細い手足だけで、三人の攻撃を受け止めた。そして、蚊でも振り払

うように三人を薙ぎ払う。

「ぐおっ……」

ゴウキ達は軽々と吹き飛んだ。すると――、

「………」

エリカめがけて、オーフィアが放った光の矢が降り注ぐ。いくつも直撃するが、エリカ本体ではなく硬質な何かにぶつかったように弾け飛んでいくだけだ。そこへ――、

「アルマ！」「はい！！！」

サラとアルマが地面に手を当て、二人がかりで精霊術を発動させた。片や氷で、片や土で、エリカを包み込んで生き埋めにしようとする。しかし――、

「そんなっ！」「術が！」

術が発動するのを拒否するように、形成が阻害されてしまった。

「我らの加護を受けし種族の幼子か。よもや土の高位精霊である我をそのような児戯で封じ込めようとは」

と、エリカはサラとアルマに告げる。

「土の、高位精霊？　貴方は……？」

サラ達が呆気にとられる。

エリカは疑問には答えない。すると、他にも王国軍から攻撃が飛んできた。しかし、エリカは意に介した様子もなく再び魔道船に手を向ける。すると、魔道船から美春が飛び出してきた。

「ちょ、駄目よ、美春ちゃん！」

沙月が慌てて追いかけている。エリカは魔道船から飛び出してきた美春に照準を合わせるように手を動かした。

「やっぱり、私を狙っているみたいです！　だから私が船から出ていかないと！　沙月さんは来ちゃ駄目です！」

と、美春は叫びながら、誰もいない場所へ行こうとしている。だが――、

「そんなこと、できるわけないでしょ！」

当然だが、身体能力で勝っているのは沙月だ。ゆえに、沙月はあっさりと美春に追いつく。沙月は美春を守るように神装の槍を構えた。

「………………」

エリカはお構いなしに破壊の光を放つ。と――、

「させない！　くっ……！」

アイシアがいきなり割って入った。美春と沙月の前に立ち、魔力の障壁を展開して破壊の光を防ぐ。

「アイちゃん！」

「下がって……！　この男は美春をっ！」

エリカは女性なのに、アイシアはなぜか男と言った。そして、ここで再び頭痛が襲ったのか、アイシアは苦しそうな顔になる。瞬間——、

「ちょうどいい。まとめて死ね」

エリカが放つ破壊の光が膨れ上がった。

「くっ……！」

アイシアが展開する障壁が強度を保てなくなっているのか、ギシギシときしむ音が響き始める。

「アイちゃん！　魔力が足りないなら、私のを……！」

美春はアイシアの背中にしがみつき、ありったけの魔力を注ぎ込もうとした。それでアイシアは何かに気づいたように——、

「っ！」

ハッと目を見開いた。一瞬、時が止まったかのように、そこにはない何かを見ているか

のように、アイシアはぼうっとした顔で硬直している。と――、

「私も手伝うわ！」

沙月も風の障壁を張って、アイシアの魔力障壁を補強しようとした。

「………美春、こ、この男は貴、貴方を恨んで、い、いる。そして私を……」

何かを思い出したのか、アイシアが不意に口を開く。

「……私達を、恨んでいる？」

いったいなぜ？　美春はその理由に見当もつかず、強く困惑する。しかし、そうしている間にもアイシアが展開する障壁は割れかけていた。そこへ――、

「はあああああ！！」

先ほど攻撃を食らって吹き飛んだリオが戻ってくる。リオはアイシアの隣に立つと、両腕を構えて一緒に魔力の障壁を展開した。

だが、それでも――、

「ぐっ……」

破壊の光に押され、リオ達はぐぐぐっと後ろに下がっていく。すると――、

「《火球魔法》」

魔道船から火球がいくつか飛んできた。王国の魔道士達が攻撃したらしい。その中には

リーゼロッテとシャルロットの姿もあった。エリカの身体に火球が連続して着弾し、肉体を火炎が包み込む。だが、それも一瞬で、すぐに火は消し飛んでしまった。

「煩わしい……」

エリカは少し苛立っているのか、軽く舌打ちをする。かと思えば、破壊の光を放出したまま前へと進み始めた。

「くっ、駄目だ。このままじゃ……！」

みんなを守ることができない。だが、そんなのは絶対に嫌だ。リオは後ろに吹き飛ばされそうになるのを必死に堪えて、障壁を維持し続ける。

「…………」

アイシアはそんなリオの横顔を見て、胸が張り裂けそうな顔になる。

「諦めろ。竜の王。それが人という器の限界だ。我の容れ物も人間ではあるが、勇者になった時点でこの女の肉体は人のものではなくなった。貴様とは器のモノが違う」

と、エリカはリオに告げるが――、

「え……？」

沙月が困惑した顔になる。勇者である沙月にとっても聞き逃せない話だったからだ。今の話が本当なら、勇者は人ではなくなっているように聞こえる。では、自分も？　と、脳裏をよぎったのだが、その言葉だけでは情報量が少なすぎた。

と、そこへ強襲する苛烈な光の斬撃があった。

「《聖剣斬撃魔法》」

ラティーファがセリアを抱えて飛び出してくる。皆が戦っている間に魔法を構築していたのだろう。英雄殺しに放った時よりも射程をだいぶ調整してあるようだが、セリアは自分が使える最強の攻撃魔法をエリカにお見舞いした。

背後からの不意打ちで守りが薄かったのか、それまでのどの一撃よりもエリカに有効なダメージを与えることに成功する。

斬撃の触れたエリカの半身は、綺麗に消滅した。それに伴い、リオが魔力の障壁で防いでいたエリカの攻撃も消える。だが——、

「……人の身で超越魔法を扱うとは。そこの女から学んだのか?」

消滅したエリカの身体が急速に回復していく。彼女は美春からいったん目線を外すと、背後からの不意打ちを食らわせたセリアを睨む。

「うそ……」

セリアが呆けた顔になる。エリカは忌々しそうにセリアとラティーファめがけて手を振り払った。しかし——、

「させ、るかっ！」

リオが風の精霊術で飛翔して割って入り、二人の代わりにエリカの腕を受け止めた。もちろん、肉体は強化したが――、

「ぐっ！」

ガードに使ったリオの右腕と右のあばら骨に、ヒビが入る嫌な音が響く。

「お兄ちゃん！」

ラティーファが心配そうに叫ぶ。

「俺は大丈夫だから、下がっているんだ。いや、みんなで逃げるんだ！」

リオはそう言いながら、体当たりをしてエリカを二メートルほど弾き飛ばした。

「………面倒だ。そうか。これが人という種の長所だったな。一人一人は矮小でも群れることで互いを補う。運良く一時的に外に出られたが……、時間切れか。まあいい。守りきれるなら守ってみせるといい」

エリカは嘆息交じりにそう言い残すと、どういうわけかその場から姿を消した。

「………帰ったの？」

沙月がぽつりと呟く。

だが、そんなわけはない。

リオは直後、平野の向こうで膨れ上がった魔力の津波を見て――、

「なっ……」

言葉を失った。人が、いいや、この世のどんな生命体だろうが、一度に扱える魔力の量ではない。仮に体内に宿っていたとしても、この世の生命体が扱える魔力の量には限界があるのだ。視界の先で膨れ上がる魔力の量は、明らかにその限界を超えていた。超えすぎて途方に暮れるほどに……。

「……違う！」

リオは擦れた声で叫んだ。

「ただ立ち去ったんじゃない！　邪魔をされないよう場所を変えたんだ！　今すぐ魔道船か、空を飛んで……！」

逃げてください、と言おうとしたが、どこに逃げれば良いのだろうか？

アレだけの魔力量だ。どんな事象を発動させるのか想像がつかないが、効果範囲は計り知れない。間違いなく、魔道船が到達できる高度くらいでは逃げられないだろう。

だから、全員が逃げるのは無理だ。救えたとしても、両手で数えられる程度だ。誰が逃げるのか、命を取捨選択する必要がある。

「…………」

リオは言葉を失ってしまった。

その時のことだった。

「……春人」

アイシアがリオの傍に立った。

「アイシア……」

「……ごめんなさい」

アイシアは申し訳なさそうに謝る。

「何が……？」

「……思い出したの。全部じゃない。けど、どうして記憶を失っていたのか。私の役目は何だったのか……」

突然、そんなことを言い始めた。

「いったい何を……？」

言っているのだろうか？

今日は訳のわからないことだらけだ。

「……私は抜け殻だったの。一時的に力を入れておく、容れ物だった。だから、私の自我はいずれその力を貴方に説明して返すためだけのものだった」

アイシアはリオに説明を続ける。

「こんな時に何を言っているんだ、アイシア？」

こんな、世界の終わりみたいな状況で……。

「けど、春人がいてくれたから、私は抜け殻じゃなくなった」

これでは、これではまるで……

「春人は私に名前をくれた。春みたいに温かい、大切な名前をくれた」

別れ話みたいではないか？

「それがすごく嬉しかった」

と、アイシアはしみじみと言う。

「ありがとう」

リオの頬に触れた。そして、これが最後みたいに、お礼を言う。

「この力は本当は春人に返さないといけないの。でも……」

アイシアはここで少し迷ったような顔になり――、

「私にはできない」

と、かぶりを振った。

「どうして……？」

「春人にはもう、みんながいるから」

アイシアは周りを見回した。

皆、不安そうな面持ちで、アイシアのことをじっと見ている。

「ずっと、ずっと、孤独だったリオと春人にできた。みんなとの大切な絆。私はそれを奪うことはできない」

アイシアもみんなの顔を、じっと見つめ返した。それから、アイシアは振り返り、決然とした眼差しで平野に広がる魔力の津波を見据える。

「みんなから忘れられてしまうのは、私だけでいい。だから……」

アイシアが何を言っているのか、リオにはまるでわからなかった。

いや、わかりたくなかった。

「最後にお別れ。聖女は、ううん、あの男は、私が倒すから……」

アイシアは立ち去る。

けど、去り際にちらりとリオを見る。そして——、

「ばいばい、春人」

優しく、笑った。普段の感情が希薄な彼女ではなくて……。豊かな感情を持つ、年齢相応の女の子みたいに……。可愛らしく、笑った。

そして、アイシアはリオの前から立ち去った。

【エピローグ】 ❖ 超越者

「駄目だ！」

リオは遮二無二叫んだ。

ヒビの入った右腕と、あばら骨の痛みを無視して――、

「アイシア！」

必死に、アイシアの名前を呼んだ。

駄目な気がした。

ここでアイシアを行かせたら……。

絶対に、駄目な気がした。だから――、

「っ！」

リオは立ち去ったアイシアを追おうと、風の精霊術で必死に加速する。

「言ったじゃないか！」

叫ぶ。

「ずっと一緒（いっしょ）にいるって、言ったじゃないか！」

みんながいるから？

何を言っているんだろうか？

「みんなには……」

その、みんなには……。

「みんなには、アイシアも入っているんだ！」

リオはがなる。そして――、

「だから、独りで行っちゃ駄目だ！」

遥（はる）か先を行くアイシアに、手を伸ばす。

届かぬ空に手を伸ばすように……

「アイシア！」

リオは、アイシアを呼んだ。

視界の先に、エリカが立っていた。

アイシアは力を解放する。

この力は本来、アイシアのものではない。

けど――、

（春人にはもう、孤独になってほしくない。だからっ……！）

私が代わりになるのだと、アイシアは決然とその力を行使しようとする。眼前にそびえる脅威を排除し、リオと春人の大切な絆を守るために……。

「……なぜ貴様が竜の王の力を使おうとする、薄気味悪い抜け殻よ？　騙し、奪い取ったのか？　我らにそうしたように」

エリカは憤然とアイシアを睨んでいた。エリカから溢れる山のような魔力が、怒りに呼応するようにいっそう膨れ上がる。

そうして、両者の力が高まっていく。

すると、その時――、

（……春人？）

アイシアがハッと後ろを振り返った。

解放した力が吸い寄せられようとしているのがわかった。

本来の持ち主であるリオのもとへと、引き寄せられていく。

「駄目、来ちゃ！」

アイシアは慌てて叫んだ。

リオのもとへ力が吸い寄せられないように、必死に抵抗する。

「……そういうことか、竜の王よ」

エリカの瞳はリオとアイシアの間で揺れ動く力の流れを捉えていた。そして、何かを得心したような顔になり――、

「やはり貴様も……」

リオを睨み、決めつける。

「我らを、裏切っていたのだ！」

それで彼の怒りは頂点に達した。限られた時間内で保っていた最後の理性を手放す。直後、まるで天と地がひっくり返ったかのように、大地の津波が起きた。

……ように、見えた。

この世の光景ではなかった。

それは、この世の光景ではなかった。

大地が揺れて、世界が揺れる。

そして——、

「…………なんだ、アレは？」

湖の傍に留まるガルアーク王国軍は、慄然とソレを見上げていた。

姿形は大地の獣に似ている。

だが、大地の獣どころではない。

大地の獣すら矮小に見える。

巨大な生命体がそこにいた。

この地震を引き起こしているのがソレであることは、疑いようがない。ソレはまさしく天変地異の象徴だった。

「ウオオオオオオオオオオオッ！」

それは理性を失った瞳で、天を仰ぎ憤怒の雄叫びを上げていた。そして、今度こそ大地がひっくり返る。

「っ……！」

湖のほとりに立つほとんどの者が、心臓が止まりそうなほどに戦慄していた。火山が噴火して噴石が跳んでくる。

という表現では生ぬるい。文字通り、大地がひっくり返っているのだ。土の津波が眼前に広がるすべてを呑み込もうとしている。それは湖へと迫っていた。

「これが勇者の力か……」

ガルアーク国王フランソワがすべてを諦めたように、ぽつりと呟く。勇者にまつわる伝説は決して誇張などされていなかった。いや、矮小化されていたようにも思える。少なくとも現在に残る伝承にこんな怪物の記述はなかった。

「勇者とは何なのだ？　いや、それももう……」

どうせ死ぬのだから、考える必要もない疑問だろう。大自然の天変地異を前に生き残れる人類はいない。

ほんの数十秒後には、フランソワ達は湖ごと呑み込まれて死ぬ。どんな英雄であったとしても、しょせんはちっぽけな人間だ。天変地異に抗う術はない。ガルアーク王国軍の兵達もみな死を悟ったような顔をしていた。グレゴリー公爵など、死を受け容れられず醜く喚いている者もいるが――、

「まだです！」

セリアが叫んだ。

「そうだよ！」

ラティーファも叫んだ。

「二人が諦めていないんです！」

「私達が諦めるわけにはいきません！」

「みんなで障壁を張ろう！」

サラ、アルマ、オーフィアも必死に叫び、自らを奮い立たせる。

「私の魔力を使って！　全部！」

「みんなを早く一箇所に集めましょう！」

「私にも何か手伝わせてください！」

美春、沙月、リーゼロッテも叫ぶ。

「…………」

この状況でもリオとアイシアを信じて諦めない少女達を目の当たりにして、フランソワは言葉を失う。いかに強力な魔力障壁を張ろうが、展開できる面積は限られている。吹き飛んでくる噴石に砕かれるか、圧倒的な質量に堪えきれずに崩壊することもわかりきっているはずだ。そして頼みのリオでさえ、先ほどは為す術もなくあしらわれていた。だというのに、少女達は希望を失っていない。

「託すしかありませんね、お父様。我々の命運を、ハルト様とアイシア様に。それで駄目なら、その時は潔く死ぬとしましょう」

シャルロットが少女達の奮闘を見回し、くすくすと笑ってフランソワに語りかける。それでフランソワも腹をくくったのか――、

「……全軍、魔力障壁を張れる者は展開して衝撃に備えろ！」

死に抗うべく、命令を下した。

◇　◇　◇

天地がひっくり返り、この世の終わりが迫ってくる。

そんな中で――、

「……どうして来ちゃったの、春人？」

アイシアは立ち止まり、遅れてやってきたリオと向き合っていた。

「俺はもう、大切な人を誰も失いたくないんだ。アイシアも失いたくない。みんなと一緒にいたい」

欲張りなのかもしれない。子供みたいな我が儘なのかもしれない。けど、それでも大切

な絆は何も失いたくない。

だから――と、リオは決然と想いを吐露した。

「でも、春人はもうみんなと一緒にいることはできない。春人は大切なみんなを失ってしまう。私がいなくなるだけでよかったの。私が代わりになったのに……」

もう、手遅れだった。保管者にすぎなかったアイシアではもう力を行使できない。そのことを悟ったかのように、アイシアは焦り、とても悲しそうな顔になった。そして、強く悔いるように俯いてしまう。

「……ずっと怖かったんだ。大切な人を失うことが。いや、今でも怖い。それで大切に思う人と距離を置こうとしたこともあった。けど……」

と、リオは自分という人間を語る。

「そんなことはしなくていいって、アイシアが教えてくれたんだ。アイシアが、俺を孤独から救ってくれたんだ。だから……」

と、リオは続ける。

自分という人間と向き合う。

「だから、その俺が、アイシアを孤独にするなんて絶対にありえない。いなくなってしまうとわかっていて、アイシアを一人で行かせることなんて絶対にできない」

リオはアイシアの肩を掴み、真正面から顔を覗き込んで訴えた。

「春人……」

アイシアの瞳からはらりと涙が流れる。

リオはそれを拭い――、

「いいんだ。みんなと一緒にいることはできない。アイシアが言うその意味はわからないけど、これでいいんだ。これが俺の決断だ」

と、アイシアに優しく微笑みかける。そして――、

「これから何が起きようと、俺は後悔はしない」

リオはここでアイシアから視線を外し、大切な者達がいる湖を背にして、眼前から今まさに迫りくる絶望と向かい合った。

天をも埋め尽くす圧倒的な質量。このまま立ち尽くしていれば、あとわずか数秒後にはリオとアイシアをも呑み込んでしまうだろう。だが――、

「だから……！」

リオは力を解放した。

この力がなんなのか、リオにはまだわからない。

だが、力の使い方は不思議と理解していた。

その力は不思議なほど手に馴染んだ。

だからだろうか。

（……剣）

リオは力を『剣』として具象化した。

きっと、今の自分にはこの形で振るうのが最も力を使いやすい。

そのことを直感的に理解したからこその結果だ。

すると、アイシアがリオの隣に立った。

「……本当なら、人の身でその力を扱うことはできないの。無理に使えば、春人の肉体が堪えきれない。けど、そのために私がいる」

そう語り、アイシアは剣を手にするリオの手にそっと触れる。かと思えば、そのまま霊体化するように姿を消してしまった。が、直後——、

「………………」

リオはハッとして目を見開いた。

身体から力が溢れてくるのがわかった。

いや、身体が創り変えられていくのがわかった。

より力を行使しやすいように、今のリオは人ならざる存在へと昇華している。

（これで大丈夫。さあ使って、春人）

というアイシアの声が響き――、

「はああっ！」

リオは横薙（よこな）ぎに思い切り剣を振るった。すると、刀身からすべてを吹き飛ばす目映（まばゆ）い光が放たれる。次の瞬間――、

「っ………」

湖のほとりに立つ者達は言葉を失っていた。天地を埋め尽くすような大地の津波が、目映い光にすべて呑み込（こ）まれてしまったからだ。

そしてやがて光が消えた時。

大地の津波は跡形もなく姿を消していた。

◇　◇　◇

大地の津波が消えた直後。

巨大な生命体がそびえていた場所には、聖女エリカが立っていた。先ほどまでリオが立っていた位置とは一キロ近い距離があったが――、

「っ……」

リオはほんの一瞬で距離を詰め、エリカの心臓に剣を突き刺していた。

「ふ、ふふ」

エリカは口許に薄い笑みを覗かせていた。口から漏れる声は男のものではなく、女性であるエリカ本人の声だった。

「……ごめんなさい。こうするしかありません」

と、リオはエリカに告げる。今度こそ、リオはエリカを殺す。今のリオなら、このまま弱ったエリカを殺しきることができる。だからこその発言だ。

「優しいのね。貴方は。謝る必要なんてないのに」

エリカは虚ろな瞳で語った。そして――、

「……貴方が手を下すまでもなく、もう私は死ぬわ。わかるの。私は私の身に余る力を行使した。その代償に死を迎える。でも……」

と、言葉を続けた。

「貴方のおかげで、私は死ねるのね。嬉しいわ。すごく、嬉しいわ。ずっと、ずっと、死にたかったから……。私を殺してくれて、ありがとう」

エリカは心底嬉しそうに、優しく微笑んだ。

「貴方は……」

リオは言葉を失う。

——本当はこんなこと、したくなかったんじゃないですか？

と、そんな疑問が頭に浮かんだ。

「人はとても愚かで醜い生き物よ。だから、私は自分のしたことを後悔していない。今でもそんな愚かな連中は滅べば良いと思っている。でも、中には優しい人もいるわ。愚かなほどに優しい人。きっと貴方もそうなんでしょうね。だから、優しい貴方にお願いがあるの。別に聞いてくれる必要はないのだけれど」

滔々と語るエリカだが、目に宿る光がどんどん薄れていっている。本当にもう長くはないのだろう。リオはそれを察した。

「……なんでしょう？」

「私が建てた国の首都から、東へ、五十キロくらいかしら。辺境に村があるの。最低の人間達が暮らす、最低の村。山奥に、傍には滝があって、彼のお墓……。できることなら、そこに私も……」

エリカの意識はどんどん朦朧とし始めていた。

正直、説明は不十分だったが——、

「……わかりました。探してみます」

リオは何となく事情を察して頷いた。

「ありがとう。立夏ちゃん。あの子にも謝っておいて頂戴。彼女はとても良い子だったから……」

「……ええ」

「ありがとう。そしてさようなら、本当の勇者さん。言うまでもない、でしょうけど、他の勇者にも、気を、つけなさい……」

と、最後に満足そうに言い残すと、いよいよエリカの瞳から光が消えたのだった。

かつて世界には十四柱の超越者達が存在した。そして、かつてこの世界に存在した唯一の神は、世界にいくつかの絶対的なルールを定めた。

十四柱の超越者達ですら、それらのルールからは逃れられない。今、ルールの一つが千年の時を超えて発動していた。

湖のほとりには、美春、セリア、ラティーファ達、そしてガルアーク王国の面々が呆然（ぼうぜん）と立ち尽くしている。いったい何が起きたのだろうかと、誰もが訳がわからない顔をしていた。

天変地異のような出来事を目撃（もくげき）して、かと思えば天変地異が収まったのだ。訳がわからないのは当然ともいえる。

だが、誰かが言った。

「……ねえ」

とても焦燥（しょうそう）した顔で、こう言った。

「あそこで戦っていたのは、いったい誰？」

あとがき

皆様、いつも誠にお世話になっております。北山結莉（きたやまゆうり）です。『精霊幻想記　20．彼女の聖戦』をお手にとってくださり、誠にありがとうございます。

もう七年半以上は前でしょうか。最初に『精霊幻想記』という作品の全体像を練り上げた時点で思い浮かべていた場面をこの20巻でようやく描くことができました。1巻から19巻で積み重ねた展開があったからこそ描けたのがこの20巻なので、手に汗握ってお楽しみいただけたのなら作者冥利に尽きます。ここから先もさらに物語を盛り上げていけるよう色々と考えておりますので、21巻も楽しみにお待ちくださると幸甚（こうじん）です。

そして、ＴＶアニメもただいま放送中！　リオ達が動いている姿を見て日々興奮しています。Ｂｌｕ－ｒａｙ＆ＤＶＤ（全2巻）の予約も既に始まっております！　私の書き下ろしＳＳやＲｉｖ先生の描き下ろしイラストカードなども収録されますので、ぜひぜひチェックしていただけると嬉しいです！

二〇二一年八月上旬　北山結莉

精霊幻想記 21.タイトル未定

2022年、発売予定

HJ文庫 950 https://firecross.jp/

精霊幻想記

20. 彼女の聖戦

2021年9月1日　初版発行
2022年5月10日　2刷発行

著者――北山結莉

発行者―松下大介
発行所―株式会社ホビージャパン

〒151-0053
東京都渋谷区代々木2-15-8
電話　03(5304)7604（編集）
　　　03(5304)9112（営業）

印刷所――大日本印刷株式会社

装丁――coil／株式会社エストール

Printed in Japan

ISBN978-4-7986-2552-2　C0193